U0782328

梦里不知身是客

百看红楼

百合 著

山西出版传媒集团

北岳文艺出版社 · 太原

图书在版编目（CIP）数据

梦里不知身是客：百看红楼 / 百合著 . —太原：
北岳文艺出版社，2022.5

　　ISBN 978-7-5378-6548-7

　　Ⅰ . ①梦… Ⅱ . ①百… Ⅲ . ①《红楼梦》评论—文集
Ⅳ . ① I207.411-53

中国版本图书馆 CIP 数据核字（2022）第 065189 号

梦里不知身是客：百看红楼

百合◎著

//

出品人
郭文礼

策划
张丽

责任编辑
张丽

书籍设计
张永文

印装监制
郭勇

出版发行：山西出版传媒集团·北岳文艺出版社
地址：山西省太原市并州南路 57 号　邮编：030012
电话：0351-5628696（发行部）　0351-5628688（总编室）
传真：0351-5628680
网址：http://www.bywy.com　E-mail：bywycbs@163.com
经销商：新华书店
印刷装订：山西人民印刷有限责任公司

开　本：787mm×1092mm　　1/32
字　数：242 千字
印　张：12.25
版　次：2022 年 5 月第 1 版
印　次：2022 年 5 月山西第 1 次印刷
书　号：ISBN 978-7-5378-6548-7
定　价：68.00 元

那许多个曾经的我

《红楼梦》是一部陪我长大的书，可以肯定地说，它还将陪我到老，它包含了人生的一切况味，每个阶段读，都会有不一样的感受。

我第一次"触红"的准确时间已经记不清了，不会超过八岁。当时认字数量有限，"宝钗"一律叫"宝叉"，叫了好一段时间，被我妈发现后才纠正了，她那嫌弃的表情我一辈子也忘不了。

最开始是看热闹，看里面的人说话："前儿""昨儿""明儿"，真有趣；再长大点是看爱情，专挑宝玉和黛玉的你来我往看；再后来发现，这本书随便翻开哪一页，都有的读。放在枕边，临睡前翻几页才睡得踏实。出远门带着，也不嫌沉，坐火车上无聊时翻，有一搭没一搭，看到哪儿算哪儿。看书只为消遣，不作他想。

我的专业跟文学不搭边。我学医，在医院做到一个常人看来很不错的技术管理职位；业余时间考了个心理咨询师证，了解了一些心理学知识，听过心理热线；再后来，我换了城市生活，又换过几份工作，直到今天安稳下来，非常非常的安稳，也意味着非常非常的寂寞。

曾有一度，我的梦想是作别从前的事业心，成为一个得过且过的人。但是，当我真正进入一个稳固的体系，看着周围一些年长的人为了安稳，要小心憋屈地熬到退休，再悄无声息地离开，想到他们可能就是明天的我，难免暗自心凉。

写"红评"纯属偶然。三年多前深秋的一个黄昏，我在火车站候车，无意间翻到一本杂志，看到里面有一篇评"红"的文章，便想这样的文章其实我也可以啊，回来便写了一篇，署上自己的QQ名"百合"，发给了杂志社。

没想到这一写，就停不下来。那篇文章发表了之后，每月的20号左右，杂志社编辑葡萄就会如约来向我收"租子"。

我不是专业写作者，也没有大块的时间来思考，都是在生活的缝隙里鸡零狗碎地构思，在午休间歇磕磕巴巴地写。最多的是周五下班后，公司里人走光了，我才可以写得投入点。知道我每周五都晚走的人是两位门卫师傅，但是三年来，他们从来没问过我晚走的原因，只是微笑道别，真是好人哪！

这期间也有想偷懒的时候，但是架不住编辑葡萄的小鞭子温柔地抽下来，士为知己者死。承蒙人家看得起我，我咬咬牙，熬一熬，逼一逼自己，也就一篇篇地完成了。我的读者们也居功至伟，他们给了我太多的感动。有一位退休的大学教授，七十多岁了，还专门给我写了封表扬信来。你说，我怎么好意思说自己累了，不写了？

后来，杂志社每一期都会在扉页上重点推荐我的文章，称我为"著名作家"，看着自己的名字和那些真正的知名作家放在一起，真是心虚。唯一能做的，就是别辜负了编辑和读者，恭谨端正地写。

写到一年多的时候，葡萄对我说：百合同学，你也出本书吧！

我第一反应是你别逗了。

但葡萄说：我了解你，你行！

于是继续战战兢兢前行，这期间还受到山西教育出版社刘晓露姐姐、北岳文艺出版社张丽姐姐的鼓励和认可，没有她们的力挺，我自己很难坚持下来。

这几个人都算是我的贵人，都一直未曾谋面。直到三天前，才第一次见到张丽姐姐。严歌苓的文章里有句话："我一直依靠陌生人的善意活着。"想想可不就是这样。

这本书，算是我孤独生活里的救赎。自觉四下无靠的时候，一想到它，想到自己在缓慢而踏实地接近目标，就会心头一暖。我也习惯了在没人的时候，紧紧地攥一下拳头，压低嗓子对自己喊一声：加油。

我只是一个用写字来对抗虚无的人，竟然也有了自己的第一本书，我把它看作是生活对我的安慰。

人生多么奇妙，你无法预判自己的下一站在哪里，有意外之痛，也有意外之喜。

从小读"红楼"的习惯，让我对书中的情节和人物相对熟悉，这么多年一遍遍地读，积淀了许多感受在心中，这是写作评论的基础；做过管理，让我的思维略具理性和逻辑；学医从医的经历，在医界所秉承的"慎独"精神，让我面对这样一部伟大著作时，在推理上力求谨慎缜密，比如写秦可卿的药方，我的医学知识就帮了我不少忙，不太有把握就可以马上去问我的旧同事，包括中医专家；学过心理学，会下意识从心理学的角度去分析人物性格成因，乃至作者的言外之意，也因为学过心理学，会对人性多一份悲悯，所以下笔尽量客观有度。有读者说我文风温厚，是"萌萌的小迷糊"。是的，当你行过许多路，见过许多人，明白人性的庞杂无章，你就会变得"糊涂"一些。

是那许多个曾经的我，成全了今天的这个我。

这本书本质上是一部《红楼梦》读后感合集，糅合了很多我对人生的看法。评的是书中人，真正展示的是写书的自己。如果，你在读到它时有至少一秒钟的会心而笑，是我十分乐见的事。隔着书页，让我们心有戚戚。

感谢陪我走过三年的编辑、读者、朋友、家人，你们是教练，是啦啦队，更是陪跑者，没有你们，就没有这本书。当然，还必须要感谢曹雪芹，谨以这本书向他致敬。

梦里不知身是客，百看红楼。

是为序。

百合
2015 年春

目　录

命运篇　就把人生当作一场修行

成长篇　好姑娘不愁没人爱

爱情篇

偏偏只爱你

处事篇　我想知道我是谁

命运篇

就把人生当作一场修行

宝钗：就把人生当作一场修行

一

亦舒说："遇到困难，你有选择，要不你坐困愁城，要不你跳舞——"在人生的困境面前，"红楼"三大女主表现各异：林黛玉貌似喜欢"坐困愁城"，史湘云则选择勇敢跳舞，而薛宝钗既不坐困也不跳舞，她选择了精神修行。

宝钗的名字第一次出现，竟然是作为"犯罪嫌疑人"的家属被牵连出来重点介绍。她哥哥薛蟠打死冯渊，强抢香菱，以一个恶少面目赫然纸上，这令她显得特别无辜。

许多儿女双全的家庭都有个有趣的现象，那就是母亲偏儿子，父亲偏女儿，丰年好大"雪"的薛家也不例外，兄妹俩的教育便走向了两极。

薛姨妈的娘家金陵王家是显贵，可惜家教上有个硬伤，不提倡女孩子读书。看薛姨妈王夫人姐妹俩便知，平日言谈虽中规中矩，却都没多少诗书文化底蕴，关键场合就露了怯：行酒令时，薛姨妈说的尽是"织女牛郎会七夕"式的大白话；王夫人连场都不敢上找人代替，内侄女王熙凤干脆是个文盲。

因为素质所限，薛姨妈在孩子的功课上完全插不上手不说，还一味宠溺，惯得薛蟠"性情奢侈，言语傲慢"，以致后来"老大无成"："虽是皇商，一应经济世事，全然不知，不过赖祖父之旧情分，户部挂虚名，支领钱粮，其馀事体，自有伙计老家人等措办。"

一母同胞的宝钗，却从父亲那里得到了很优质的启蒙教育。也许是因为薛蟠不争气的缘故，她父亲"酷爱此女，令其读书识字，较之乃兄竟高过十倍"。然而天有不测风云，父亲病死，剩下他们母子三人，哥哥如同脱了缰的野马，没完没了地惹事，母亲根本管不住，薛家产业眼看就无力为继。

宝钗无奈只得放下书本，拿起女红；告别诗书，面对现实，人生就此改变方向——没有人天生成熟，大家都是被逼的。和黛玉交心那次，她说："我虽有个哥哥，你也是知道的，只有个母亲比你略强些。咱们也算同病相怜。"哥哥无状、母亲无能，他们对家族运势的走低基本无感，更不会去挽救颓势，傻乐呵呵地过着每一天。这种温水煮青蛙的生活，宝钗最先警觉，然而可惜无人共鸣呼应。宝钗每天醒来要面对的第一个人，便是精神上茕茕子立的自己。

曹雪芹曾这样描述宝钗的改辙之举："自父亲死后，见哥哥不能依贴母怀，他便不以书字为事，只留心针黹家计等事，好为母亲分忧解劳。"这种刻意的轻描淡写，传递出的信息仿佛是宝钗对读书这件事并不十分上心，一夜之间就转型了。

可是越往后读，就越觉得老曹当初是故意混淆视听，宝钗在诗书上绝不是泛泛之辈，从诗词书画到戏文老庄再到医理养生，无一不通，信手拈来，她都可说得头头是道。她的贴身侍女莺儿曾自豪地说："我们姑娘的学问连姨老爷时常还夸呢。"连严苛的贾政都要给她点赞，宝钗绝没曹雪芹说的随便混混那么简单。

她的"内存"大到什么程度？

林黛玉行酒令时随口来了一句"良辰美景奈何天",就被她抓了个正着:你死定了,这是禁书里才有的句子——吓得黛玉花容失色。

史湘云不知"楂"字为何意,宝钗说是明开夜合树,湘云一查果然,对她佩服得五体投地。

宝玉奉谕写诗,写了"绿玉春犹卷",宝钗告他娘娘不喜"玉"字,教他换成"绿蜡",用典正是唐钱珝的《咏芭蕉》。

惜春准备画大观园长卷,她给开了个备品单子,各类笔墨颜料用品在她嘴里有条不紊、滔滔不绝地道出,足足有四十五种之多!令听的人目瞪口呆,特别是她说还要"生姜二两,酱半斤"时,被林黛玉调笑是要"炒颜色"吃,她解释道:姜和酱是要预先抹在粗色碟子上防止被火烤炸的。众人无不对她的渊博肃然起敬。

第二十八回,王夫人推荐林黛玉吃一种药,但死活想不起药名,宝玉连猜了五个都不对,王夫人记起一点线索,说出"金刚"二字,宝玉表示爱莫能助:"从来没听见有个什么'金刚丸',若有了'金刚丸',自然有'菩萨散'了。"这时在一旁安安静静的宝钗,轻轻插了一句话,瞬间便搞定。她抿嘴笑道:"想是天王补心丹。"林黛玉阴虚生内火,睡眠不好,而天王补心丹正好有滋阴安神的作用,她正是根据病症及线索轻松推理出了药名。后来跟林黛玉聊天时,还指出林黛玉所用方子的不妥之处——"人参肉桂觉得太多了。

虽说益气补神，也不宜太热。依我说，先以平肝健胃为要，肝火一平，不能克土，胃气无病，饮食就可以养人了"。又提议，"每日早起拿上等燕窝一两，冰糖五钱，用银铫子熬出粥来，若吃惯了，比药还强，最是滋补阴气的"。颇有见地。

诸如此类的细节在书中俯拾皆是，宝玉曾赞宝钗"无书不知"。她读书又多又杂且博闻强记，大观园里真的无人能出其右，连有"咏絮之才"的林黛玉都自叹弗如。令人禁不住要用《哈利·波特》里罗恩议论赫敏的那一句台词问："她怎么什么都知道？"

二

这要深究起来，话就长了。

大家虽同为读书认字的豪门闺秀，但各人身上背负的期望值却有天壤之别。黛玉读书是因为父母"不过假充养子之意，聊解膝下荒凉之叹"，又兼年幼体弱，所以"工课不限多寡"，官场落魄沦为家庭教师的贾雨村教得有一搭没一搭，"十分省力"。进贾府时，贾母问她读了什么书，她说："只刚念了《四书》。"而贾氏姐妹读书，用贾母的话说则是"不过是认得两个字，不是睁眼的瞎子罢了"。

宝钗不同，家里让她读书是有功利心的。从一开始，曹雪芹就明白交代：当年宫中大选，宝钗是以待选之身暂住于亲戚贾家。要知道，她参加选秀可不是一时兴起，而是早有准备。因为宫中定期在仕宦名家之女中大选，除了聘选妃嫔外，还要选一批"才人善赞"的女官，充当公主郡主的入学陪侍。元春走的就是这条路：先做了当差女史，然后才封了妃。宝钗的父亲也正是看到了这种可能性，才对宝钗悉心教导，只等着"学成文武艺，货与帝王家"，所以宝钗的学问好一点都不奇怪，因为那是给将来做准备的。

可是再往后，选秀之事却没了下文，成了"红楼"一大谜案。

仔细查找，宝钗参选也不是完全无迹可寻。在第七回，薛姨妈忽然没头没脑给了周瑞家的十二支宫花，只说"这是宫里头的新鲜样法，拿纱堆的"云云，让她给年轻主子们分了。薛姨妈一向嘴碎爱唠叨，搁往常一定把这宫花的来历说清楚，偏这次一字不提，偏别人一字也不多问。这宫花从何而来？

史料记载，清宫选妃"战线"拉得很长，要从第一年冬天就开始，直到第二年五月新人入宫才告尘埃落定。薛姨妈送宫花时正是冬腊月，在时间上是吻合的。看样子宝钗已经参加过第一轮的选秀了，宫花正是她从宫里带回来的。

想要攀附皇家比登天还难，清代选秀过程繁杂到令人发指。秀女一轮选中被"留牌子"并不意味着就大功告成，还要再定期复选，复选之后还有三选……就算过五关斩六将层层筛选能进入宫中，还要进行留宫住宿考察，在其中选定数人，其余的都被"撂牌子"淘汰回家。况且有人的地方就有政治，选秀并不是完全靠自身实力，到了最后的节骨眼上还是要拼背景路子。很可能宝钗在走到最关键的时候，无爹可拼，哥哥也是个糊涂人，估计银子也花了不少，最终仍功亏一篑，这便应了宝钗在第二十七回对宝玉所说的那句怒气冲冲的话："我倒像杨妃，只是没一个好哥哥好兄弟作得杨国忠的！"

这样一梳理，回头再看许多情节便恍然大悟。

按选秀惯例，选中的会"留牌子赐香囊"，落选的则是"撂牌子，赐花"。薛姨妈分宫花，是曹雪芹在暗示宝钗最终落选的命运。

莺儿多嘴，使得宝玉有机会见到宝钗的金锁，发现上面刻的吉利话和自己玉上的果然是一对儿，而宝钗却有意打岔，与宝玉泾渭分明。在之后的三四回里，宝钗完全销声匿迹，莫非是参加二选去了？直到第十七回元春省亲，宝钗才又出现。

第二十二回开始，凤姐说有要事要同贾琏商量，说二十一是宝钗的生日，老太太要给她做生日，问怎么个办法儿。而贾琏的表现很耐人寻味，"低头想了半日"才说话，很挠头的样子。宝钗八成就是在此时被挤掉了，老太太知她面上心里都难过，便借她满了及笄之年为名，特意给她开个生日宴会，既是为之撑腰堵住悠悠之口，也是表达安慰之情。在这种情况下，宴会的规格和基调就很难把握，办大办小都不合适，落选也不是什么光彩事，隆重了不妥，简薄了也不好，总要考虑当事人的感受，这正是凤姐儿和贾琏为难的地方。后来还是贾母有办法，在院子里搭了个小戏台，只请了自家人摆了几桌饭，生日过得温馨而热闹。宝钗入选之事就此打住，大家都是明白厚道人，谁也不再提起。

事已至此，宝钗就该收拾行李回金陵原籍去，何以还长住贾家不走？可能是面上无光，不愿见江东族人，也可能是在做最后的努力，看看能不能退而求其次，不能进皇宫那能不能入王府，在最后期限以候补身份搭上末班车。

此事在第二十八回终于有了分晓，端午节元妃赐礼，她和宝玉的份例一样，而此时也正是最后一批秀女们入宫入府的日子。这是元春明明白白在告诉她：入选已是回天无力，你就死了这条心吧！同时含蓄地表达另一种抚慰性质的愿望：入宫不成，不妨做我弟妹好了。原本心高气傲志在必得的宝钗，内心况味之复杂不难想象，极易被激惹而恼羞成怒，这才有了第三十回"宝钗借扇机带双敲"一折，先是呛宝玉再是骂丫头，让人见识了一下她的脾气。

曾一度忌妒宝钗的黛玉，知宝钗美梦落空，又见"宝玉奚落宝钗，心中着实得意"，也落井下石趁势取笑，问宝钗看的什么戏，巴不得宝钗说看的是《南柯梦》，好借题发挥。宝钗忍无可忍之下也揭了他们的短，用《负荆请罪》狠狠回敬，直指他二人那些闹闹腾腾的儿女私情，让黛玉吃不了兜着走。她活该，谁让你往人伤口上撒盐？

三

选秀，犹如一场闹剧，裹挟其中所受的种种波折煎熬，如人饮水冷暖自知。大幕落下，有人欢喜有人哭，失败者要退回生活的原点，而从前的人生规划已然全盘推翻。王安忆曾描写过"上海小姐"落幕后的类似感觉，说那"是过眼的烟云，留不住的风景，竹篮打水一场空的，它迷住你的眼，可等你睁开眼，却什么都没有"。宝钗的失落尴尬一言难尽。

从前的她，心多高啊！宝玉怎么入得了她的法眼？据她自己说，娘胎里就带来一股热毒，只有收集四季白色花蕊（次年春分这日晒干）和四时无根之水（雨水这日的雨，白露这日的露，霜降这日的霜，小雪这日的雪），加蜂蜜白糖制成的丸药才可解，药名叫作"冷香丸"。平日埋在梨花树下面，发病时吃一丸。方子还是个癞头和尚给的……"倒也奇怪，吃他的药倒效验些"，好似自己病都病得花娇玉贵似的。

周瑞家的听了，忍不住替全天下好奇的读者发问：发病时是啥样症状？想看看到底是什么疑难杂症，才用得上这么刁钻的方子。宝钗说："也不觉什么，只不过咳嗽些，吃一丸药下去就好些了。"呃……呵呵，原来得的是"公主病"啊，所谓的"效验"，和尚用的是暗示疗法吧？

无怪冰雪聪明嘴上不藏话的黛玉后来冷笑："难道我也有什么'罗汉''真人'给我些香不成？便是得了奇香，也没有亲哥哥亲兄弟弄了花儿、朵儿、霜儿、雪儿替我炮制。"一语道破宝钗的矫情。搞笑的是，落选后，宝钗再也没犯过"那种病"，也再没提过她的冷香丸，还反过来劝黛玉少吃药多吃饭，主张"食谷者生"。可见矫情是病，得治。

和尚给开出的冷香丸，其原料均系寒凉之物，服食之时还要用清热燥湿的黄柏煎汤服下方可。热毒是暗指心中炽烈的功利欲念，冷香丸则喻示着冷却与肃清。而落选恰如兜头一盆冷水，将宝钗浇了个透心凉，那冷香丸就再也用不上了。人生的分水岭就此横亘在眼前，她不得不接受现实，在心中挥一挥衣袖，挥去从前的万丈雄心，一切以务实为要。

后来，她劝诫黛玉莫读禁书时，说：作诗写字等事，这不是你我分内之事，咱们女孩儿家不认字的倒好。作为一个过来人，她清楚：寻常女子读书再多，也是无处施展的屠龙之技而已，纯属枉费心血。又说：偏又认得了字，既认得了字，就拣正经的看，若被杂书误导，就得不偿失了。那些书她早都读过，知道会给青春期的少女带来多大的心理刺激，这些话出自被感染过又获得免疫力的她之口，更有说服力。

而对于一心想跟她学写诗的香菱，她是这么对付的：不讲道理，因为呆香菱听不懂；也不直接回绝，那样会伤了人家的心。不妨先放一放，眼前要打点的世故人情要紧，别失了礼数落人话柄。所以，她不说行也不说不行，只吩咐说：你趁着刚来大观园头一天，先出园东角门，从老太太起，每家每户你都去拜访一下，再回园子里，到各姑娘的房里走走。就此把话题岔开。懂那么多诗书干什么？一点都不实际，无知无欲者最幸福，她早都看透了。

反过来，她倒劝宝玉要多学些仕途经济，也是从实际出发。一个男孩总要长大，总要成为一个肩挑责任的男子，不想当废物，成人世界里的这些技能迟早要学会。可惜她的话宝玉听不进去，还说她"好好的一个清净洁白的女儿，也学的钓名沽誉，入了国贼禄鬼之流"。多年以后的宝玉，终于意识到自己曾经是多么混蛋幼稚，一首《西江月》如同悔罪书，道尽他的自嘲悔恨："天下无能第一，古今不肖无双。寄言纨袴与膏粱：莫效此儿形状！"

教训起未来的堂弟媳岫烟来，宝钗更是一点也不客气，起因只为岫烟随身戴了一枚玉佩，是探春送的。宝钗说："咱们如今比不得他们了，总要一色从实守分为主，不比他们才是。"这不是薛姨妈式的嘴碎，是清楚地看到了薛家无可挽回的颓势，提前警醒这个家族未来的女主人。薛家选岫烟做儿媳，正是看中了她出身贫寒却端雅稳重的品质。伟大如梭罗都说："人性中最美好的品质，犹如果实上的粉霜，只有轻手轻脚，才能得以保存。"宝钗深谙此理，难免要借机敲打一番。

四

而她自己的精神世界，也已悄然进入另一层境界。

就没人看出她暗地里已经潜心佛禅吗？

学佛，不是善男信女们庸俗肤浅的许愿烧香，真正的礼佛，在于认同领会佛学中博大精深的理论，戒的是"贪嗔痴"，讲的是"断舍离"，让内心摆脱痛苦，趋于喜乐安静，一个字：悟。

宝钗没有童年，打小儿就被赋予庄严沉重的使命，所以她没有黛玉轻舞飞扬的灵气嫣然，只有四平八稳的自持端庄。她把自己活成了一根标杆，就是为了有一天能让成功的旗帜迎风招展。选秀这段路，走得好辛苦，从最初的处心积虑，中间的一波三折，到最后的功亏一篑足以令她刻骨铭心。

本就是有慧根的人，经此一事，生出了"苦海无边，回头是岸"的顿悟。"丝丝点点计算，偏偏相差太远"，这世上的许多事，确非人力所能及，倒不如看开、看轻、看淡，让自己恬静安然。而引领她找到心灵出口的，便是佛学。

参禅的心性在贾母请她点戏时已初露端倪。当时为了报答贾母的好意，她投桃报李，点了一出热闹的《鲁智深醉闹五台山》，宝玉抱怨，她说：你只看表面上的热闹，说明你还不懂。便念了一段戏文与他听："……赤条条来去无牵挂。那里讨烟蓑雨笠卷单行？一任俺芒鞋破钵随缘化！"这是她刚落选后不久，佛家所谓的"出离之心"已然浮现。

后来宝玉和黛玉、湘云生了一场气，便自以为"悟了"，写了首偈语，被宝钗看到，说"道书禅机最能移性"，急忙撕了。这一段情节的旁边，脂砚斋赞道：真慧心人也。后来闲谈之间，宝钗还普及了一段关于六祖慧能的禅学典故，令宝玉自惭。的确，一个娇生惯养未经世事的公子哥儿，离"悟"还早着呢！

第四十回，贾母一众人游览大观园，到了她住的蘅芜苑。发现她的房间里摆设太过简素，贾母看不下去，批评凤姐小气，方知是宝钗自己不要，将玩器都退了回去。贾母深觉不妥，摇头说使不得，年纪轻轻的姑娘，房里如此素净，是犯忌讳的。老太太的意思很明显：花一般的年纪却如此清心寡欲，绝非吉兆。

与之对比的，是探春的秋爽斋和黛玉的潇湘馆：探春是个书法爱好者，屋里各色宝砚笔筒，毛笔多得如树林一般，摆件和用物显示着主人高雅的情趣；黛玉更别提了，满架子都是书，刘姥姥说"满屋里的东西都只好看"，又是养鹦鹉又是留燕子，足见对生活有多热爱。

再看宝钗的屋子，"雪洞一般，一色玩器全无，案上只一个土定瓶中供着数枝菊花，并两部书，茶奁茶杯而已。床上只吊着青纱帐幔，衾褥也十分朴素。""雪洞"二字，曹雪芹可不是随便用的，因为在佛教密宗里，最好的闭关修行之所，一是雪山二是洞窟，把屋子收拾得"雪洞一般"，暗指宝钗在潜心修佛。案上的那两部书是什么？保不齐便是经书。

在大观园这个热闹绮丽的世界里，她将自己的蘅芜苑打造成了一个小小的修行之所：院里奇草仙藤芬芳四溢，屋内摒弃浮华简省素净，数枝菊花更是隐士的象征。

所谓超脱，也是厌倦。物质世界对她渐失吸引力，曾经热衷追逐的东西如今弃如敝屣，内心已与俗世有意疏离。当别人还在享受生活时，宝钗已经开始着手给自己的人生做开减法，的确是"悟"了，但"悟"得太早。

所以贾母专门把鸳鸯叫到跟前，指明拿给宝钗几样不俗的摆件儿，又让用水墨字画白绫帐子换了她的青纱帐幔。鸳鸯说还得回去慢慢找，老太太再次强调："明日后日都使得，只别忘了。"阅历丰富的老人家，察觉出了异样便有心纠偏，想把这姑娘拉回人间。

五

有人觉得她无情，她掣的花签上却写："任是无情也动人。"全因了她将外在的温暖与内心的清寂兼具一身。

金钏儿投井，王夫人愧恨落泪。她轻描淡写地劝过去，说对方不是失足便是糊涂人，仿佛一点同情心也没有，可是却能将自己的衣服贡献出来给金钏做妆裹，连王夫人都止了泪反问她："难道你不忌讳？"她笑说："我从来不计较这些。"现实里世事洞明人情练达，精神上却早早参透了人生虚无，所以百无禁忌。

后来听说尤三姐自刎、柳湘莲出家，众人都骇异感吁，只有宝钗不以为意，说"这也是他们前生命定"。不必为之感伤，貌似无情，这种说法与佛家所提倡的因果业力之说完全吻合。

原来只要有心修行，哪里都是净土，何苦一定要入佛禅寺院？看看妙玉，虽然身在栊翠庵，心却系在绛芸轩，与宝玉明明暗暗情愫频传。宝钗却在吵吵闹闹的人群里，开辟了心灵的另一方花园，自给自足，无拘无碍，芬芳静谧而又超脱安然。

越到后期，宝钗的心态越发达观阔朗，第七十回"咏柳絮"时，她见众人写得声气雷同且"过于丧败"，便说："柳絮原是一件轻薄无根无绊的东西，然依我的主意，偏要把他说好了，才不落套。"
另辟蹊径，一举扭转消沉之风："万缕千丝终不改，任他随聚随分。
韶华休笑本无根，好风频借力，送我上青云。"心胸视角之妙令人
击掌，潇洒积极中透着几分男子的坚强，充满了正能量。特别是最
后两句，世人总将之解读为有功利心，怎么就不能看成庄子式的自
由浪漫呢？

　　她被称作"山中高士"，绝非浪得虚名：处世行的是儒家之礼，
内心兼有佛禅的安定，最后在精神上达到道家的自在，自知曲高却
不和寡，在俗世与超然之间自由行走。

　　当初选秀落败后的失意难堪，成就了宝钗的一场浴火涅槃。
她没有陷入自伤怨愤，而是倚借自我修行找到了一种充满思辨意
味的活法，做人入世而精神出世，将中庸与超脱平衡得恰到好
处，就算外界有八面来风，她也做到了我自岿然不动，恬淡从
容。当同龄人尚在青春的泥沼中跌跌撞撞哭哭笑笑时，她已经万
水千山走过，站在更远的地方微笑。

　　"回首向来萧瑟处，归去，也无风雨也无晴。"

黛玉：因为不懂，所以刻薄

一

　　林黛玉厌恶刘姥姥。她曾说：她算哪一门子的姥姥？叫她个"母蝗虫"得了，还叫惜春画画时千万别忘了画一幅《携蝗大嚼图》，主角就是逮什么吃什么丑态毕露的刘姥姥。众人大笑，宝钗夸她骂得有创意，不服不行。

　　黛玉是个有灵气的人，她思维灵动跳跃，写诗填词向来别具一格，骂起人来也是尖酸俏皮促狭刻薄。文化人，一个脏字不带，却把人损到了骨子里，怪不得古人提倡"女子无才便是德"，女孩子少识些字少知道点东西，就像给思想少开一扇窗子，言为心声，思想一贫乏，言语自然本分规矩，不会伤人。在这一方面，黛玉算是个反面教材。她在一瞬间打通了艺术与生活，"母蝗虫"的比喻十分精妙，属妙句偶得却有失厚道，不免为世人诟病，给自己的形象减了分。

人家刘姥姥容易吗？一个村野老妇，家里缺吃少穿，穷得过不了冬，没办法跑到荣国府来"打抽丰"寻点接济。得了好处之后也不忘报答，把自家地里的农产品又送来尝鲜，正好被贾母知道了，就留她住下来，逛了园子，好吃好喝地招待了几天。她使出浑身解数，不惜自毁形象当笑料，哄贾母开心，供众人娱乐。要知道，她已是七十五岁的人了，比贾母还要大好几岁呢！黛玉这样消遣老人家，确实刻薄了点。

是不是因为刘姥姥给宝玉讲了茗玉姑娘的故事，惹得宝玉去探寻，林黛玉吃醋迁怒于刘姥姥？或者，同为贾府寄身者，黛玉痛恨同类甘当小丑践踏自尊？还是，干脆就是品质问题，林黛玉本人就是个没同情心的人？

都不是。

黛玉这样，全是因为——

"不懂"。不懂，即是不了解：她不了解穷人捉襟见肘的困苦窘迫，不知道这世界上还有一类人会饿着肚子等米下锅，而米尚不知下落。

小丫头佳蕙来给黛玉送茶叶，正逢贾母给她送钱，她便随手抓了两把打赏，很不在乎的样子。出手大方，典型的阔小姐做派。佳蕙用手帕子裹着回来，倒出来让小红帮她"一五一十的数了收起"，这是小门小户丫头们对钱的态度。

人的需要是分层次的，先是生存的，然后才是被尊重的。尊严要建立在温饱之上，才显得货真价实。饿着肚子是没法谈尊严的。当生存与尊严不能两全时，没念过书的刘姥姥当然是凭着本能行事，不惜卑躬屈膝来求取贾府的一点施舍，先熬过难关再说。刘姥姥是一个很不简单的老太太，像一朵枯老的沙漠玫瑰，但凡给一滴水，便可以起死回生，顽强地生存下来。

而这一点，像被净水供在案头的水仙花一样的林黛玉恰恰也理解不了。在她的世界里，一切都太绝对，非黑即白，没有中间地带。

没有经历过，亦没有见识过，自然难以产生共情。

二

元春省亲，让诸姊妹作诗，林黛玉作过一首五言替宝玉交差，她写："盛世无饥馁，何须耕织忙？"不是她拍皇家马屁，从来没有饿过肚子的她真是这样认为的。这和另一个故事有点类似：看到大雪纷飞，农民想到瑞雪兆丰年，明年有好收成，文人只觉得美，便说"再下三年何妨"，惹得农民接了一句粗话："放你×的狗×。"

从一出生，黛玉的生活里只有高雅、美和洁净。擅长口角噙香地吟诗作赋；十指不沾阳春水，只纤纤巧巧地拈挑着琴弦，一年半载不拿针线，偶尔兴起做了个荷包给宝玉，一翻脸还给铰了；饮食起居无一不考究精致，居住的院子里因遍植翠竹，她外婆说了：窗纱的颜色须得是银红的才配得上。至于一饭一蔬来自哪里，一缕一寸出自何方，从来不是她要考虑的范畴。上层社会的生活环境为她自动屏蔽了底层社会人们生存的艰辛。

林黛玉的祖上袭过列侯，本应袭三代的，但皇上一高兴叫他们多袭了一代，一共袭了四代，袭到她爷爷那一辈才算完，家底颇丰。她爹林如海，是科考探花郎，全国第三，先是当了兰台寺大夫，后来又被皇上钦点了巡盐御史，是个肥差。黛玉她妈贾敏就更不用说了。黛玉出身名门，用今天的话说，绝对是高干子女。

虽说没了爹娘，在贾府"寄人篱下"，此寄人篱下却非彼寄人篱下也：身边一大群丫头嬷嬷伺候着，锦衣玉食地供养着，吃穿用度都是府里的最高标准，说一声身子弱，外祖母便天天人参肉桂地供给她，拿补药当饭吃，后来又一天一两燕窝地送来——谁敢给她一个脸色？只有她给别人脸色。

当然，是人就有痛苦，她的痛苦很奢侈，全是精神上的：为落英缤纷落泪，为旖旎戏文落泪，为儿女情长落泪。她的痛苦，竟也是美的。

她用居高临下的审美眼光，冷眼打量着刘姥姥。

她看到刘姥姥相貌粗俗、举止粗俗、言语粗俗，却看不懂那是庄户人一颗汗珠摔八瓣、面朝黄土背朝天的日子磨出来的粗糙。黛玉对农人生活的全部感性认识，来自人造景观稻香村。顾随曾说，他读黄庭坚的诗，最不喜"看人获稻午风凉"这一句，太不懂农民疾苦。黛玉也一样，在她笔下，亦是一派美丽的田园风光："一畦春韭绿，十里稻花香。"

她看到刘姥姥自甘下贱、自当笑料、任人作弄，却看不懂那是一年到头只为了一张嘴忙活，临了居然还得觍着脸求人接济的辛酸。她有精神洁癖，最崇尚的诗人是陶渊明，"不为五斗米折腰"的那一位，为几两银子就装疯卖傻甘当小丑的行径，自然入不了她法眼。

三

并不是所有的人都不懂，丫头阶层里平儿、鸳鸯、袭人对刘姥姥的体恤，源于她们对穷人阶层的了解，特别是袭人在入府为奴之前的生活，只怕比刘姥姥也好不到哪儿去。

王夫人、王熙凤、薛宝钗，这三位主子乃出自一脉，前两位对刘姥姥也算十分照拂，宝钗也存着一份厚道。

王夫人在刘姥姥离开时，特地给了刘姥姥一笔巨资：一百两银子。这差不多是刘姥姥一家五年的生活费，以此作为小本买卖的启动资金，叫她以后别再"求亲靠友"的，虽说有为自己面子计的缘故，也算体察，而这体察正来自见微知著：可怜见的，一大把年纪了，还要出来为了生计奔走。

因为刘姥姥本系王家的故亲，看在姑姑的面子上，王熙凤取笑归取笑，对她仍心存仁厚，出手也算大方，还央求刘姥姥给自己的宝贝女儿起名字："他还没个名字，你就给他起个名字。一则借借你的寿；二则你们是庄家人，不怕你恼，到底贫苦些，你贫苦人起个名字，只怕压的住他。"

这两位主子懂，是因为理过家管过财务的缘故。而宝钗呢？

在刘姥姥鼓起腮帮子说"老刘，老刘，食量大似牛，吃一个老母猪不抬头"时，众人都笑得前仰后合，曹雪芹一共写了七八个人的笑态，有喷饭的，有扣了茶碗的，有岔了气趴在桌上的，有肚子疼让揉肠子的——只独独宝钗，曹雪芹未着一字。这个早熟的少女，一定不会大笑失态，顶多是微微一笑，眼里含着悲悯，一切了然于心。

和林黛玉出自官宦之家不同，薛家是皇商，皇商也是商，家里又有一些买卖产业面向市井，这就使得宝钗有机会耳闻目睹平民百姓的真实生活。比如说，薛家开着当铺，赚的就是那些青黄不接、钱不凑手的人的钱。她太知道他们了——人穷志短。

说到当铺，薛家没过门的平民媳妇邢岫烟，拮据之时，就当过东西。她把棉衣当到了薛家开的当铺里，闹出了"人没过来，衣裳先过来了"的笑话。宝钗知道后偷偷把棉衣给她拿了回来，当票却被湘云"顺"走了。黛玉和湘云，这两个"侯门千金"，愣是不认得当票是什么东西。身处豪门，对于民间司空见惯的当铺，长到十几岁，竟是闻所未闻。在听了薛姨妈的讲解之后，这二位脱口而出的竟是："人也太会想钱了！"无知到令人发笑。又问："姨妈家的当铺也有这个不成？"

同样，刘姥姥看荣国府人的奢靡生活，若非眼见，也是难以想象：乖乖，原来世上还有人这样生活，就算吃个茄子，竟要用十来只鸡来配！

林黛玉们和刘姥姥们，她们之间的距离应该以光年计算，那是隔了一条银河的距离。他们看对方，都像是看外星人。不同的是，一个在云端俯视，一个在泥地仰望。

　　刘姥姥好歹也见识过林黛玉的生活，而林黛玉对刘姥姥的生活却一无所知。张爱玲说过的"因为懂得，所以慈悲"这句话，到林黛玉这里正好可以反过来说："因为不懂，所以刻薄。"

　　因此，对林黛玉也用不着太苛责。一个养在深闺不谙世事又有精神洁癖的贵族少女，不是她不善良，实在是阅历限制了胸襟，说白了：啥也不是，是她没受过穷，把生存看得太简单。

元春：把悲伤留给自己

一

黛玉和宝钗，一个灵性，一个通透，外貌燕瘦环肥，各有其美，二人的身后都汇集了由成千上万人组成的粉丝群，为着各自的偶像摇旗呐喊甚至不惜相互诋毁，"红学"江湖上两大门派由此而生："拥黛抑钗派"和"拥钗抑黛派"，几百年来纷纷扰扰，吵嚷不休。

她们本可以各自拥有美好的人生，却因为门第之高与利益之巨而衍生的婚配资源有限——"统共只有一个宝玉"，又兼实力相当，成为争夺宝二奶奶宝座的两大热门人选。

两个妙龄少女就这样被捆绑到一起，站上了竞选台，让台下的评委们投票选出各自心目中的宝二奶奶。

　　贾母和王夫人，这两位资深评委，分别把票投给了黛玉和宝钗，一比一。贾母的票当然比王夫人的票分量重，更有王熙凤站在贾母身后，利用各种场合用开玩笑的方式为黛玉的上位造势："你既吃了我们家的茶，怎么还不给我们家作媳妇？""你给我们家作了媳妇，少什么？"又指着宝玉说："你瞧瞧，人物儿、门第配不上，根基配不上，家私配不上？那一点还玷辱了谁呢？"这些宣传手段十分见效，连兴儿都知道："将来准是林姑娘定了的……再过三二年，老太太便一开言，那是再无不准的了。"

　　貌似黛玉占着上风。

　　然而在第十八回，宝玉的亲姐姐，皇妃娘娘元春出场，她在上元节省亲会上与黛玉、宝钗短暂地接触考察之后，毫无征兆之下，她也出手投了自己的一票：端午赐礼，宝玉和宝钗一样，黛玉靠后。这一票，有转折性的作用，在宝黛特别是黛玉的心上投下了隐约的阴影，为八十回以后人物的

命运走向埋下伏笔。

局面开始有了微妙的改变。宝玉说：怎么林姑娘的倒不同我的一样，倒是宝姐姐的同我一样！别是传错了吧？黛玉说：我比不得宝姑娘，什么金什么玉的，我们不过是草木之人！连宝钗都"心里越发没意思起来"。

是什么让元春贸然出手，做出了这样的选择？

二

先从生物学角度说，元春同宝钗是血亲，跟黛玉却未必。据有人考证，贾政的原型并非贾母的亲生儿子，他是后来过继过来的，贾政和贾敏并不是亲兄妹，也就是说，元春和黛玉这对姑表姊妹只是名义上的，实际并不存在多少血缘关系。

如果《红楼梦》是一本有原型基础的小说，这也许就能解释为什么黛玉初进贾府去拜见贾政，贾政却正好去斋戒的真实原因。是啊，见了面说什么呢？亲情属自然流露的东西，强装出来倒显得肉麻，双方不免尴尬，与其如此，倒不如不见的好。翻遍整部《红楼梦》，可曾见政老爷有哪一次因为妹妹的早逝，而表达出一点对外甥女的体恤？

林黛玉常常慨叹身世飘零，大抵与此有关。因为偌大一个贾府，同她有亲缘的可能只有外祖母一人，随着外祖母年事已高，黛玉的不安全感与日俱增，成天处在惴惴不安之中，连丫头紫鹃都替她着急："替你愁了这几年了，无父母无兄弟，谁是知疼着热的人？趁早儿老太太还明白硬朗的时节，作定了大事要紧……若娘家有人有势的还好些，若是姑娘这样的人，有老太太一日还好一日，若没了老太太，也只是凭人去欺负了……"惹得黛玉失了眠，哭了整整一夜。

而王夫人与薛姨妈则是亲姐妹，元春与宝钗，是如假包换的姨表姊妹。血浓于水的事实，让宝钗在元春心里的分量本来就比黛玉重。先不说别的，当元春省亲接见诸姊妹，环顾左右，问的是："薛姨妈、宝钗、黛玉因何不见？"只看她嘴里的排序，便知宝钗凭先天的优势近她一步。

及至见到这两个，长得如"姣花软玉一般"，后面紧跟着就是"因问：宝玉呢？"啊，看到这两个表妹长得都很漂亮，马上就想起宝玉，不是动了择其一做弟媳的念头吗？

从这一刻，宝钗和黛玉的竞争就正式开始了。

三

第一局拼的是姿色，宝钗"鲜艳妩媚"强在"色"；黛玉"风流袅娜"胜在"姿"，各有千秋。

不过，以元春的审美，多半会喜好宝钗这一款："鲜艳妩媚"是从气色上讲起，气色好代表着身体健康；而林黛玉，王熙凤背地里说她是"美人灯儿，风吹吹就坏了"，兴儿说大热的天"还穿夹的"，见她和宝钗一块出来，都不敢出气儿，怕"吹化了姓薛的，吹倒了姓林的"，说活了宝钗之丰白，黛玉之瘦弱。连林黛玉自己都说：一年三百六十五个夜晚，顶多能睡十来个安稳觉。长期的睡眠不足，她的脸色好得了吗？说不定常年带着黑眼圈也未可知，她的名字里含着一个"黛"，黛即黑色，曹公用如此稀有的字，颇值得玩味。

当然了，"病若西子胜三分"，连病着都能美得我见犹怜，黛玉也的确是够美。然而这样一种病态美，从实用角度出发，不是人人都能接受得了的。身为姐姐，元春给最疼爱的弟弟选妻，除了美貌之外，还要考虑健康，谁愿意要一个病快快的弟媳？妻子承载着生育后代的任务：丰沃的土地，才能生发好苗。这种理论说出来虽不雅，然确是自然选择遵循的规律。总之，这一局，黛玉没有明显的优势，打平亦属勉强。

第二局，比才华。元春命诸姊妹作诗，验看她们的诗才，参赛的有迎、探、惜三姐妹，李纨，宝钗，黛玉，一共六人。老曹写得很狡猾，他说"迎、探、惜三人之中，要算探春又出于姊妹之上，然自忖亦难与薛林争衡，只得勉强塞责而已。李纨也勉强凑成一律"。三姐妹中最好的一个都比不过薛林二人，嫂子李纨也是"凑"，统统都"勉强"，两句话就淘汰了这四位选手。很明显，争锋的就只剩宝钗和黛玉了。

宝钗写的是七言，用词富丽堂皇，前四句："芳园筑向帝城西，华日祥云笼罩奇。高柳喜迁莺出谷，修篁时待凤来仪。"又是"帝城"又是"祥云"，又是"莺出谷"，又是"凤来仪"，一派祥瑞气象。写完景之后，歌功颂德感念皇恩，"文风已著宸游夕，孝化应隆归省时"；然后直接恭维元春，"睿藻仙才盈彩笔"，又自贬说"自惭何敢再为辞"。态度端正谦卑，结构四平八稳，正是皇家所推崇的宫廷体。

黛玉一向最"粉"陶渊明，她写的是一首冲淡的五言律诗，这很冒险：陶诗不好学，写得好了会如中国水墨画一般有意蕴，写不好就会显得很平庸。"名园筑何处，仙境别红尘。借得山川秀，添来景物新。"果然，应制诗限制了她性灵的发挥，这本不是她所擅长的，和宝钗的一比，她的句子就显得瘦骨伶仃。当然她也没忘应景，末句说"何幸邀恩宠，宫车过往频"。同是感念皇恩，性子清高的她，点到为止，不肯像宝钗那样去正面歌颂。

所以，元春在谈笑之间便给这二人编了座次："终是薛林二妹之作与众不同。"还是薛在前，林在后。很明显，这一局黛玉落败。

曹雪芹对林妹妹真是偏袒，他以旁观者的口吻说："原来林黛玉安心今夜大展奇才，将众人压倒，不想贾妃只命一匾一咏，倒不好违谕多作，只胡乱作一首五言律应景罢了。"大概他也觉得，林黛玉今晚的表现有失水准，忍不住要替黛玉辩护，其实是护短。输就是输了，护了也白护。

四

如果一定要从黛玉诗里找出有点色彩的句子，要数颈联的"香融金谷酒，花媚玉堂人"了，有"香"有"玉"，还算精致。可是最要命的也是这一句："香""玉"二字为元春所不喜——她亲自把前面宝玉所题的"红香绿玉"，改作了"怡红快绿"。刚刚剔除的两个字，转眼之间，林妹妹就没眼色地又呈了上来。这一句，在别人看来是亮眼，元春看来是碍眼。

而这一点，宝钗早看出来了，所以她不但没用，还提醒宝玉也别用。宝玉写"绿玉春犹卷"，宝钗悄悄对他说："他因不喜'红香绿玉'四个字，改了'怡红快绿'；你这会子偏用'绿玉'二字，岂不是有意和他争驰了……"这就是她的认识高度：用了娘娘不喜欢的字，就是有意跟娘娘较劲，给娘娘添堵。宝玉听了，汗都下来了，皇权面前，人人腿软。

这既是比才华，也是比政治敏锐性。

凭借着须臾之间的匆匆一会、一首诗、两个字，三场竞争之后，列席评委元春做出了判决：黛玉出局，宝钗留下。

林黛玉的人生航向就这样不知不觉地偏离，而此时，她还浑然不知，耿耿于怀于今晚"未得展其抱负，自是不快"，急吼吼凑上去要替宝玉当"枪手"，宝钗则避嫌地"抽身走开"了。

黛玉写的是《杏帘在望》。这一首体现出了她的真正水平，宝玉喜出望外，觉得比自己写的那三首强十倍；元春也"喜之不尽"，又指黛玉写的那首是四首之冠，并马上引用诗里的字眼，将"浣葛山庄"改成了"稻香村"。在第七十六回，湘云和黛玉赏月时，曾夸"凸碧山庄"和"凹晶溪馆"里的"凸凹"二字用得新鲜，黛玉便洋洋得意地说：明说了吧，这两个字正是我拟的，但凡是我拟的，一字不改都用了呢。林黛玉对自己的文字功夫向来很自负。

没用。

有点小才华的女子，常误以为单凭才华就可以征服世界，这想法很幼稚。有多少女子因为才华而熠熠闪光，就有多少女子因为才华误了人生。才华可以成为她们异于常人的标志，却并不能令她们所向披靡，想走得顺遂少跌跟头，要低下身段，搁置出世的心，仔细研究生存的法理，那里面的文章，比起文字所构筑的世界，要深奥得多。

这道理，宝钗懂，元春更懂。

五

当初，元春因"孝贤才德"，被选入宫中担任女史，其实就是在后宫当文秘，后来升职成了"凤藻宫尚书"，想来她也算是一有才的。

然而，真正令她扬眉吐气的，是后面的"加封"，她封了妃，成了在编的正式妻妾。封号代表着皇上对她的印象，可以间接看出元春平日在宫里的为人做派：贤惠善良，知书达理，懂事隐忍……总之，是"贤良淑德"的典范，始封为"贤德妃"。她的成就来自处事周全，而非卓尔不凡的个性。

她有自己固定成型的价值观，又自然而然拿这个价值观去衡量别人。言为心声，通过各人的诗作，她看出宝钗和她的性情较为接近。物以类聚，这是其一。

荣国府又不同于寻常百姓家，更像一个结构庞大臃肿的机构，"生齿日繁，事务日盛""日用排场费用，又不能将就省俭"，以致内囊将尽。要保证其在超负荷之下的正常运转，对家族管理者提出了极高的要求。贾母日益年老，邢王二位夫人难当重任，孙媳中李纨寡居不问闲事，唯剩王熙凤一人苦苦支撑。高层中迫切需要补充新鲜血液，以合力拯救这濒危的家族。未来的宝二奶奶身上，便维系着这种希望。

元春便是在这种心境下，选中了合时宜识大体的宝钗。这不是在选弟媳，是在选高管。

谁都知道，宝玉爱的是黛玉。可是自始至终，有谁问过宝玉：这两个姑娘你最中意谁？好像这事跟宝玉压根没什么关系。豪门的婚姻从来不主张爱情至上，身在豪门中的孩子，享受着富贵奢华生活的同时，在婚姻中十有八九要任人摆布。"天下没有免费的午餐"，这是他们的命。

贾府里的一把手是贾母。虽然她自称"老废物"，那都是场面上调侃的话，当不得真，她在府里的地位是至高无上的，她不发话则已，发话则说一不二。而她大力扶持的接班人，不是荣国府最有面子的儿媳妇王夫人，竟是孙媳妇王熙凤。老太太的一双慧眼像筛子一样，把才能平庸的王夫人筛下去，再把泼辣能干的"破落户儿"捧起来。局外人不觉得有什么，再说凤姐儿还是王夫人的内侄女，可对于王夫人来说就是冷遇。

在贾府里长大的元春，对于母亲的尴尬不会没有察觉，特别是在弟弟宝玉的亲事上，母亲竟然不能做主，眼看着老太太就要把自家外孙女强塞过来做儿媳，而她中意的自家姨表妹薛宝钗，与弟弟打小就有"金玉之说"，身份却恰恰是待选秀女，好生遗憾。后来的落选对宝钗来说是坏事，对元春来说却是个喜讯，如果她真能嫁过来，从私心里来说，母亲今后便是有了帮手，在府里不会那么孤立无援了。

多方面权衡之后，她属意于宝钗的心变得无比坚定。

母女连心。她的表态，无疑给无力还手的王夫人打了一支强心剂。事实证明，二十八回往后，王夫人的腰杆日益坚挺，杀伐决断间，渐渐不再是刚出场时谨小慎微的样子了。

那么，是元春想要通过此举给一手遮天的祖母一点小小的颜色吗？

亲人之间的感情往往不会太单一，不满归不满，爱终归是爱。元春是贾母一手带大的，她入宫后带信出来时还特别提到，在宝玉的教育问题上千万不要让祖母忧心，她对贾母亦有着很深的感情。然而在宝玉的婚事上，她的想法恰恰与敬爱的祖母有违，她该如何表达？

这个女子，打小长在睿智的祖母身边，耳濡目染，见识心机理应不俗；况且后宫佳丽三千，脂粉香里刀光剑影，能在其中谋得一席之地，必定有些"该出手时就出手"的胆识。

端午节便是个时机，趁着贾母还未来得及做定宝黛婚事，用赐礼级别明确表达自己的意愿，给祖母一些思考转圜的余地；更重要的是，她太喜欢宝钗了，唯恐在眼皮子底下叫别人抢了去，红麝串笼在宝钗丰泽的手腕上，仿佛在说："快，快，迟了就来不及了，来不及了！"

六

元春在全书中只出场一次，面目模糊。身着黄袍高坐在上面，跟跪在下面的父亲对话，无论是表达父女感情，还是教导君臣纲常，用的都是文言。省亲之夜，戌初才从宫里请旨起身，丑正三刻便被请驾回銮，算来在贾府待了总共只有五六个小时，省亲的过程在书里连一个回目都没占满。

关于她的种种印象，都是通过别人的话语。人们说起她，充满敬意艳羡，就像说天上的明月，神秘而辽远。

那是别人眼里的她，不是真正的她。

追溯她的成长轨迹，可以慢慢拼凑出一个含泪的女子。

元春上面有一个哥哥贾珠，据说德才兼备，可惜命不长早早死了。这是父母一生不能触及的痛，元春也成了长女，在一夜之间被迫长大。

后来好不容易又添了宝玉，父母已经年迈，她便主动挑起了抚养教育的重担，对宝玉十分怜爱，"刻未暂离"，宝玉才三四岁，已被她"教授了几本书、数千字在腹内了"；"其名分虽系姊弟，其情状有如母子"，在离家之后，还不忘嘱托父母，对宝玉的管教要适度，"千万好生扶养，不严不能成器，过严恐生不虞……"真是长姐如母的典范。

孩子多的家里，老大的责任感往往最重。元春想替父母分忧，光宗耀祖，苦于不是男子，不能袭官，不能参加科考会选，那就只剩下一条路：进宫。

她成功了，也从此孤身一人走上了一条更为艰辛的路。

在家里她是大小姐，进了宫就成了任人调遣的奴仆，后宫之内女人成堆，相互倾轧是家常便饭，受了委屈也只能咽泪装欢。她从底层做起，经过多年的苦熬，总算被晋封为妃。貌似风光却伴君如伴虎，一招不慎便会引来杀身之祸，还会殃及家人。贾氏一门的兴衰荣辱全系于她一身，日子过得如同走钢丝，步步惊心。

而此时，贾府上下正为她的成功欢呼雀跃，"个个面上皆有得意之状，言笑鼎沸不绝"。她的人生也到达了一个制高点，天恩浩荡，允许她回家省亲。

这注定是一次喜忧参半的骨肉重逢。

她终于见到了慈爱的祖母、双亲以及伯叔婶嫂，还有业已长大成人的兄弟姐妹们，特别是翩翩少年宝玉，她拉着他的手，把他抱到怀里，抚摸着他的头，泪如雨下。

她见到了两位美丽的表妹，她靠多年宫廷生活练就的缜密思维和敏锐眼光，理性负责地替宝玉挑选了其中一位作为他未来的妻子。她做的这一切，本意都是为了宝玉好，为了这个家好，但是她忽略了最重要的东西：爱情。可是爱情这东西，她从来都没感受过，她的生命里，无论是婚姻还是其他，只有责任是必需的，这是她的悲哀。如果她有一天亲耳听到宝玉说："我想娶的是林妹妹，我睡里梦里也忘不了她。"这位姐姐会如何回应？

别说爱情，连青春她都未曾拥有过。少小离家入深宫，一入宫门深似海，在深锁的长门里战战兢兢如履薄冰，有时会寂寞到发疯，几曾放肆地欢歌笑语过，几曾梦幻地风花雪月过？她对祖母和母亲哭着说："当日既送我到那不得见人的去处……"这句话里包含着诸多怨气和委屈。情绪安定之后，又冠冕堂皇地对父亲发了牢骚："田舍之家，虽齑盐布帛，终能聚天伦之乐；今虽富贵已极，骨肉各方，然终无意趣！"这够大胆，当着宫里带来的那么多太监宫女的面，公然倾诉对现状的不满。贾政连忙含泪提醒她，替她圆场："……贵妃切勿以政夫妇残犁为念，懑愤金怀，更祈自加珍爱。惟业业兢兢，勤慎恭肃以侍上，庶不负上体贴眷爱如此之隆恩也。"她马上意识到自己的失态，接口叫父亲"以国事为重……"重又戴上了贵妃的面具。

她还送出一件大礼，把衔水抱山建起的大观园送给弟妹们，作为他们挥洒青春和快乐的基地，并特地下了一道谕，"命令"他们进去住。她是如此疼爱他们：自己不能拥有的，就让他们尽情享受吧。而她，在离开时，只带走了弟妹们的诗作做纪念，用这点回忆来打发今后漫长的宫中岁月。

　　她把悲伤留给了自己，用欢笑成全了家人。她，本质上是为家族利益牺牲的那一个。

七

　　省亲之夜，欢喜之余，元春也对这个家有了深深的忧虑。

　　今日的恩宠来之不易，她希望家人懂得珍惜，生活用度不可太过张扬奢靡。

　　贾府注定要让她失望了：从她上舆进园，一路上香烟缭绕，华彩缤纷，灯光相映，细乐声喧，说不尽太平气象，富贵风流。她默默叹息："太奢华过费了！"这是居安思危之人常有的心境。

　　当她见到石牌坊上的"天仙宝镜"时，觉得太过张扬，连忙让换成了"省亲别墅"。

　　在园内其他的题词匾额上，她也力主务实，摒弃浮华，例如"蓼汀花溆"，她说："'花溆'二字便妥，何必'蓼汀'？"没错，那个题着"蓼汀花溆"的石港,其地理环境在第十七回里曾提到"过了荼蘼架,再入木香棚,越牡丹亭,度芍药圃,入蔷薇院,出芭蕉坞,盘旋曲折。忽闻水声潺湲,泻出石洞,上则萝薜倒垂,下则落花浮荡",是被各类鲜花环绕的一处景观,而"蓼"则指水草,流水生不出水草,纯粹是宝玉为凑够四字而刻意堆砌。元春砍去与实物不符的"蓼汀",只留"花溆",十分准确。

顺便提一句,刘文典先生认为"蓼汀"反切为"林","花溆"反切为"薛",元春此举是"捧薛而贬林",这说法有点想象过度。元妃娘娘只是就事论事,没那么复杂,这匾额和宝钗黛玉半毛钱关系也搭不上。

元春虽然自谦"素乏捷才",但她的文字功底绝非泛泛,她还把宝玉题的"红香绿玉"改作了"怡红快绿",说实话,经这一改,回头再看"红香绿玉",的确俗不可耐。

她也的确是不喜欢"香"和"玉",因为在古文古诗里,这二字大多代表奢华的物质生活,这恰与元春提倡的低调俭省背道而驰。宝钗留心到了她不喜欢"玉"字,却只知其一,不知其二。

元春是个惜福的人,对待底层奴才也十分宽待,对要个性的龄官,她说:"不可难为了这女孩子,好生教习。"这倒和贾母体恤清虚观小道士一脉相承。

临别时,她紧紧抓住祖母和母亲的手不舍得放,"再四叮咛",

她说：如果明年皇上仍然开恩准许我回来省亲，千万不能再这么奢华靡费了！说这话时，元春仿佛存着小小的希望，也许，以后还是有机会回来的。

她这一去，就再也没有回来过。能回来的，只剩魂魄："望家乡，路远山高。故向爹娘梦里相寻告：儿命已入黄泉，天伦呵。须要退步抽身早！"她托梦给父母，并发出了劝诫之声，一定有所特指。

而且，她系非正常死亡，她的判词第一句就是："喜荣华正好，恨无常又到。"管家的凤姐曾经做梦梦到宫里另有一位娘娘派人来抢夺百匹锦缎，元春极有可能是死于宫斗，而绝非像高鹗说的那样："圣眷隆重，身体发福，未免举动费力。"因为太享福而得了肥胖症，中风而亡。更离谱的是，高鹗无视判词里元春暴死家人不知情，只好托梦相告的原意，居然还好心安排贾母和王夫人进宫见了元春最后一面，把情状说得有鼻子有眼，说元春看见祖母"只有悲泣之状，却少眼泪"。一个忍辱负重、悲沉美丽的女子，愣是被篡改得面目全非。在《红楼梦》里，如果要死，最好死在前八十回。

探春：玫瑰女生利刺下的柔情

一

贾琏偷娶了尤二姐后，饶舌的小厮兴儿为了讨新奶奶的好，在尤氏姐妹面前卖力地演绎贾府里各位主子的脾性：李纨是"大菩萨"，迎春是"二木头"，黛玉是"病西施"，说到探春是"玫瑰花"时，"二尤"不明白了，兴儿进一步解释："玫瑰花又红又香，无人不爱的，只是刺戳手。"这个比喻简洁准确，把探春说活了。

三姑娘探春一登场，其美丽出众就让人眼前一亮，气场强大更是令人过目难忘："削肩细腰，长挑身材，鸭蛋脸面，俊眼修眉，顾盼神飞，文彩精华，见之忘俗。"真是要身材有身材，要长相有长相，要风姿有风姿。林黛玉初进荣国府，与贾氏三姐妹初次见面，读者借她的眼，便知道最出类拔萃的要数探春。

果然，贾家姐妹数探春文采最出众，每每赛诗迎春与惜春都躲得远远的，只有她敢上场；有领袖气质，大观园诗社就是她发起的，纤手一挥，应者云集；还是一位书法爱好者，案头是"各种名人法帖，并数十方宝砚，各色笔筒，笔海内插的笔如树林一般"，墙上挂的是价值连城的"颜真卿"和"米芾"，随便玩玩，配置都高得让人倒吸凉气。

观察一个人的心气，除了看她的外貌衣着言谈举止，还要看她住的屋子。素喜阔朗的探春，闺房里干脆不做隔断，外屋、书房、卧室三间屋子一通到底，一扫寻常香闺的精致拘泥。屋里的家具摆设突出一个"大"：写字用的不是小书桌而是花梨大理石案子，焚香用的是大鼎，连插满白菊花的汝窑花囊都是斗大的，另有一个北宋年间的大观窑大盘，这盘子有多大呢？里面装着"数十个娇黄玲珑大佛手"。瞧这气派，谅谁见了她本人都不敢小觑吧？又融入些许女儿家的小情小调，把配个小锤的

白玉比目磬摆在洋漆架上，葱绿双绣花卉草虫纱帐悬在卧榻上，冲淡了屋里的兵气。整个秋爽斋颜色鲜丽，疏朗有致，捯饬得又包容又格调。眼光严苛的贾母挑剔黛玉的纱窗颜色不对，批评宝钗屋里太过寒素，唯独到了探春这儿，只说院子里的梧桐树细了点，没挑出房里房外半点人为的毛病。

如果说这些还仅是个人的爱好素养，探春有别于其他姑娘的额外价值，是她对家国的贡献。

二

脂砚斋曾批道："探春看得透，拿得定，说得出，办得来，是有才干者。"她兴利除宿弊，实行体制改革，注重节支增收，虽只是个代理，照样把家管得井井有条。连凤姐也佩服得紧："好，好，好，好个三姑娘！"一连用了四个"好"。又嘱咐平儿："他虽是姑娘家，心里却事事明白，不过是言语谨慎；他又比我知书识字，更利害一层了。"对探春，王熙凤是除了服，还有怕——探春厉害，不好惹，时常说翻脸就翻脸。不过翻脸不认人恰是当领导的必备素质，老好人是进不了管理层的，即使侥幸进了，也难有什么大作为，李纨就是一例，她谁都不想得罪。

管家的时候，吴新登家的要滑头不好好答话，探春皮笑肉不笑地提点她：你对凤姐和我不要两样应付，看低了我。让吴家的满面通红下不来台。

她的亲舅舅死了，母亲赵姨娘一哭二闹想让她多赏二十两银子，李纨凤姐都要做好人，她坚决不破规矩。

迎春的攒丝金凤被奴才拿走，迎春都不着急，她却先不依，一定要插手，通过平儿诘问凤姐"事事都不在心上"，最后讨回了金凤。

最是抄检大观园那回，探春一战成名，最为人津津乐道的是王善保家的挨了探春一个嘴巴子，其实处处有看点。众人挨个院子查，还没到探春那里时，探春就让丫头们"秉烛开门而待"。房门大开，灯火通明，众丫头们手持蜡烛侍立两列，探春板着脸端坐于内，不怒自威霸气侧漏。原本凶神恶煞的婆子媳妇们一见这阵仗，先自怯了几分。

后面的对话，总是凤姐"笑道"，探春"冷笑"，凤姐"陪笑"。一段话里，这个"三笑"套装一共集中进行了两回，强势气怯对比鲜明。她打了人，众人还得集体给她道歉她都不罢休，凤姐直待服侍她睡下，才敢离开。

"玫瑰花"的美丽有目共睹，"玫瑰花"的利刺也让人敬而远之，被扎过的人都心有余悸，再不敢造次。

三

玫瑰为什么长刺？照植物学的解释，是说"植物的枝或茎上长刺是其本身为适应生长环境而产生的一种生态反应。玫瑰为保护自己、警告动物，在进化过程中慢慢形成了尖、硬的多刺茎。"美丽的玫瑰是为了保护自己才长刺，表面强悍者多是有不得不强悍的苦衷。

对探春，平日里大家都尊崇有加，但是夸完她好，后面都要加句"可惜"："可惜不是太太养的"，"只可惜他命薄，没托生在太太肚子里"。出身是探春的短板，她再出众，背上都贴着一张写着"庶出"的标签，到哪儿都撕不下来。凤姐给平儿解释庶出对探春的人生影响有多大："将来攀亲时，如今有一种轻狂人，先要打听姑娘是正出庶出，多有为庶出不要的。"

庶出就庶出，偏亲娘还是个烂泥扶不上墙的，两府里人人看不起的糊涂人。趋利避害，向往有尊严的生活是人的天性。是甩开赵姨娘的手独自飞翔，飞向温暖光明之处；还是像贾环一样，与她捆绑在一起一块下坠，忍受别人的冷眼践踏？探春选择了前者，豪门大族的规矩给她提供了有力的道德支撑：她是主子，赵姨娘是奴才，她可以不"鸟"她。

她自强不息，努力打造着自己无可指摘的主子形象。老曹称她为"敏探春"，这个"敏"字用在探春身上棒极了，它包含了好几个意思：目光敏锐、反应敏捷、头脑聪敏，还有一个：内心敏感。

她不辞辛苦给宝玉做鞋，赵姨娘抱怨了几句"正经兄弟，鞋搭拉袜搭拉的没人看的见"，她听说了，登时沉下脸："爱给那个哥哥兄弟，随我的心。"又说："就是姊妹兄弟跟前，谁和我好，我和谁好，什么偏的庶的，我也不知道。"这话简直是此地无银，越说自己不在乎就表明越在乎。

只要有一点侵犯她尊严的事，她全身的毛就要竖起来，不依不饶甚至大发雷霆，时刻提醒周围的人自己是主子。

王善保家的敢对她不敬，正因为认定她"是庶出，他敢怎么"，被她一掌结结实实掴在脸上，理由光明正大："奴才来我身上翻贼赃"，强调自己的主子身份；

帮讨迎春的攒丝金凤时她这样说：我和姐姐一样，姐姐的事就是我的事，别忘了咱们是主子——因为她和迎春，皆是庶出。然后她又对平儿说凤姐"叫我们受这样的委屈"，又冷笑着说什么"物伤其类，齿竭唇亡，我自然有些惊心"之类云云。在这里，她要保护的，实际上是"庶出"集团的利益；

最可恨的是拜高踩低的刁奴们，"眼红心痒骨头轻"，一不留神，她们就会给失势的主子出各种难题，甚而明目张胆地戏弄，芳官就敢拿着茉莉粉糊弄贾环说是蔷薇硝。

自己形象不树立得硬气点，在关系复杂的豪门大族可能就站不住脚，只能任势利小人欺辱。探春这种得理不饶人的个性，大概与玫瑰长刺的植物学理论类似。

四

让探春最有安全感的人是宝玉，在他面前，她会自动卸下铠甲，那一刻的她是那样娇俏动人，如同去掉尖刺的玫瑰，芬芳柔软。

第二十七回，在园子里看到宝玉，探春头句话就是"宝哥哥，身上好？我整整的三天没见你了。"小妹妹开始对哥哥撒娇，口气天真亲昵，毫不遮掩地依赖令人酥倒，乍一听会误以为说这话的是湘云。

她还花心思给宝玉下过帖子，"因惜清景难逢，讵忍就卧，时漏已三转，犹徘徊于桐槛之下……若蒙棹雪而来，娣则扫花以待"。清雅之余，热切之情溢于言表。

她也孩子气，热衷于收集像"柳枝儿编的小篮子，整竹子根抠的香盒儿，胶泥垛的风炉儿"之类的民俗小玩意儿，叫宝玉"拣那朴而不俗，直而不拙者，这些东西，你多多的替我带了来"。林语堂最有"红楼"范儿的名作《京华烟云》里的女主木兰，除了也深恨自己不是男子之外，在爱好上也与探春雷同，别具一格的艺术鉴赏力，很难说不是林语堂从探春身上提取的美好品质。

如果一定要挑她的毛病，那就是她对母亲赵姨娘的态度。赵姨娘叫她拉扯拉扯，她居然回答："谁家姑娘们拉扯奴才了？"旁人听着都不舒服，难免会侧目：如此势利，不顾念一点母女之情。这个问题的实质是双方没达成共识，她想让对方收声省心，但对方总想借由她加强一点自我存在感，一激动就跳出来提醒大家她"我肠子里爬出来的"，每过两三个月就要找点理由，故意叫嚷一番这件事。

赵姨娘越想贴上来，探春就越憎恶，毕竟是亲娘，憎恶到了某个程度就转化成了辛酸与悲凉，她的泪就汩汩而下。对其处境又不忍真不管不问，一面恨铁不成钢气对方"心内没成算"，一面派人去查问是谁在后面撺掇她出丑。

这世上所有的母女关系并不都是与生俱来的一团和气，掺杂上种种主观客观的现实因素，会变成令人无语的局面，双方都一肚子委屈，却无法像对待外人一样愿意退一步海阔天空，越是至亲越易较真。她们的关系走到了死胡同，无法回旋。

也许，要等到多年以后，探春也做了母亲，才能够明白为人母的心情，意识到自己对母亲的过分，在心底愿意与母亲达成和解。然而想跟母亲道一声歉是不可能了，人已远嫁重洋，再难重逢。

五

"一帆风雨路三千，将骨肉家园齐来抛闪"。探春是嫁到海外去了，绝不可能是高鹗伪续里写的那样，嫁给了一个驻守海疆的统制家，最后还光彩照人地回了趟娘家，这样写结局违背原著，削弱了深沉的悲剧性。

掣花签时，探春掣的是"瑶池仙品"杏花，上写"必得贵婿"。大家都说："难道你也是王妃不成。"可见必不是嫁给普通官宦人家，是嫁了天潢贵胄。关于她的归宿书里有诸多暗示：她的院子里种着梧桐，梧桐是凤凰栖息之所；她放风筝放的就是一只凤凰，后来不知和哪家的另一只凤凰及一挂喜鞭纠缠在一起，最后裹挟而去，暗示凤求凰式的婚配，什么样的人才配称为凤凰？必是顶级高贵。

她的远嫁是为和亲，一种说法是小国求亲，一种说法是起了战事，需要用联姻来安抚。反正不管哪种原因，皇帝王爷都不舍得自己的女儿远嫁，便从贵族家中选定探春，封了公主或郡主，让她李代桃僵，从此漂泊海外客死异乡，终生再也没有回来。"清明涕送江边望，千里东风一梦遥"，家中长辈故去，清明节她只能站在滔滔的江边遥望故园，流泪祭拜，说她为国家牺牲了个人也真不为过。

她嫁到了哪个国家？很可能是暹罗，年年给中国朝贡的附属小国，贾府里时不时也会有暹罗贡品出现，薛蟠不就请宝玉吃过暹罗进贡的烤乳猪？查一下历史，就会发现那几年暹罗同中国的关系既热络又不消停，正应了贾母那句对梧桐树的评价：梧桐还行，就是细些。换句话说就是：嫁个王也不错，就是国小点。不管怎么说，轮不上别人来挑她正庶了，这种结局既伤心也提气。

六

对于探春的离去，脂砚斋这样批："使此人不远去，将来事败，诸子孙不致流散也。"脂砚斋笃信能担当有男儿气概的探春，在危难时刻必定会凭借超人的勇气和智慧，拼尽全力从命运手中夺回一线生机，凝聚守护住家族的血脉，休养生息，从头再来。做出这种假设，是因为探春除了能力，更有一副爱家护家的赤子热肠。

通篇看下来，年轻一代主子中，男女都算上，也只有她对这个家最上心。

理家就不说了，如果不是有主人翁意识，何必那么大刀阔斧蠲这个蠲那个招人怨？抄检大观园，只有她的反应最激烈，她以一个女政治家的直觉，敏锐地看到了家族内部的危险，才流泪予以痛斥："可知这样大族人家，若从外头杀来，一时是杀不死的，这是古人曾说的'百足之虫，死而不僵'，必须先从家里自杀自灭起来，才能一败涂地！"爱之深才责之切。可惜众人皆醉她独醒，再替这个家着急，也是独木难支。

她爱自己的亲人，礼数周到无懈可击。都是伶牙俐齿的人，黛玉和湘云就会拌嘴，可这种事从未发生在探春身上。她抓大放小，无关原则的事从不计较，只会去尽力保护迎春那样的弱者。中秋节姐妹们陪老太太赏月，夜深熬不住都一个个溜回去睡了，四更天了，老太太才发现只有"三丫头可怜见的，尚还等着"，孝心可嘉。

她懂得以大局为重，善于维护家族内部团结。老太太因为贾赦要讨鸳鸯而大怒，连王夫人也算在内一起骂。连最得宠的宝玉、凤姐都不敢吭声，探春在窗外听见，没有躲开而是挺身而出，赔笑替太太辩解，化解了一场婆媳僵局。就凭这一点，王夫人没理由不喜欢她。

远嫁当然不是什么好事，推测探春远嫁后的真实处境，去国怀乡心中孤苦自是难免，言语不通环境不适也需苦挨，马上就认他乡做故乡是有点难度。但有她的如花美貌衬底，才华能耐相辅，外加丰富有层次的性情，就算刚开始有点不太顺，日子一长想不得宠受尊敬都难，也活得差不到哪儿去。

台湾女作家金韵蓉曾在自己的女性心灵成长书里这样赞美玫瑰的美："她勇敢地用浓烈的色彩来冲破阴霾的天空，用绝对的香气来唤醒沉沦的气氛，她敢于以婉约的姿态来展现自己，也敢于以舍我其谁的勇气来争取权利。"她真正要赞的，大概就是如探春这样，勇敢清醒与才华婉约相互交织在一起的玫瑰女生，她们的一腔赤子柔情往往会被表象上的犀利果决掩盖，如同玫瑰的良苦用心被利刺隐藏，非用心体会难以察觉。

惜春：请许我寂寞沙洲冷

一

有个法文专业的学生，忽然有一天被大老板勒令写一部大部头英文小说，头不头疼？还不敢说不会，因为上司当着众人的面说一不二金口玉言。人家才不管你到底会的是哪国语言，反正都是外语就对了。万般无奈之下，学生只好硬着头皮上了。

荒唐不荒唐？四小姐惜春就摊上了这号事儿。

宁荣两府的四位小姐都受过良好的艺术熏陶，抱琴、司棋、侍书、入画，她们各自丫头的名字也正好暗合了她们的特长。元春是娘娘，没机会见她抚琴，其他三位都露过一小手儿，迎春下过棋，探春满屋子书法真迹与毛笔，惜春的本事是由老太太向刘姥姥炫耀的时候带出来的："我的这个小孙女，是最会画画的。"然后就叫她把大观园原样画出来，亭台楼阁、花草鸟兽乃至一人一物，都要。

惜春不是不会画，而是她会的是写意，老太太要的是一幅工笔长卷，根本不是一路的。还是宝钗给她出了个主意，叫宝玉帮着把当初盖园子时的图纸找出来，再找两个"枪手"：詹子亮擅长画楼台，程日兴精于画美人，叫他们一块儿帮着惜春描补出来。

画画于惜春而言本来只是个消遣，如今陡然变成任务，压力一大就不好玩了。拖延症就是这么来的，有一搭没一搭地一直也没画完，从春天拖到冬天。贾母问起时，她推故说："天气寒冷了，胶性皆凝涩不润，画了恐不好看，故此收起来。"贾母便说她偷懒。这一点儿也不冤枉她，惜春住的屋子叫"暖香坞"，"打起猩红毡帘，已觉温香拂脸"，这么暖和的屋子里，胶怎么可能冻住呢？

她到底也没把那幅画画出来，虽然八十回后说她把画画完了，但那多半是高鹗的一厢情愿。按曹雪芹最终"白茫茫大地真干净"的主张，这幅画

似乎更适合繁华败尽之后，再由惜春一笔一笔细细描摹画就，往日那鲜花着锦的生活，一幕一幕浮现在眼前，再也不用人帮着画什么底稿了，全都深深铭刻在记忆里。人生如梦，曾经百般犯难的差事，最后成为哭悼往日的一种仪式，"此情可待成追忆，只是当时已惘然"。画里画外，更生出浮生一梦、万艳同悲的恍惚和沧桑。此时的惜春，已经遁入空门。

"勘破三春景不长"，惜春排行第四，她刚刚长大成人，贾府就败了。上面的三个姐姐不论好坏死活，都已有了自己的归宿，只有她尚待字闺中。贾家势颓，她头也不回地走进佛堂，皈依了佛门。

这是孤介之举，也是无奈之举。不用想都知道如果不出家，身为罪臣之女，在婚配"市场"上有多尴尬，从前意欲强强联姻的门当户对者，想要巴结求娶的趋炎附势者如今都一哄而散，避之唯恐不及。小门小户的人更是望风而逃，没有那么大的胆子，也没有那么大的池子。

正值妙龄，家破人亡，孤苦无依，身体与精神双重漂泊，佛门成了自己最后的家。"可怜绣户侯门女，独卧青灯古佛旁。"作者说她可怜，是替她孤独终老的人生可惜罢了。然而一定要嫁，最后无非就是去做了某个老男人的填房，或者像巧姐那样，嫁一个像板儿那样的丈夫，回归山野做个农妇，在乡间隐姓埋名过一辈子。

即便愿意自降身价，也是要看机缘的。

想当初，周瑞家的挨个儿屋里送宫花时，送到她那里，她开玩笑说：我正打算剃了头做姑子去呢，你这送来的花儿让我往哪儿戴呢？盛时的玩笑话最后竟一语成谶，她信口调侃的佛门，后来真成了她后半生安身之所。"悲凉之雾，遍被华林。"《红楼梦》里的每一次欢声笑语都在与之后的悲凉颓败遥相致意。

二

在众姊妹中，惜春的口才诗才均平平，话也不多，平日姊妹们聚会，她总是当听众安于一隅，让人极易忽略了她的存在，十足一个跟在姐姐们身后的乖乖妹。看不出任何棱角，像一只温柔的小白兔，惹人怜爱。

到第七十四回，这只小白兔忽然亮出了爪子和牙齿，开始不分青红皂白地张口咬挠，言语过激令人瞠目结舌，就像换了一个人。

因抄检大观园时，她的丫头入画被查出在箱子里藏了一些金银及男人物品，后经申诉及查明，是贾珍赏她哥哥的，因为怕叔叔婶子霸占，不得已放在她这儿保管。凤姐有意放入画一马，尤氏和奶妈甚至反过来为入画求情，入画跪地苦苦哀告，看在从小一块长大的情分上："好歹生死在一处罢。"但是惜春咬断了牙绝不通融，只觉得"丢了他的体面"，让人觉得她实在是太不通人情，禁不住想问一句：体面就那么重要吗？

这里面其实另有隐情，撵入画实在是有不得不撵的苦衷。

先就事论事看一下入画私藏的这些东西，男人的衣物先略去不说，单说这一大包金银锞子。要知道，大观园里大丫头的工资每月才一吊钱，都知足得跟什么似的，人人都不想离了这里。三四十个金银锞子可不是小数，入画哥哥一个奴才，贾珍凭什么就能赏他这么多？

柳湘莲曾说"东府里除了门口那两个石头狮子干净，只怕连猫儿狗儿都不干净"。贾珍的荒淫众所周知，男女通吃早已不是什么秘密，他在府里就公然豢养着娈童。这一大笔巨款摆明了入画哥哥同贾珍之间有此类暧昧嫌疑，所以惜春一看就明白了几分，凤姐更不会说破，然越是如此，惜春越是执意要撵入画，意在自证清白。后面同尤氏的对话里句句有所指，指的便是这些不能说破的龌龊事。

惜春说："不但不要入画，如今我也大了，连我也不便往你们那边去了。况且近日我每每风闻得有人背地里议论什么多少不堪的闲话，我若再去，连我也编派上了。"尤氏此时便问她为什么听到议论不问清楚，惜春这样答："我一个姑娘家，只有躲是非的，我反去寻是非，成个什么人了……我只知道保得住我就够了，不管你们。从此以后，你们有事别累我。"为了面子，尤氏装糊涂打马虎眼，以长嫂的身份摆出高姿态，对众人解释"四丫头年轻糊涂""无原无故，又不知好歹，又没个轻重"。惜春却毫不配合，又一次撕下对方的遮羞布："我清清白白的一个人，为什么教你们带累坏了我！"这下，连曹雪芹都替尤氏兜不住了，写道"尤氏心内原有病，怕说这些话。听说有人议论，已是心中羞恼激射……"姑嫂二人终于开始你来我往地拌嘴，心虚的尤氏无心恋战，起身就走，惜春竟又补了一"刀"："若果然不来，倒也省了口舌是非，大家倒还清净。"

淫乱荒唐臭名远扬的宁国府，可是惜春正经八百的家，对自家的事惜春不可能没有耳闻，也深以为耻。但就像她说的那样，一个姑娘家，除了回避与躲离又能如何，原以为离了府里住进大观园就能保住自己的清誉，不想这些恶心事竟自己寻上门来，不抄检都不知道，自己的贴身侍女竟然在自己眼皮子底下为那些人窝赃，让自己间接地与宁国府那边扯上了关系。惊惧之余，惜春终于爆发了，干脆挑明了要与他们划清界限。为出淤泥而不染，用壮士断腕的决绝，赶走了一块长大情同姐妹的入画。"不作狠心人，难得自了汉"，这是惜春的原话，看明白了这一层，便知小惜春的冷酷无情是一种无奈的自保。

一点转圜的余地都不留，惜春就这样单方面切断了与家的关系。事后，探春对这个堂妹下了这样的评语："孤介太过，我们再傲不过他的。"

三

孤介太过，还不是因为成长里缺爱？

惜春母亲早亡，父亲贾敬一味好道炼丹，长年住在道观里连家都不回，亲哥哥贾珍又是那般模样，他们各自沉迷于自己的生活，没人想得起来关爱她。因贾母喜欢女孩，才被接来和荣国府的堂姐们一起生活，虽说贾母待她不错，对外称她是自己的小孙女儿，但终是又隔了一层。

一方面锦衣玉食，一方面是无人关注，回房里关上门，惜春自己一个人就是一家之主，便渐渐养成了"百折不回的廉介孤独僻性"。如果有人贴心教导关爱，性格或许会平和开朗许多，然而水在冰中自结冰，何曾见过她笑语嫣然？

在与人隔绝的小岛上待久了的人，因缺少与人打交道的历练，一到人群中便会显出各种格格不入。惜春身上没有女儿家天然的娇俏柔软，反是生硬尖锐，极不平衡。在贾母面前，她拘谨放不开，持一种笨拙的恭敬；到了尤氏面前，却又言辞锋利，刀刀见血。她只求一心守住自己的方寸之地，不容别人僭越扰乱。和三姐姐探春不同，探春做事总是从大局公心出发，而惜春秉持的却是："我只知道保住我就够了，不管你们。"实际是她的内存太小，处理系统不够用的缘故。

可以想见，当贾府被抄，"势败休云贵"，昔日养尊处优的主子们流离失所，反袭负刍，以惜春一根筋的冷傲癖性，怎么肯委曲求全随波逐流？

二则，她外强中干，没有跟生活周旋较劲的勇敢和兴趣。缺乏对生活热情的她，不管是作诗还是作画，很难真正投入，骨子里早已满满地储存了对这个世界的回避与疏离。

"将那三春看破，桃红柳绿待如何？把这韶华打灭，觅那清淡天和。说什么，天上夭桃盛，云中杏蕊多。到头来，谁把秋捱过"。美丽出众如姐姐们，一个个或凋亡或漂泊，可见这世间一切不过是虚妄。真正曲折绵长的生活还未开始，却已经结束，不必再委顿于红尘之间，该是同这乱糟糟的世界一刀两断的时候了。

她一意要入佛门，"闻说道，西方宝树唤婆娑，上结着长生果"，试图寻觅另外一种层面上的安乐长久，这一点，倒和她那为求长生不老而醉心炼丹的老爹贾敬一脉相承。

早在第五回宝玉梦游太虚幻境时，在十二金钗正册上，就看到了惜春命运的预言图：一个美人独自坐在青灯古佛旁，嘤嘤诵读经书，画面清冷而寂寞。殊不知这种归宿，正是惜春出于自愿的流放。如果一定要给这幅惜春的画像题词，最恰当莫过于这一句："拣尽寒枝不肯栖，寂寞沙洲冷。"

王熙凤：无信仰者无知无畏

一

薄命司金陵十二钗里，黛玉是一首唯美揪心的诗，宝钗是一页心平气和的经书，元春是一篇华丽整齐的骈文，李纨是一阕枯瘦清冷的宋词，探春是令人扼腕的小说，湘云是活泼明快的小令，妙玉是猜不中结局的剧本，巧姐是回归平淡的散文，秦可卿是神话，迎春惜春都是四不像的未完成作品，一个被拦腰斩断，一个自行搁笔，凤姐是什么呢？是不能落在纸上的一声叹息。

她能，她辣，她精，她狠。有人看重，有人欣赏，有人嫉恨，有人畏惧。她曾经风光无限左右逢源，她曾经一手遮天呼风唤雨，但是——她是人生输家，竟是先被休后死，重重跌到了底。

她的判词里说她"机关算尽太聪明，反算了卿卿性命"。这句话给人误导，仿佛她的死因是聪明太过。聪明有才干的人多的是，探春、平儿、小红都不能不算聪明，怎的唯凤姐最惨？

聪明有才不是错，她错在有才而无德。纵然她长袖善舞，在为人处世上也不乏送出一些顺手的温暖。但是，不能回避的是，凤姐这一生，小节无虞，大节有亏。

老太太信任她，把家交给她打理。她倒好，月月迟发家人的补贴和仆人们的工资，原来是拿着银子私自放贷去了。平儿曾向袭人透底儿说她光吃利息这一项，"一年不到，上千的银子呢"。上千两银子，合着有人民币好几十万了。

老太太提议凑份子给她过生日，叫的都是有头有脸出得起的人，她非要叫上赵周两位姨娘，尤氏怪她不知足，何苦还拉上两位"苦瓠子"女人，她的理由是她们"有了钱也是白填送别人，不如拘来咱们乐"。她嘴里的"别人"，应该就是姨娘们自家的穷亲戚吧？后来又当着众人面充好人要替李纨

065

出份子钱，等尤氏一对账才发现她根本没出，还含笑振振有词威胁尤氏："我看你利害。明儿有了事，我也丁是丁卯是卯的，你也别抱怨。"尤氏当然不会去揭发她，但却一气退还了五个人的份子钱作为回敬，其中就包括赵周两位姨娘。区区十二两银子，对凤姐来说不啻九牛一毛，为了少出这点钱而坏了定好的规矩。尤氏挖苦她：这么精细，弄这么多钱怎么花？花不完带棺材里花去！

精明分两种，一种叫凤姐，一种叫探春。凤姐精于算计，公家面上的事要办得排场、好看，还要自己不吃亏有便宜可占；探春也算计，公中的事要杜绝浪费要节流开源要打算长远，却在自己想吃个单炒的油盐枸杞芽儿时，先自觉给厨房送上五百钱。两者做事的出发点大相径庭，搞歪门邪道的到一身正气的面前，因为底虚声气先弱了几分，所以看《红楼梦》里从头到尾都是探春收拾凤姐，寻她的不是，嫌她这也没想到那也没办好，凤姐倒莫名地要让探春三分。

李纨也十分看不上凤姐的精刮算计。有一次为了开诗社李纨到凤姐那儿拉赞助，这姐们儿一时兴起，替李纨算了一下年收入，噼里啪啦一顿算，抖出李纨一年下来能有四五百两银子的节余。李纨气结之下，打趣说她说的都是"无赖泥腿世俗专会打细算盘分斤拨两"的话，亏她托生在"诗书大宦名门之家做小姐"，"天下人都被你算计了去"！

在《最后的贵族》里，章诒和这样讲述贵族对金钱物质的微妙态度："一方面，她（他）们身居在上层社会，必须手中有钱，以维持高贵的生活；另一方面，但凡一个真正的贵族绅士，又都看不起钱，并不把物质的东西看得很重。"按这种标准来看，凤姐对钱的做派委实不像贵族出身，她对钱的态度十分直接，从不掖着藏着。对她来说一两银子就是一两银子，是她私人账户的组成单位，看着银票上的数目增长才是人生最大的乐趣，除此之外都是务虚。这种对金钱赤裸裸的攫取态度令周围人既自叹不如又替她尴尬，她被称为"泼皮破落户"与之不无关系，这个诨号表面上是亲昵的调侃，内里实际有隐隐的揶揄不屑。

二

围棋里有句话叫"宁输一子，不失一先"。意思是下棋时要有重点，有舍有得，只要占着先手，丢掉几个子也使得。这里面蕴含着透彻的人生智慧，做人如下棋，棋理同人理。

凤姐肯定不会下棋，因为她在自己人生的这盘棋上是什么都不肯丢，什么都要，里外都要占尽风头。除了贪财，还贪权，贪了贾母的宠爱纵容还要贪贾琏的唯命是从，她要站在人生制高点上，接受众人的艳羡膜拜。尤氏曾开玩笑提醒她："我劝你收着些儿好。太满了就泼出来了。"真实情况是,她一面要"太满",另一面却因想"太满"而致"太亏"。

凤姐家里好像常年地炖着野鸡,她也曾屡屡推荐这道菜。哄闹事的李嬷嬷去她家吃酒,她说家里有烧的滚热的野鸡;从家里拿来野鸡崽子汤孝敬贾母,老祖宗吃得很受用;下雪天更是:"已预备下希嫩的野鸡,请用晚饭去,再迟一回就老了。"她怎么就那么爱吃野鸡?

古医书记载:吃野鸡补气血,主治妇女贫血,产后体虚。凤姐"泼醋"那次,因为哭闹一场没化妆,贾琏看到凤姐"脸儿黄黄的",这说明凤姐的身体其实并不好,浓妆之下容颜憔悴,不化妆便脸色蜡黄,所以才需要吃野鸡补养。正因为太过要强,以至累得身心两亏,流产了一个已六七个月的男胎,实在是舍本逐末。更可悲的是,因为不肯放权不好好保养而得了血崩,宫血不止,从此落下了病根,再难生育。"不孝有三,无后为大",这也成了贾琏纳尤二姐做二房的借口。

以凤姐的心性,怎会容许别人来分享自己的丈夫?扮可怜将尤二姐诓进园子,明眼人如宝钗和黛玉替二姐担忧,兴儿提醒二姐说王熙凤"心里歹毒,口里尖快""嘴甜心苦,两面三刀;上头一脸笑,脚下使绊子;明是一盆火,暗是一把刀"。要小心提防,但是晚了,凤姐已经写好了"剧本"要"如期公映",二姐这个苦情角色不想接也得接。她自导自演，安排二姐前未婚夫张华到衙门告状，让二姐没有立足之地，自己又撒泼大闹宁国府，又是哭骂又是往尤氏脸上啐唾沫，将对方羞辱了个够，事后又斩草除根杀张华灭口，亏得小厮旺儿手下留情张华才逃过一劫。自己的孩子死了后，尤二姐腹中的胎儿竟也被莫名其妙打了下来，后来又对她百般折辱，令二姐吞金自尽，又是两条人命。

鲍二家的也因凤姐泼醋事件上吊，那不算，是她自己想不开。但是对于贾瑞，蛇蝎美人王熙凤可是一开始就存了心的："几时叫他死在我的手里，他才知道我的手段！"就算是他图谋不轨在先，你可以"郎有情妾无意"不予理睬，也可以疾言厉色施以严惩，何苦一定要取他人性命？退一步说，如果觊觎堂嫂就该死，那另一对生命何辜？铁槛寺弄权，在老尼姑的巧舌如簧下，为了三千两银子，她用手中的资源关系帮人家退婚，不想却逼死了一对素未谋面的青年男女，事后把银子一股脑卷进腰包，竟无半点愧悔之意。

如此视他人性命为草芥，凤姐的手上早已沾满了鲜血，老太太再去观里打上十次醮，王夫人再念上几千声佛，都不够替她做的恶事赎罪。人们激赏她的才干，被她的俏皮风趣迷倒，却不曾认清她的嗜血本性，就算知道一点，也会心存侥幸，没有利害关系，她行的恶就仿佛离自己很远。

凤姐的老公贾琏向来心慈面软，宁肯挨打也不肯强取石呆子的扇子，与凤姐的为人大相径庭。况且二人因尤二姐之死已心生罅隙，贾琏早就发誓要替二姐报仇。有一天真的坐实了枕边人手上的桩桩血案，怎能不惊惧不震怒？到了这个份上，休掉她，就再不是小夫妻之间关起门来的私事，而是一次众目睽睽下的正义拷问；这也再不是一个男人和一个女人之间的恩怨，而是一个好人和一个恶人之间的决裂。

《棋经》里说："持重而廉者多得，轻易而贪者多丧。不争而自保者多胜，务杀而不顾者多败。"在人生这盘棋上，凤姐是"轻易而贪者"，也是"务杀而不顾者"。东窗事发恶行败露是迟早的，说白了这叫"多行不义必自毙"，再往俗了说就是"夜路走多了总要遇着鬼"。

主子里没有人同情她，下人们早就恨毒了她，一夜之间她四面楚歌山穷水尽，只能被遣返金陵，哭死也没用。她的命运画像是一座雌凤站在冰山上，到最后这一刻，她才发觉自己脚下的人生高峰，不过是一座慢慢消融的冰山，什么都指靠不上了，她的所有生路在之前都被自己封死，只剩下死路一条。

接济刘姥姥算是她曾经做过的一点善事，种什么因得什么果，后来刘姥姥为感恩救了她的女儿巧姐。在不断深堕的黑暗里，她的身后总算亮起了一点孤单的微光。

三

凤姐人生崩盘的直接原因是她的人品问题，往深里究，要怪她父母，是家教出了大问题。

有人说她心性刚强手段毒辣是因从小充男儿养大，所以没有大家闺秀的知性温柔，这不是理由，男人里彬彬有礼温厚待人的多的是。 她小时候应该是特别伶俐所以格外受宠，父母对她百依百顺不加调教，才养成了她的飞扬跋扈唯我独尊的个性。

家里没让她受传统的文化教育。堂堂金陵王家的小姐，居然不识字，没读过诸子百家的圣贤书，圣人之训一概不知，对仁义礼智信没有多少概念，缺乏做人处事的最基本道德准则。她的才干来自与生俱来的天分以及后天的实战经验，能干是能干，但是没有基本道德素养的自我约束，就变得很可怕，如同猛虎出笼野性难驯。

不读书就不思考，自然不会有"一日三省吾身"的觉悟，对尤氏、李纨明里暗里的敲打提醒置若罔闻，非要一条道走到黑，最后吃了大亏。所以，女孩子不管什么出身，从小多读点书总是没坏处，不光是学知识，更重要的是懂得做人的道理，让自己少走弯路避走邪路，天资越是过人者越要留心，以免长大一意孤行害人害己。

不读书认字，儒家之理不知也就罢了，教人向善的佛和道好歹尊崇一样，人鬼神怕上一种，像王夫人那样念念经信信佛也好，王熙凤统统没有。

信仰，是一个人对自我精神世界的照看与监管。连某国总统上任宣誓时尚且要手按一本《圣经》，以示自己是个有信仰的人，可见信仰的重要性。人没有信仰就难有感恩与敬畏，没有感恩就不懂知足；没有敬畏就无事不敢，"凡善怕者，必身有所正，言有所规，行有所止，偶有逾矩，亦不出大格"。胆子小是优点，它会帮你规避许多人生风险，有所畏惧故有所不为，从此成就一段安全系数较高的人生。

凤姐除了没文化，还没信仰，她只遵循利己主义者的信条，顺我者昌逆我者亡，伦理法则一概被她视为空气。

所以在铁槛寺，她敢在讲究因果轮回的佛门净地放言："从来不信什么是阴司地狱报应的，凭是什么事，我说行就行。"口气狂妄至极。

在清虚观，她敢当着诸神金身发威，一个嘴巴子打得小道士一头栽倒，再怎么说小道士也是神前供职人员，她根本不忌惮。

她敢撺掇张华状告自己老公贾琏，叫嚣着："便告我们家谋反也没事的。不过是借他一闹，大家没脸。若告大了，我这里自然能够平息的。"只为一点家事，就不惜大费周章拿国法当儿戏。

靠着公款生的利息中饱私囊，因为不按时开支，损害大家的利益，被人腹诽。王夫人过问了一下，她不但不收敛，反而放出狠话："我从今以后倒要干几样尅毒的事了。抱怨给太太听，我也不怕。糊涂油蒙了心，烂了舌头，不得好死的下作东西，别做娘的春梦……"边骂边走，状似泼妇骂街。

秦可卿说她是"脂粉堆里的英雄"，"英雄"两字用她身上不妥，奸雄才是。 冷子兴说她"模样又极标致，言谈又爽利，心机又极深细，竟是个男人万不及一的"。她若真生成男儿身，以这种心机品性和背景，一旦成事，做商人便是大奸商，做官便是大贪官，搞不好有朝一日加官晋爵出将入相，多少祸国殃民的大事做不出来？幸亏她不是男人。

续书写她在弥留之际，看到一男一女两个鬼往她炕上爬，状似来索命，这应该就是那一对被她逼死的苦命鸳鸯。这个细节续得真是刻毒：不仅与前事呼应，更是十分惊悚。续书者对她的当日所为是有多么深恶痛绝，要一直替她记着这一笔，临死也不想饶过她。

湘云：向日葵从不自苦

一

《西游记》里唐僧师徒取经归来时落水，在岸边石头上晒经，不小心弄破了经书，唐僧为此正懊恼不已。孙悟空说：天地原本就不全，经书破损是为了"应不全之奥妙"也。按佛家的观点，残缺才是人生的常态，要学会接受并享受，上帝给每个人生命的案头都只放半杯水。

这半杯水，在悲观者眼里是"只有"，在乐观者眼里是"还有"，在达观者眼里则是"本有"。

八月十五中秋夜，林黛玉对景感怀自己孤苦伶仃，俯栏垂泪，一旁的史湘云劝道："你是个明白人，何必作此形景自苦。我也和你一样，我就不似你这样心窄。何况你又多病，还不自己保养……"

这三句劝导之语，概括了史湘云对人生的透彻理解。

"你是个明白人，何必作此形景自苦。"她对黛玉的悲苦之态很不认同，细想想，谁的人生完美？她们身边的人，扳指头一个一个数过来，谁没有自己的苦？迎春没了娘，活得没有存在感，很窝囊；探春不窝囊，却有个不长脸的娘；惜春羞于与宁国府人为伍，却还得和他们拴在一起；就连样样都好的宝钗，也要承受选秀落败的耻辱……湘云之后又说："得陇望蜀，人之常情……说贫穷之家自为富贵之家事事称心，告诉他说竟不能遂心，他们不肯信的；必得亲历其境，他方知觉了。"既然大家一样都有不如意之处，你为什么非要觉得自己特别惨？

"我也和你一样，我就不似你这样心窄"。自古人心窄处，难有欢颜。湘云也父母双亡，没有兄弟姐妹。人生三大不幸她就独占两条："少年丧父，中年丧偶""襁褓中，父母叹双亡。纵居那绮罗丛，谁知娇养？"由叔叔婶子带大，只管吃穿，并不像对亲生女儿那样

上心，基本上是放养长大的，所以她的言行举止并不很符合大家闺秀的套路。等她成人，配了个才貌仙郎卫若兰，以为从此岁月静好，"准折得幼年时坎坷形状"，不想卫若兰早早离世，她竟成了寡妇——虽是后话，但是此时的湘云，已经认识到，面对多舛命运，须得有一副应对的好心态。

"何况你又多病，还不自己保养。"体质弱的人身体极易不适，不适往往引发情绪低落；两者反过来互为因果，形成了恶性循环。许多多愁善感者表面上看是个性原因，根本上是体质问题。湘云劝黛玉可算是劝到了点儿上：别瞎寻思了，把身体养好是正事，等你"身体倍儿棒、吃嘛嘛儿香"的时候，心思自然就不这么沉重了。这句话，简直有点责怪的意味了。

二

在《红楼梦》里，湘云最看不惯的就是黛玉，她是宝钗的铁杆粉丝，典型的"拥钗抑黛派"。林黛玉身上宝玉最爱的女儿之态，在湘云看来就是"骄娇二气"，两人经常明里暗里互掐。随着年岁渐长，才慢慢有了良性互动，湘云开始晚上留宿在黛玉房里。直到中秋团圆之夜，宝钗弃了她们，自去回家过节，面对着月光下一池秋水，她们才生出了几分同病相怜之感。

饶是如此，湘云劝慰起黛玉来仍然直来直去不留情面，这多少有点"白天不懂夜的黑"：同为客居于此，黛玉是无家可归，湘云却是串亲戚，说走就走。和黛玉有一次起了龃龉，马上就收拾包袱家去，气哼哼说自己犯不着"看人家的鼻子眼睛"，颇有底气。

其二，湘云还在襁褓中父母就过世了，对父母完全没有记忆，全然不知父母之爱是什么滋味，由叔叔婶婶代为抚养。而黛玉在母亲去世时已经六七岁，被"爱如珍宝"的感觉自然难以忘怀。特别是母亲重病期间她侍汤奉药，去世以后又守丧尽哀，个中伤痛湘云更是无从了解。

从未得到过和失去是两种概念，前者是空白，后者是经历。所以湘云觉得黛玉犯不着如此多愁善感，"夏虫不可以语冰"，从小自立惯了的拇指姑娘，怎么可能体会落难豌豆公主的委屈？缺失感会影响一个人的幸福指数，我们得说，在这件事上，无感的湘云比有感的黛玉幸福。

然而恰恰黛玉这样的纠结女子，最应该结交的正是湘云这样的爽直闺蜜。闺蜜一般分两种，一种是心灵相通的，你的感觉不用说对方就完全明了，有如高山流水，感觉妙不可言，但容易一起走偏；另一种是性格截然相反的，她不认同你的观点，不顺着你说，但却总能提供给你新的角度，让你看问题别有洞天，"良药苦口，忠言逆耳"。湘云正是后者。

一席话下来，黛玉的心像核桃被砸开了一条小缝儿，透出了一丝亮光，也领悟到：上到老太太、太太，下到宝玉、探春，连这里的正经主子们都有不如意之事，何况你我这样的人？

湘云怕她再次自伤，便说：来，咱们玩联诗游戏吧，转移一下注意力就好了！

这就是湘云，她从来不钻牛角尖，想不开的事就不想啦，改变不了的事就由它去吧，找点让自己开心的事做好吧。这是一种有效的心理调节方式，有这么一类人，他们特别会找快乐的切入点。

三

在十二钗里，最能带给人快乐的大概就是史湘云了。

一出场就是大笑大说，有她的地方格外热闹。非常贪玩，什么也少不了她；也会玩，文的武的，雅的俗的，来者不拒，她都玩得风生水起，兴致勃勃。

身材挺拔鹤势螂形，穿男装尤其帅气，不想嘚瑟得过了头，自摆乌龙，一头栽倒在泥水里，可惜了一身公子装扮。

大雪天和宝玉在芦雪广里吃自助烧烤，烟熏火燎不亦乐乎，被黛玉嘲谑为"叫花子"。她毫不客气反唇相讥："你知道什么！'是真名士自风流'，你们都是假清高，最可厌的。"

划拳行令、吟诗填词湘云无所不能，又是个急性子，联诗对句重量不重质，别人写一首诗的工夫，她一口气扔出两首，对句时她拼抢最凶，自己都说："我竟是抢命呢。"吃酒时，小姐们文文雅雅地玩"射覆"，这是个很费脑力的活儿，没有相当文学素养的人是玩不了的，湘云不是不会，是嫌麻烦，还因帮香菱作弊挨了罚，她说这个"垂头丧气闷人，我只划拳去了"，因为划拳"简断爽利"，合她的脾气。

撸起袖子划拳，喝醉了就随便躺在园子里青石凳上大睡，这得是多没心没肺的人，才能在光天化日之下睡着，果真是有不拘小节的名士范儿。

她尽情享受着生活的乐趣，用港片里烂熟的一句台词来说就是："做人嘛，最重要的就是开心对不对？"

曹雪芹写湘云还有神来一笔：这美丽活泼的姑娘竟有缺陷，是个大舌头，用现代医学解释就是舌系带过短，不会说"二"。她缠着宝玉左一声右一声叫着"爱哥哥"，样子令人忍俊不禁，反倒有一种别样的娇憨。

这样的湘云，有谁会不喜欢？怡红院夜宴群芳，她掣的花签是海棠，真好似一朵娇媚的海棠花，虽然无香，却在枝头流光溢彩，恣意绽放。

湘云的个性之美不限于此，还颇有侠义之风，天生从娘胎里带着一股男孩子气，看上去有点直憨有点"二"。都是寄居者，听说邢岫烟被下人欺负，林黛玉才感叹"兔死狐悲，物伤其类"，史湘云却要亲自上阵替岫烟出气，被黛玉讥讽为"荆轲聂政"。

似乎，她真的已达到了"本来无一物，何处染尘埃"的快乐无碍境界。

四

别忘了，《红楼梦》是一部写实风格的书，曹雪芹当然不会肤浅到去炮制一个不接地气的人物。关于湘云，他不只写她阳光闪耀的笑脸，他也写她一次次红了的眼圈，那是不为人知的人生阴影面。

她的苦楚，不是一下子和盘托出，而是借由侧面手法，将真相一点点慢慢呈现。

没人疼的孩子最渴望的就是亲情，遇到一点照拂，就特别感恩。得了几个不值钱的绛纹石戒指，也不忘给大观园里的姐妹们送来，不单小姐们有，小时候服侍过她的丫头们也一个不落，袭人为此说："戒指儿能值多少，可见你的心真。"她也情不自禁地说，假如自己有一个像宝钗这样的亲姐姐，就算没了父母，也没什么大碍。说罢，红了眼圈。

第三十二回，宝钗问袭人："云丫头在你们家做什么呢？"袭人说：我让她帮忙给做双鞋。宝钗连忙嗔怪她不该让湘云干活，袭人方知道湘云虽是个小姐，平日里在家却被当仆妇使唤，一家大小的穿戴都要她做，常常熬夜赶活到三更天，十分疲累。

在家里完全做不了主，第三十八回，一时兴起要做东请客，手头拮据到还得宝钗接济。

没人疼、被驱使、手里穷，这才是湘云在家的真实境遇。反是作为亲戚的贾府，倒成了她寻求温暖的港湾。她时不时过来住一阵子，权当度假放松。平日太累太压抑，所以每次到来，都不眠不休叽叽喳喳个没完没了，像鸟儿出了笼子一样无拘无束。家里人来接她时，她不想走，却不敢说不走；明明眼泪汪汪的，在家人跟前，又不敢显露出十分委屈。可怜巴巴地悄悄嘱咐宝玉："便是老太太想不起我来，你时常提着打发人接我去。"

后来叔叔史鼐做了外省大员，要携家眷去上任，作为湘云的监护人，他理应把湘云也带走，这意味着湘云从今后连出门散心的机会都没有了。贾母这回不再沉默，出面把湘云留在了身边抚养，才给了她一段无忧无虑的幸福时光。

她原是最该自伤的人，但是，无论里子面子，她都把自己人生里的那份酸楚咽下去，守口如瓶，不向人倾诉，有泪也忍住。

婶娘把家里人的穿戴活计都压在她头上，袭人不知底细还烦她打十根蝴蝶结子，她也一概应承下来，还抱歉自己打得太粗；宝钗关切问起，她强忍眼泪，嘴里愣是含糊其辞。心疼她之余，她的要强坚韧也令人刮目相看。

知道了她的底细，再看她平日里的天真烂漫，觉得这个女孩子真是不简单，小小年纪，竟然懂得努力挖掘快乐，用笑容驱散心灵上空的阴霾。这样的湘云，算是获得了对苦难的初始免疫力。

如果穿越到"压力山大"的现代社会，湘云会是打不垮的小坚强一枚，是一度被推崇的"向日葵一族"：嘴角习惯性上扬、善于发现生活中的小幸福，感恩的心态、抗压力耐打击、充满热情、拥有丰富的内涵……一条条对照，史湘云几乎全部达标，不禁令人莞尔。

外表虽似海棠般娇艳欲滴，骨子里却是一株秀颀结实的向日葵，生气勃勃地绽放，将阴郁不快尽力抛诸脑后，高高仰起头，只朝着有阳光的地方看。

红学界公认到后四十回，陪宝玉共度潦倒的人正是湘云，这样的收梢不意外，也只有她才能担此重任，个性中的达观和坚韧是她应对苦难的两大利器。（而湘云的原型，据说正是曹雪芹身旁红袖添香的"脂砚斋"，这符合曹雪芹的习惯，他最喜欢用笔端映照现实。）当日湘黛二人中秋联句收官时，湘云说"寒塘渡鹤影"，黛玉说"冷月葬花魂"，这里面已有关于命运的暗示：湘云想的是

"渡"，意即度过，而黛玉用的则是"葬"，直指死亡，坚韧与脆弱一目了然。

所以，当命运之舟开始颠簸，娇弱的女一号黛玉第一个被抛出了舱外，温和的女二号宝钗也没能把控得住自己……昔日的豪门闺秀一一陷落。唯有湘云，"众芳摇落独暄妍"，她顽强地熬满了人生的四季。

贾母：女人该怎样老去

题记：女人到底该怎样老去，看看《红楼梦》吧，贾母就是最标准的答案。

一

大明星伊能静曾经憧憬过自己七十岁时的样子："造一个房子，养着一批文艺青年，笑着看年轻的孩子砸碎我最贵的茶杯。"

这简直竭尽所能描绘了七十岁女人能拥有的最好的人生愿景：足够的钱，不错的健康，好的心情和品位，远离了夕阳西下的孤独寂寞，在热闹欢乐中度过最后的时光……这说的，不就是《红楼梦》里的贾母吗？

贾母成长于四大家族鼎盛时期，是真正见过世面的人，她本人则像一部四大家族兴衰人形编年史，是地地道道的贵族。"阿房宫，三百里，住不下金陵一个史"。贾母本系世勋史侯家大小姐，强强联姻嫁给贾府荣国公之子。出身好，嫁得好，一辈子锦衣玉食，仆妇成群，真真是天之骄女。从最初的名门闺秀一路享福，直到成为满头银发的"老祖宗"。

这老祖宗的家底，说价值连城也许有点夸张，但是松松快快养几辈子儿孙绝对没问题。张爱玲的奶奶是李鸿章的闺女，她死后，所留的嫁妆被几房瓜分，分到儿子手里的那一份使其终生衣食无忧，还够他买公馆抽鸦片养小老婆尽情挥霍，就这样都一直惠及第三代的张爱玲。同样出身世家的贾母，身家也应该深不可测。贾府财务青黄不接时，贾琏就央求鸳鸯"暂且把老太太查不着的金银家伙偷着运出一箱子来，暂押千数两银子支腾过去"。窥此一斑，老太太有多少个人财产就可想而知了。

凤姐成天耀武扬威，因经常应付宫里的事，自觉很不含糊，又很以自己的出身为荣。贾蓉来借玻璃炕屏，想来那是

她的嫁妆。"也没见你们，王家的东西都是好的不成？你们那里放着那些好东西，只是看不见，偏我的就是好的。"可如此牛逼的一个人，一到老太太面前就成了土鳖。"昨儿我开库房，看见大板箱里还有好些匹银红蝉翼纱，也有各样折枝花样的，也有流云卍福花样的，也有百蝶穿花花样的，颜色又鲜，纱又轻软，我竟没见过这样的。"凤姐便打算拿它来做被子，"想来一定是好的"。不料贾母听了笑道："呸，人人都说你没有不经过不见过，连这个纱还不认得呢，明儿还说嘴。"

且听老太太缓缓道来："那个纱，比你们的年纪还大呢。"这句话，就像一口斑驳的樟木箱子被掀开，香气陈旧而醒神。众人禁不住肃然聆听，仿佛是在月光下围坐着听老祖母讲故事。原来纱的正经名字叫软烟罗，只有四样颜色：蓝色、浅橄榄色、深绿色、淡红色。但是老太太讲解得更精到更文艺，带着沧桑华丽的年代感："一样雨过天晴(这颜色汝窑瓷器的专属颜色)，一样秋香色，一样松绿的，一样就是银红的……那银红的又叫作'霞影纱'。如今上用的府纱也没有这样软厚轻密的了。"然后就吩咐道：银红的，给外孙女做窗纱；青色的，送刘姥姥做蚊帐；剩下的，做了坎肩让丫头们穿。凤姐眼里那么宝贝的东西，就被老太太口气轻松地处理了：糊窗子，送穷亲戚，给下人做工衣，因为怕"白收着霉坏了"。凤姐忙着答应，再不提做被子的事了。

对待物质的态度就该当如此，既不当败家子，也不做守财奴，不拘形式物尽其用就是。凤姐不识软烟罗，也在暗示贾府青山遮不住的颓势，而贾母的做法正蕴含着顺天而行的智慧：面对必将逝去的辉煌，得放手时需放手。软烟罗，应该叫"试金罗"才对，一下子鉴定出了谁不过就是个财大气粗没文化的土豪，谁才是从容大气的真贵族。

二

物质上的丰饶会惯纵出骄奢之风，同样也会滋养出高雅之气，贾母属于后者。

在衣食住行的诸多生活细节上，贾母处处彰显着非同一般的品位。她简直就是骨灰级文艺女生一枚。林黛玉身上的唯美范儿，追根溯源，就是来自她的遗传。

刘姥姥二进荣国府时，众人随贾母畅游大观园，恍似上了一堂关于庭院家居艺术的见习课。贾母像一个渊博的老教授，一路走一路闲谈，并不刻意显摆，却句句精辟，字字珠玑。

在林黛玉的潇湘馆，看到绿窗纱旧了，她不满意院中花木与窗纱的配色，便提点王夫人：这个院子里又没有个桃杏树，竹子已是绿的，再糊上这绿纱真是不配。没有桃杏树，就意味着缺少粉红烂漫的花朵，换上银红霞影纱，正可弥补。这真是神来之笔，在满眼翠绿中，有几帧柔柔的粉色做点缀，于幽静中又多了柔美，很符合林黛玉的身份。

探春房中，贾母隔着纱窗看后院，说后廊檐下的梧桐不错，就是细了点。如果把纱窗看作画框，后院的风景就是一幅画，中国画构图法则讲究疏密与繁略，梧桐树太细，可能会留白太多，或者主宾不明，使整体美感受到影响。贾母观景如赏画，完全是下意识地看出了美中不足，对美的感知和鉴赏已经完全渗透在她的血液中，不知不觉间就带了出来。

无独有偶，想当初黛玉选潇湘馆居住的理由是："我心里想着潇湘馆好，爱那几竿竹子隐着一道曲栏，比别处更觉幽静。"几竿翠竹，一道曲栏，是一幅雅致沉默的画，她也是从构图取景的审美角度来选住处，无怪乎凤姐说她的气质竟不像贾母的外孙女，是"嫡亲的孙女"。

到了宝钗的住处，众人惊诧于宝钗居室的寒素，一问方知是宝钗不喜陈设。贾母说：我最会收拾屋子的，让我替你收拾吧，包管又大方又素净。便送给了宝钗四样东西：石头盆景、纱桌屏、墨烟冻石鼎、水墨字画白绫帐子。这几样东西全部以黑白色调为主，有文化气息，高雅而低调，大气含蓄的风格与宝钗的脾性很搭。老太太真不愧是室内装饰方面的高手，有化腐朽为神奇的艺术天分，简简单单几样东西，让宝钗的居室变得简约又贵气。她在庭院家居装修装饰上的修为真令人叹服。

贾母的艺术天分还远不止此。

听戏。她会别出心裁地隔着水听，因为"借着水音更好听"，让乐声穿林渡水，缓冲过滤后，少了聒噪，多了纯净。

品茶。除了一早声明不喝六安瓜片，会特意询问用的是什么水，知是雨水才品了半盏，很是内行。

中秋赏月。她说："赏月在山上最好。"便领全家到山脊上的大厅里去。的确，山顶视野开阔，无所遮挡地望月，最是阔朗明净。月至中天，她又说："如此好月，不可不闻笛。"年轻时的贾母，想必一定读过"长沟流月去无声，杏花疏影里，吹笛到天明"的句子，否则怎知笛声和月色是雅美到极致的标配。

当乐工们前来时，贾母又道："音乐多了，反失雅致，只用吹笛的远远的吹起来就够了。"朗月清风，天空地净，笛声呜咽悠扬，从远处的桂花树下传来，众人万念俱消，忘我地沉浸其中。大家都赞跟着老太太玩儿长见识，老太太却说："这还不大好，须得拣那曲谱越慢的吹来越好。"天哪，如此讲究，她还让不让别人活了？

就连听书她都毫不含糊。说书的刚刚开场，便被她按铃叫停，批评写书人没有想象力，三观不正，常识匮乏。才子佳人的"都是一个套子"，既是佳人怎么会那么随便，"只一见了清俊的男人……便想起终身大事来"，"自然这样大家人口不少，奶母丫鬟服侍小姐的人也不少，怎么这些书上，凡有这样的事，就只小姐和紧跟的一个丫鬟"，这些批评就是放到今天某些电视编剧身上也同样对症。贾母又分析了这些编剧的心理，归纳起来一是忌妒污蔑，二是代入意淫。毒舌完毕，又坚决与三俗划清界限："我们从不许说这些书，丫头们也不懂这些话。"

有还要懂，知道好赖，庸俗吝啬的邢夫人和无趣木讷的王夫人，这种高大上的精神生活她们也在天天过，但她们"万花丛中过，片叶不沾身"，永远无感，从不思考。贾母这个达人，却能巧妙地把生活与艺术链接在一起，将生活艺术化，将艺术极致化，这就是能耐和功底。

三

有一个情节令人过目难忘，第四十回，李纨摘了鲜花给贾母梳头用，满满一大翡翠盘子的各色折枝菊花，贾母只拣了一朵簪于鬓上，她挑的是大红色。一个年过古稀的老太太，心劲儿得有多足，心态得有多健康，才会在自己满头银发上簪一朵火般浓烈的花朵？搁在今天，贾母也会是一个欢实的潮奶奶，对时尚的理解不会比任何一个年轻人差，对生活的投入甚至连年轻人都比不上。

她会倚老卖老地对客人们说："恕我老了，骨头疼，容我放肆些，歪着相陪罢。"自己歪在榻上，让琥珀拿着美人拳捶腿，一副傲娇相。却在下雪天玩兴大发，不顾年高瞒着王熙凤私自跑出来赏雪，"围了大斗篷，带着灰鼠暖兜，坐着小竹轿，打着青绸油伞，鸳鸯琥珀等五六个丫鬟，每人都是打着伞，拥轿而来"。如此出场，画面感十足，又气派又文艺。

她喜欢和年轻人在一起，孙子孙女围着她说笑享天伦之乐，家里来了年轻孩子，她就会出面留在府里长住短住，无论是富贵之家的薛宝琴、李绮、李纹，还是出身贫寒的邢岫烟，或是喜鸾、四姐儿，她都一视同仁。当然，越是漂亮有气质她就越喜欢，她可是资深"外貌协会会长"。

爱热闹，却也有分寸。去探春屋子参观时，她对薛姨妈说："咱们走罢，他们姊妹们都不大喜欢人来坐着，怕脏了屋子。咱们别没眼色。"虽是玩笑话，也体现了老人家的涵养，即便贵为老祖宗，也守礼识趣不招人烦，尊重别人也是自重。再看宝玉昔日的奶妈李嬷嬷，动不动跑到宝玉屋里人五人六拿东西招人厌弃，相比之下，云泥立现。越是真正的贵族越爱惜自己的羽毛，行事越是自律，即使对方是自己的亲人，也不会不顾对方的感受而越界，这是行为习惯使然。

有钱有闲有品位受人尊敬，人人都夸老祖宗有福。福气这东西就像水，只要源头在，便会绵绵不绝。老祖宗有福，却也时时在积福，她的积福方式是"施"，施财施物施爱心，施比受有福。贾母怜贫惜弱，最是慷慨仁善。款待刘姥姥，凤姐拿刘姥姥取笑，贾母一再制止；对刘姥姥的"小尾巴"板儿也是照顾有加，又是给吃的又是给钱；元宵夜听戏，她会叫戏子们歇歇："小孩子们可怜见的，也给他们些滚汤滚菜的吃了再唱。"

贫寒之家的喜鸾、四姐儿在贾府小住时，贾母专门让李纨出去吩咐："到园里各处女人们跟前嘱咐嘱咐，留下的喜姐儿和四姐儿，虽然穷，也和家里的姑娘们是一样，大家照看经心些。我知道咱们家的男男女女都是'一个富贵心，两只体面眼'，未必把他两个放在眼里。有人小看了他们，我听见可不依。"

在清虚观，一个小道士不小心撞了凤姐，被气焰嚣张的凤姐一个耳刮子打得栽倒在地，在一片"打打打"声中连滚带爬。贾母听到了，说："快带了那孩子来，别唬着他。小门小户的孩子，都是娇生惯养的，那里见过这个势派。倘或唬着他，倒怪可怜见的，他老子娘岂不疼的慌？"叫他别怕，还吩咐给点钱让他买零食吃，千万别难为孩子。"老吾老以及人之老，幼吾幼以及人之幼"，如此慈悲为怀，贾母必定有一张慈祥美丽的脸。

如果不是家族发生变故，贾母会稳稳当当颐养天年直至寿终正寝，可惜贾家一朝败落，如同莫文蔚的歌："忽然之间，天昏地暗，世界可以忽然什么都没有。"覆巢之下岂有完卵，贾府人人自危。这时，已过耄耋之年的贾母站了出来。高鹗的书续得是公认的烂，但是后半程的贾母写得倒十分出彩。被抄家后，她开箱倒笼，将自己一生的积蓄财产都拿了出来，让贾家渡过难关，发言堪比精神领袖：你们别以为我是享得富贵受不得贫穷的人，家里外头好看内里虚，我早就知道。如今家里出事正好收敛整顿家风，大家要齐心协力重振家门。让人觉得：只要有老祖宗这个定盘星在，这个家的气就不会散。

人前显贵，人后也免不了如履薄冰，荣华富贵之下也有暗流涌动，但大体来看，贾母这一生也算福寿双全。沧海横流方显英雄本色，当呼啦啦大厦将倾，她就成了一根老而弥坚的顶梁柱。曾如牡丹一般雍容华贵，如今也能像老梅一样虬枝铁干不畏酷寒。

每一个年老的妇人都曾是昔日的妙龄少女，在走向衰老的必经之路上，美貌、健康乃至财富都会被岁月一点点勒索殆尽，然而高雅的品位气质内涵却会永存。刘嘉玲有一次接受杨澜采访时大致说过这样一段话：如果问我现在愿不愿意回到十八岁，我告诉你我不要，因为那时的我虽然比现在年轻，也比现在漂亮，但是太无知，我还是比较喜欢我现在的状态。的确，如果有些东西终将要逝去，不如来和岁月做一场交易，用它们来换取睿智、仁慈和担当等等可以保值的品质，这样，变老便不再可怕，而成为在人生的河流上从容笑看风景的一次航行，"两岸花柳全依水，一路楼台直到山"。

贾兰：风一样的逐鹿少年

一

正是春天，花草散发着崭新的清香。他手持一张小弓，从小山上风一样跑下来，追逐前面两只惊慌失措的小鹿，就像一头初试身手的小豹子。

这是小少年贾兰，他的出现，让弥漫着阴柔气息的大观园顿时升腾起一股英气。令人仿佛在昏昏沉沉的宿醉里，听到了一声清脆而稚嫩的口哨，陡然精神一振。

正无精打采在园子里闲逛的叔叔宝玉，问他在干吗，他很懂礼貌，连忙站住说：这会子不念书，就练习一会儿骑射。宝玉挖苦了一句：把牙磕掉就不练了。说完径直找黛玉去了。贾兰则朝着小鹿逃跑的方向狂奔而去。他们背道而驰。

这情景仿佛就是宝玉和贾兰的人生小对照：一个游手好闲"逛吃逛吃"，一个目标坚定发奋图强。一个看不懂对方的苦逼上进，另一个则不屑于和前者一样浑浑噩噩，早早就有人生规划并着手实施：从今天起，做一个有抱负的人，读书，习武，积攒能量。

这是贾兰唯一一次出现在园子里，从他的答话便知这个孩子平常都躲在屋里读书，轻易不出来玩耍。如果给这一场戏起个戏名，应该叫——"逐鹿"，是对贾兰未来人生走向的一次重要暗示，看懂了这一段，他后来的有出息就一点都不奇怪。

贾兰是荣国公嫡传第四代继承人，贾母的长重孙，贾政的长孙，宝玉的亲侄子。他父亲贾珠是长子，可惜早死，贾兰算是"十亩地里一棵苗"，理应备受重视，但事实却是他成了小小的边缘人，人们的注意力都在他小叔叔宝玉身上。也是，死了老大还有老二，和贾兰比起来，宝玉的年龄占优势，更能早一点承继家业，又貌似聪慧灵秀，自然占尽风头，所以大家更愿

意把宝押到他身上，感情也是一种投资。

如果贾珠不死，必定袭官晋爵，有模有样，下了朝堂入厅堂，是众人不敢怠慢的"珠大爷"。看父敬子，贾兰的境遇必定会温暖很多。可是人死茶凉，大家都走开各忙各的，他的世界里，就剩了母亲李纨一人温柔相待，即使身在富贵之中，又有仆妇成群伺候，却仍会生出相依为命的凄凉之感。

在这种环境中独自长大的贾兰，性子自敛内向，比不得宝玉开朗活泼。他清醒而警觉，会下意识地与周围的人保持距离；懂得自保，和自己无关的事，绝不跟着起哄瞎掺和。

第九回，宝玉和金荣一干人在学堂里争风吃醋打起了群架。"城门失火，殃及池鱼"，砚瓦飞到了贾兰和贾菌一对好朋友的桌子上，贾菌要还手，贾兰一手按住"武器"，极口劝道："好兄弟，不与咱们相干。"一看就有头脑不跟风，是个叫人省心的好孩子。

二

好孩子不等于永远好脾气。

第二十二回阖家团聚，独不见他。贾政问起，李纨非常有教养地站起身，笑着回答："他说方才老爷并没去叫他，他不肯来。"大家笑这孩子有个性，2008版电视剧《红楼梦》中的王熙凤说："这孩子真是牛心古怪。"其实，原文是"牛心孤拐"才对。"牛心"是说他偏，"孤"是说孤僻，"拐"是指心思曲里拐弯，想得多。曹雪芹借这四个字，道出了贾兰心重、敏感、自尊心强的一面。可惜众人不解，只道这小孩子不懂事。

是，贾兰不懂事，李纨呢？何苦要一字不改地照搬原话？这笑意盈盈的回答中，似乎饱含着母子二人一腔怨气，他们被忽视得太久了。元宵家宴跳出的这个小插曲，是渐渐长大的贾兰用半是"自觉"半是赌气的方式，向无视他的长辈们传递不满和委屈。未可知母亲李纨是不是在替儿子正式地讨要荣国公正牌玄孙的地位，但是在那笑容背后，却有一个母亲毫不掩饰的自豪：看哪，我的儿子有自己的小骨气。

都说"隔辈亲"，贾政此刻是一个慈爱的祖父，他忙派人去请，贾兰方才到场。连贾母也感到了一丝歉意，半是安慰半是补偿，破天荒的头一回让贾兰坐到了自己身边，估计贾兰坐在贾母身边这饭吃得也不会太自在，但是有心人会明白，以后面对这位小公子时，可得掂量着点。不管这是不是贾兰本意，但这一招的确重刷了存在感。

为什么是贾母招呼贾兰，王夫人哪儿去了？奶奶最疼孙子，贾母偏心宝玉有目共睹，王夫人也应该最疼贾兰才对。贾兰又是长子的遗孤，可是事实上她也跑去疼宝玉去了，张嘴闭嘴"我通共一个宝玉"，仿佛儿子死了，媳妇、孙子全成了外人。

在他们眼里，贾兰只形同于贾珠的遗物，找个保险箱放起来，别磕着碰着就行。唯独忘了，只要是人就会有感觉有情绪，有想法有反应。在一度引发热议的科幻恐怖电影《人兽杂交》中，科学家研究出的基因杂交怪物因为有了感情却得不到满足，继而开始报复自己的始作俑者。兽类尚且如此，何况于人？任何时候，都不能忽略人的感情，物质上的富足，永远不能代替精神上的孤寒。

和贾兰一样被忽视或者更甚的，还有贾环，这一对小叔侄因为同病相怜，生出了一种别样的亲厚，在需要应酬的场合，他们像连体人一样形影不离。贾兰赌气不参加宴席那次，贾政派人去请，派的人不是宝玉是贾环。去给贾赦请安，宝玉是独自去，贾兰和贾环是结伴而来。邢夫人厚此薄彼，对宝玉百般摩挲疼爱，贾兰和贾环在一旁当观众，没过多久就很识趣地走了。曹雪芹写贾兰本不想走，是贾环给贾兰使了眼色他才走的，好像贾兰是被贾环调唆的。然而事实明摆着，傻子也看得出，邢夫人的确是冷落了他们，后面的话简直就是逐客了：今天这儿人多，我嫌吵，就不留你们吃饭了。一回头却把宝玉留下吃饭，还送玩具。

人心势利，概莫能外。结伴走出邢夫人屋子的小叔侄俩，焉能心内不伤不恨不落寞？宝玉却浑然不觉，处在风头上的人，没空去想自己站在有光的地方，会带给别人阴影。五十七回他犯完痴病，贾环和贾兰前来探视，宝玉道："就说难为他们，我才睡了，不必进来。"连见都懒得见。六十二回他过生日，这二人前来拜寿，是袭人接待的，宝玉说乏了，歪在床上，连话都没得半句。

是呢，他成天忙着照应姐姐妹妹，哪里有空搭理手足幼侄。他们与他疏离隔阂，高高在上的他，从另一角度看，其实早已被孤立。若干年后，当他有难求援，他们袖手旁观似乎也情有可原。

三

有因皆有果，各人的果又各尽不同。

二十四回邢夫人的冷落仿佛成了一个节点，之后第二十五回，贾环就用蜡油烫伤了宝玉的脸，赵姨娘又央求马道婆施了巫术加害，差点要了宝玉的小命。而在第二十六回，就有了贾兰逐鹿，小人家已立志成才。

一个决意报复，欲将假想敌置于死地而后快；一个卧薪尝胆，苦练立身之本只待厚积薄发。原来同样一件事情，既可以诱发出可怕的负能量，也可以激发出满腔的正能量，之所以大相径庭关键在于他们的母亲，一个是见识鄙陋的赵姨娘，一个是出身大家的李纨，不同的教育成就了不同的孩子。贾兰应该庆幸自己有一个好母亲的引导，才没有走了害人不利己的阴暗路线。

歌德说："橡树在什么环境下长得最好？在土壤肥沃、阳光充足的地方，橡树长到一定阶段就会分出很多枝丫，不再向上生长。只有长在稍微贫瘠但又不是极端恶劣环境里的橡树，历经风霜雪雨，根系不断往下深扎于土，树冠不断向上寻求阳光，才会长得粗壮挺拔。"这个环境理论同样适用于人的成长：得到太多爱的孩子容易不思上进，而缺乏足够安全感的孩子往往勤奋。宝玉和贾兰，他们就这样在不同的环境里各自成长着。

到第七十五回时，中秋家宴，贾政命宝玉和贾兰写诗。贾政读了宝玉的默不作声，读了贾兰的却喜不自胜，很明显，贾兰此时的才学已开始超过宝玉，连贾母都欢喜得叫贾政赏他。

尚还钟鸣鼎食烈火烹油的贾家，不知道自己马上就要面临"树倒猢狲散"的境遇了，谁也想不到，在这棵病树的枝头，竟还存了一丛沉默的新绿。

"红日初升，其道大光"，若干年后，贾兰终于"学成文武艺，货与帝王家"。"戴簪缨，悬金印"，战功赫赫，成了一名武将，早年的逐鹿骑射演习总算没有白演。宝玉当初的风凉话也一语成谶："把牙栽了，那时才不演呢。"贾兰是把命丢了，功成名就后战死沙场，如烟花般只绽放一瞬。

曹雪芹在判曲里写李纨时，有掩饰不住的嘲讽口气："虽说是，人生莫受老来贫，也须要阴骘积儿孙。"暗指贾兰早亡，李纨表面风光内里孤苦。想来在看不到的后四十回原著里，宝玉和李纨之间一定有过龃龉，所以才会如此幸灾乐祸，并借判词说人家是："枉与他人作笑谈。"

是，就算人家是笑话，然而铁打的事实不容无视，那就是你宝玉因年少时虚度光阴，以致成人以后一无所长，肩不能扛手不能提，在困境面前一筹莫展，生存都岌岌可危，"寒夜围破毡，冬月噎酸齑"，比较起来，这么毫无尊严地活着恐怕更痛苦吧？而贾兰，至少还有过短暂的辉煌，并且为最爱的母亲李纨挣回一个衣食无忧的晚年。

逐梦从来要趁早。在很久以前的那个春天，当还是小少年的贾兰，手持小弓风一般追逐小鹿时，那愈来愈远的背影仿佛就已经在说："我追逐的不是鹿，是梦想。"

李纨：我有我的姿态

一

有句话说李纨是："沉静，从容，却也沧桑。"极准。这句话也可反过来说：沧桑难免，贵在从容。

所以亦舒才有一句名言：女人活着，姿态最最重要。

李纨青春守寡，不曾再嫁，是荣国府的一座人形贞节牌坊。"居家处膏粱锦绣之中，竟如槁木死灰一般。"这话说的！不知道是夸还是讽，是说她贞洁自持，能饱暖不思淫欲呢，还是在嘲讽她掐灭人伦，心甘情愿做个清心寡欲的活死人？罗素曾说"一切过于自制的道德家，都是自恋狂"，曹公似有此意。他对李纨的态度，很能体现人性的幽微复杂。一写到李纨，他那轻易不出恶语的笔底，总掩不住一股酸溜溜的味道。李纨判词的最后一句是"枉与他人作笑谈"。乍看仿佛是在表达人生虚空，再品又觉得有点儿不对劲，隐约透着一丝幸灾乐祸。

李纨和宝玉代表着荣国府贾政一脉的两房宗室，在前八十回里，二爷占尽风头，大奶奶退守一隅。三十年河东三十年河西，在后四十回，他们恰调了一个个儿，宝玉潦倒不堪，李纨则凤冠霞帔扬眉吐气，因为她儿子争气。宝玉与李纨之间，后来应该还另有一段不太愉快的故事，虽说族人之间的矛盾不外是亲情与利益混合的一笔糊涂账，但李纨到底是做了什么，才会让曹雪芹如此刻薄？难道真的应了那句话："会咬人的狗不叫？"

两府里的三个妯娌，性格各有千秋，都很不简单。凤姐精明狠辣不让人，天下人都被她算计了去；尤氏风趣开朗又随和通达，是个进退有度的明白人；和她们一比，寡居的李纨显得清汤寡水无作为，外表柔弱还总是做好人，人送外号"大菩萨"——纯粹教养使然，其实她极有头脑。一路做弱者只配得到同情，幸灾乐祸的人反而通常都有两把刷子。反复读"红楼"，会读出李纨温良恭俭之下的韬略与清醒，甚至柔中带刚的傲气。

如果贾珠活着，荣国府的家当仁不让应该让李纨来当，谁知天地不仁，贾珠完成了他传宗接代的任务就去向阎王交差了。囿于身份，李纨只得退居幕后，让位给高调泼辣的凤姐。贾珠的房里本来还有两个小妾，贾珠死后，她们生出各种不自在。她知道她们的不甘心：正房奶奶守寡是天经地义，我们凭什么呀？强扭的瓜不甜，李纨"放生"了她们，打开笼子让她们飞，留她自个儿守着。没了男人撑腰，又失了左膀右臂，最亲的人还是个嗷嗷待哺的婴儿；娘家是名门吧，但按规矩嫁出去的女儿就是外人了，连迎春被孙绍组虐成那样贾家都没人出面，李纨的娘家自然也不好来过问她的生活。这么多理由在手，李纨大可理直气壮地顾影自怜，没人说不应该。贾府又是厚道的大户人家，不会无故苛待她，会好吃好喝地养着让她等死，这一辈子大约就是这样了。

不过，总得给她找点事儿做吧？荣国府的长辈们给她安排了一份没责任也没压力的工作：照看小叔子小姑子们。李纨没推脱，愉快接受了。

这就是李纨的大家气派：如果厄运选中的是我，我就全盘接受吧。不因死了丈夫便成天把哀怨挂在脸上惹人烦，明了生活还要继续，便用了一种顺应又积极的态度，来应对长日寂寞的寡居生活。

二

第三十七回，宝玉和众姐妹商量着要起海棠社，李纨马上兴奋地自荐掌坛，还兴冲冲替宝钗起了"蘅芜君"的雅号。又考虑到迎春、惜春和她一样，也不会作诗，便让她俩当诗社副社长，一个管出题，一个管誊录，不让一个人因没事干而失落。知人善任使之各得其所，皆大欢喜，活动办得热热闹闹，充分展示了李纨的组织能力和大局观念。

她当评委评诗，非常有主见，当宝玉说她评得不公时，她霸气地回道："原是依我评论，不与你们相干，再有多说者必罚。"虽是玩笑，却口齿锋利，哪里像出自一个素以绵善著称的女子之口？让宝玉去栊翠庵讨红梅，她不假辞色地说"可厌妙玉为人，我不理他"。口气直接得让人诧异。李纨与妙玉井水不犯河水，不会有实质过节。她看不惯对方，实乃一个低调却心气极高的人对另一个心气也高却不低调的人的一种下意识的排斥。这两次令人跳戏的大白话，都是李纨在主持诗社期间脱口而出的，当看作是人在兴头上时失控忘形的本性流露，而她平日的委婉，不过是为情势所迫隐藏了锋芒而已。

李纨自谦说不会作诗，但是每次评诗都能说得头头是道；几个姑娘联句联得刹不住车时，是李纨及时吟出一句才收了口；元春省亲之夜大家奉谕写诗，李纨竟也能凑出"绿裁歌扇迷芳草，红衬湘裙舞落梅"这样绮丽动感的句子。她儿子贾兰读书写诗很开窍，应该与她的优良基因不无关系。

通常来说，与一个寡妇相处，人是会有压力的，不知道哪句无心之语会触到她的伤痛，哪个细枝末节会引发她的黯然，因为顾忌和悲悯，在她面前很难不小心翼翼。李纨的不凡之处在于，她不露痕迹地跨越了这个障碍，与周遭以寻常心互对。

掣花签时，几个未嫁的姑娘互相打趣，说什么"必得贵婿"之类的，还把李纨也拉进来："大嫂子顺手给他一下子。"在一个无法再嫁的年轻寡妇面前谈关乎婚配的事，已经有失厚道。但是大家没有意识到，李纨也不在乎："人家不得贵婿反挨打，我也不忍的。"这种超然的气度与幽默，让人高看她一眼。

所以，贾兰后来的优秀一点也不奇怪，因为他有一个很棒的母亲。

三

概括李纨这一生，寥寥数语却无尽悲辛：青春年华守寡，隐忍独育幼儿；终有翻身一日，哪料老来丧子。"长的是磨难，短的是人生。"这句话简直就是为李纨量身打造的。从青丝到白头，在表面热络实则各自为政的荣国府，李纨怎样将这一寸寸的光阴独力挨过，又怎样面对痛不欲生的结局，将心比心，不寒而栗。

第七回，周瑞家的给各处送宫花，李纨因为身份特殊没有资格领受，但是曹雪芹还是给她安排了一个意味深长的镜头。这一路走来，接花的人基本上都在享受生活，迎春与探春在下棋，惜春在与智能玩耍，黛玉是在和宝玉玩九连环。唯独路过李纨的院子时，玻璃窗内，李纨歪在炕上睡觉。周瑞家的从她后窗走过，又进入了凤姐的院子。一墙之隔，凤姐与贾琏大白天的正在享受鱼水之欢。这种对照的写法，让孤寂与甜蜜的人生对比异常强烈。

和李纨一样在睡觉的，只有凤姐的女儿巧姐儿。多么讽刺，她必须无事可做。年轻人的生活她参与不进去，和她同龄的呢，都是有枝可依。让人不禁联想到，她的夜晚也许是孤枕难眠，所以才白天困倦需要补觉；也正可以解释，为什么她对小叔子小姑子们的社团活动那么有兴趣，那是因为她有必须要打发掉的芳华。

她住在大观园的稻香村，一处纸窗木榻刻意简朴的处所，却隐隐透出几分卧薪尝胆的意思。正是在这里，贾兰在她的悉心教导之下日渐长大，他懂事也孤傲。二十二回合家夜宴，贾兰因为贾政没叫他便不肯来，李纨也不勉强，贾政问起时，李纨站起身，笑盈盈据实告知，这对母子仿佛已经达成一种默契。

如果那天贾政没有注意到贾兰缺席，李纨的涵养决定了她绝不会说什么，不过在心里会更多一份清醒，知道今后唯有他们自己才是自己的指靠。她掣的花签上，那一枝题着"霜晓寒姿"的老梅，已经很能点明实质：这对母子根本不需要同情，他们隐忍图强的姿态令人肃然起敬。

四

然而，再坚强的人都会有暴露脆弱的一刹那。第三十九回，李纨揽着平儿吃酒，闲谈之间，对凤姐拥有平儿这个帮手流露出各种羡慕忌妒恨，言语都有挑拨之嫌了。她又流泪提到当初贾珠死后打发走的两个小妾："若有一个守得住，我倒有个臂膀。"这是实话，如果有个平儿这样的好帮手，哪能轮到凤姐如此张狂？李纨在这个府里又何至于活得如此边缘化？

一向矜持的李纨怎么会突然失态？原因有二：一是她吃螃蟹时喝了点黄酒，酒精让脑子失去平日的理性克制；二是因为张罗诗社，诗社里无拘无束的快乐生活让她释放了压抑许久的天性，看世界的眼神诗化了，真心话便冲口而出。

但是，听众们的表现却令人寒心，大家说："又何必伤心，不如散了倒好。"然后就洗了手各自走开。在场大多都是未婚的少年男女，未经世事风雨的他们，恐怕无法完全体会到李纨的不易，所以，李纨的哭诉在他们眼里似有煞风景之嫌。当赵姨娘抱怨自己在屋里熬油似的熬着时，猥琐如马道婆尚会说"将来熬的环哥儿大了，得个一官半职"这样的宽慰之语，真是"我们只有经历苦难，才懂得安慰他人"。有点人生经验还是好，会让人学会共情。

有一两个懂事的，比如平儿与宝钗，她们竟然也保持着沉默，大概自认对李纨的困境无能为力，倒不如回避的好，所以便装聋作哑不接话。其实李纨哪里是有什么奢求？她不过是想要几只倾听的耳朵，或者借给她痛哭一场的肩膀，甚至贪心一点——有一双陪她流泪的眼睛。可惜，她们辜负了她珍贵的袒露，纵然李纨的反常让她们猝不及防，可她们的冷漠又何尝不是一种残忍？

当众人漠然散场弃她而去，想象那一刻李纨的表情，应该是讪讪地收住眼泪，嘴角泛起一抹自嘲而苍凉的笑才对吧？从此之后，任何时间任何场合，都未见她再流露过一丝一毫的脆弱与张皇，永远素衣素面，得体娴雅，不争长短，受人尊敬。对于一个骨子里傲气又明理的大家闺秀而言，冷遇尴尬一次就够，她不是祥林嫂，不会再自讨没趣。之后的漫长岁月里，就算命运不仁，用夺走贾兰再次重创她，至少在自己的能力范围，她努力活好了自己。宁要人妒，不要人怜，这就是她的姿态。

成长篇

好姑娘不愁没人爱

邢岫烟：好姑娘不愁没人爱

一

邢岫烟这个姑娘出场时并不惊艳，她和宝琴、李绮、李纹四个人一起，在贾府"有朋自远方来，不亦乐乎"的闹哄哄中集体亮相，宛如美少女组合，被眼高的晴雯喻为"一把子四根水葱儿"。宝玉在见过她们后回到怡红院跟袭人感叹："你们成日家只说宝姐姐是绝色的人物，你们如今瞧瞧他这妹子，更有大嫂嫂这两个妹子，我竟形容不出了。老天，老天，你有多少精华灵秀，生出这些人上之人来！"对另外三个姑娘赞赏有加，却对岫烟只字未提，可见她的外表，并未给人留下深刻的印象。

不是她不美，而是其他三位的实力都太强，跟她们站一起，分组上比较吃亏。特别是宝琴，美得空前绝后，把宝钗都比下去了，贾母一见就爱不释手，逼着王夫人认了做干女儿，她太过耀眼的光芒，完全遮住了岫烟的存在。如果要给岫烟的姿色评级，应在上乘中较为靠后的位置，相当于学生成绩单中的"A-"。

同是串亲戚，其他三位姑娘皆是路过小住，家里都是非富即贵。只有岫烟，是日子过不下去了跟着父母来投奔姑母的。这样的身份，平白又矮了一截。据她的叔叔邢傻舅有一次吃多了酒抱怨，说是家里原来也是有些底子的，都让邢夫人出阁时带走了，现下把持着不放，要也要不出来，弄得有冤无处诉。且不说真假，就算是真的，清官难断家务事，又时过境迁，怪只怪自己不中用罢了。

邢傻舅是薛蟠的酒肉朋友，是个很不入流的酒鬼。那岫烟的父母怎么样？书里虽然没有明说，也和明说差不多了，借凤姐儿的眼光露了一句："冷眼敫瞰岫烟心性为人，竟不像邢夫人及他的父母一样，却是温厚可疼的人。"这一句话，就把邢岫烟父母之为人交代了个七七八八；邢夫人这个姑母就更不用提了。这群长辈，每个人都忙着替自己打算，没人顾得上关心她。

人们先入为主地将岫烟归到了邢夫人的阵营，对她持保留观望的态度，甚至还有些不待见。一无惊人的美貌，二无显赫的家世，三无亲人的疼爱，岫烟这个"三无"女生，就是在这种眼光里，入住了大观园。

二

惨是真惨。

因为她是邢夫人的内侄女，凤姐儿便要了个滑头，安排她和迎春一起居住，反正迎春是邢夫人名义上的女儿。"倘日后邢岫烟有不遂意的事，纵然邢大人知道了，与自己无干。" 有了事也赖不着她。

迎春用兴儿的话说就是个"二木头"，是个会出气的死人，自己尚还被下人们欺负，对邢岫烟何谈庇护？岫烟住在迎春房里，一个月统共二两银子，她要先拿出一两来接济父母，剩下的一两，要隔三岔五拿钱给嘴尖性刁的下人们打酒买点心，以求换得一点太平。最惨的时候，她把冬衣当了。

下雪天众人赏雪，大家纷纷穿上避雪之衣，不是猩猩毡就是羽缎羽纱，齐刷刷一色儿的大红色，站在雪地里好不齐整壮观。特别是林黛玉，她穿的是"掐金挖云红香羊皮小靴，罩了一件大红羽纱面白狐狸皮的鹤氅"，红衣红靴，头上又戴着雪帽，十足一个可爱的红色洋娃娃。

李纨和宝钗例外些穿得相对素净，但保暖性一点不差：一个是哆罗呢，一个是做工考究的鹤氅。湘云和宝琴，有老太太特别关爱：给湘云的是一件"貂鼠脑袋面子、大毛黑灰鼠里子、里外发烧大褂子"，简而言之就是给了件上好的貂皮大衣；给宝琴的更绝，是一件金翠辉煌的斗篷，这是老太太压箱底的好东西，没舍得给宝玉倒给了她，竟然是"野鸭子头上的毛作的"，放到今天应该算是一件限量版的天价羽绒衣。

一个比一个暖和，一个比一个奢华，仿佛是在开一场名媛冬季时装发布会，争芳斗艳，目不暇接。

最最例外的，是"三无女生"邢岫烟，因为只有她没有防寒服，"仍是家常旧衣"，冻得"拱肩缩背"。在那些天之骄女们面前，她活像一只可怜的丑小鸭。

那天还发生了失窃事件，平儿的虾须镯丢了，人们把岫烟的丫头定为头号嫌疑人，理由是她家"本来又穷，只怕小孩子家没见过，拿了起来也是有的"。这话听起来实在太欺负人，仿佛贫穷是原罪。好在后来查明是宝玉房里的坠儿偷的，才还了岫烟一个清白。

老太太曾说府里人是"一个富贵心，两只体面眼"，别怪他们势利，势利原本就是人性的一部分。当富人们用居高临下的眼神打量穷人时，那种骨子里的怀疑是藏也藏不住的。亦舒在《喜宝》里说："穷人受嫌疑是很应该的。"因为他们物质短缺，有作案动机。

宝玉过生日宴请群芳，请这个请那个，三姑娘云姑娘琴姑娘宝姑娘林姑娘，都是能诗能文的，邢姑娘也能，却没有请。他并没有把她划在自己的圈子里。

她原本就不属于他们的世界，只是一个寄身者。

三

那呵护备至的幸福是他们的，不是她的；

那恣意挥洒的青春是他们的，不是她的；

那神采飞扬的快乐是他们的，不是她的。

多年以后，当宝玉湘云们老了，回望曾经，大观园里的生活应恍若梦幻，美丽如繁花锦绣，快乐得不真实。而当时的岫烟，却仿佛是那段锦绣生活褪色的边角料，与他们格格不入，无法缝缀为一体。

他们也一定忘不了：那位开头潦倒的姑娘，后来嫁入豪门做了少奶奶，配了一位"才貌仙郎"，完成了自己的一次人生逆袭，不声不响地华丽转身，飞上枝头做了凤凰。

这是大观园版灰姑娘的故事：薛姨妈提亲，贾母做媒，邢岫烟嫁给了宝钗的堂弟、宝琴的哥哥薛蝌。薛家有根基，是大富之家，这位薛蝌，模样俊秀，人品端方，是《红楼梦》里数一数二的好男子。

《红楼梦》里，嫁得如意的女儿并不多，元、迎、探、惜这四位，迎春嫁给孙绍组被虐待致死；探春名为王妃，实为顶包远嫁；惜春干脆做了姑子；元春嫁的是当朝天子，说起来风光，但也是满肚子委屈，称皇宫是"不得见人的去处"，幸福指数并不高。剩下的黛玉、宝钗、湘云，结局更令人唏嘘慨叹。而嫁给薛蝌的岫烟，就算后来四大家族一损俱损，但是想来有爱人陪伴的生活，也不会差到哪里去。比较一下，她还算是命好的。

人们总习惯于评论命运，尤其是对那些能过得幸福的女人，喜欢以"命好"一言蔽之。他们忽略了，那些过得好的女子，首先是自己足够好，才配得到好的人生；其次自己足够强，才能把握住好的命运。

走近岫烟才会发现：正是她身上诸多美好珍贵的品质，才成全了她自己的人生。

四

"岫烟"这个名字,起得就好:"云无心而出岫。"远处山峦上的一抹云烟,轻灵飘逸,若有若无。曹公能起这么别致优雅的名字给这个女子,她云烟一样的气质,一定给他留下了别样印象。女人再美,没有气质,便少了底蕴;若有了气质,便能弥补外貌上的稍稍不足,虽不够摄人,却既见之忘俗又宜家宜室。想来岫烟,正是这样的氧气美女。

曹公借宝玉的眼写她走路:"颤颤巍巍的迎面走来",她的原型也许是个踩着花盆底鞋的旗装女子,也许是个汉族女子,但却裹了脚——总之,岫烟施施然走路的样子一定让他印象深刻,不同于老头老太太衰老式的"颤颤巍巍",她的颤颤巍巍充满了摇摇摆摆弱柳扶风的美感。

岫烟有一场重头戏,充分展现了自己的风采,这是和宝玉的一场对手戏,还穿插了一个人——妙玉。

在沁芳亭前,宝玉把妙玉的"槛外人"帖子拿给岫烟看。岫烟一眼就看穿了妙玉的矫情,话语间流露出对妙玉的知之甚深,又带出点小小的不以为然。当宝玉急着替妙玉辩解说她是"世人意外之人"时,岫烟的表现很有意思:她"且只顾用眼上下细细打量了半日"，这种上下打量带着饶有兴味的探询，因为作为妙玉的闺蜜，她已经看明白了，宝玉正是妙玉的春闺梦里人。随即她教给宝玉回帖要自称"槛内人"，小小地施以援手，飘然而去。

"迎面颤颤巍巍"的高挑印象在宝玉心理上又一次得到印证：岫烟对宝玉，在精神上真还有几分俯视的意味。她冰雪聪明，完全看得懂宝妙之间的微妙感觉，在她超脱的一笑面前，这二人在文字上玩的那点小把戏显得特别幼稚。

同时，面对贾家这样一个富贵逼人的家族，栖身于其中，一般人很难做到心静如水，连黛玉那么高的出身，都要时不时多心一下。但是岫烟就做得到，她既不刻意逢迎，也不自卑避世，不瘟不火坦然以对，既不曾低了架子，也没有失了礼数，时时处处都大方舒展、姿容秀逸。

没有因为下雪天少了一件雪褂子就不出门，叫赏雪就赏雪，即使冻得哆嗦也从头到尾地奉陪。

没有因为身旁诸位是名门闺秀就气短，叫写诗就写诗，得了"红"字赋红梅："看来岂是寻常色，浓淡由他冰雪中。"诗如其人，一派随遇而安的姿态。

没有因为面对的是同龄男子就行动琐碎，叫指教就指教，不卑不亢。宝玉忍不住赞她"举止言谈，超然如野鹤闲云"时，她连谦虚之词都未有一句，照单全收。

一个小门小户的姑娘身上，天然流露出一副大家闺秀才有的气度，怎不令人刮目相看？

越读越觉得：岫烟不光是"好"，还很"强"。内心强大之人，往往面目温和，心境稳定，不见得非要张牙舞爪锋芒毕露，相反，那样极可能是色厉内荏的表现。岫烟平和淡然，从不无故寻愁觅恨，那些为赋新词强说愁的孩子和她比起来，委实不在一个段位上。

原来，她不属于他们的世界，是自有自己的另一个世界。

五

一开始还怕惹麻烦的凤姐，到后来放下了戒备之心，对她倒比别的姊妹还要多疼些。平儿看到她没有雪衣，特意送了一件大红羽纱的给她。看到她的难处，宝钗"暗中每相体贴接济"，还不敢让邢夫人知道。

纵然她们是出于同情，但是这同情里也有敬惜的成分。

直至有一天，命运的大手将她从窘迫中彻底打捞了出来："因薛姨妈看见邢岫烟生得端雅稳重，且家道贫寒，是个钗荆裙布的女儿，便欲说与薛蟠为妻。"又觉得薛蟠实在太差，别白瞎了人家岫烟。踌躇之际，想到薛蝌未娶，觉得这二人怎么看都般配，"是一对天生地设的夫妻"。看来富人家娶妻也不见得一定要挑门第，只要姑娘自身条件够好，他们一样趋之若鹜。如果自己的儿子配不上人家，照样会自惭形秽。而薛蝌，因为之前见过岫烟，彼此印象很好，十分合意，遂定了下来。这正是"当我足够好，才能遇见你"。

一桩美好婚姻的开头就是如此吧：你喜欢我，而我也中意你，还得到了周围所有人的祝福。岫烟的婚姻开了一个好头。

这之后没多久，宝玉竟然眼望"绿叶成荫子满枝"的杏树，想起邢岫烟，感叹她择了夫婿，"又少了一个好女儿"，从一开始对岫烟的视若无睹到后来的流泪叹息，岫烟的人格魅力可见一斑。

而此时的岫烟，她没有像《倾城之恋》里的白流苏那样，因为看到了新生活的希望，便解恨又自得地对那帮势利小人暗自冷笑："你们以为我完了，早着呢！"跟先前相比，岫烟虽然拘泥了些，但"幸他是个知书达礼的，虽有女儿身分，还不是那种佯羞诈愧一味轻薄造作之辈"，照样宠辱不惊地过活。

穷困也还是没有得到彻底的缓解，手头还是紧，她拿出平民女儿懂事、能忍耐的特有品性，咬紧牙关独立承当，即便把衣服当了也不诉苦不求援，不给迎春添麻烦。宝钗知道后让她有难处来找自己，她低头答应了，但那多半是为了不拂宝钗的面子，并不会真去找，她有自己的尊严。

宝钗看到她带着探春送的玉佩，竟然拿出大姑子的款儿来，将岫烟教训了一顿，还拿自己做例子："……你看我从头至脚可有这些富丽闲妆？然七八年之先，我也是这样来的，如今一时比不得一时了，所以我都自己该省的就省了。将来你这一到了我们家，这些没有用的东西，只怕还有一箱子。咱们如今比不得他们了，总要一色从实守分为主，不比他们才是。"这仿佛是宝钗最讨人嫌的一次，满嘴大道理，其实她是居安思危，有点怕岫烟穷人乍富忘了本的意思。岫烟的性情稳定再一次彪悍展现，她不辩解，只笑道："姐姐既这样说，我回去摘了就是了。"宝钗马上意识到了自己的过分，忙笑道："你也太听说了。这是他好意送你，你不佩着，他岂不疑心。我不过是偶然提到这里，以后知道就是了。"

宝姑娘小题大做，是对另一个阶层跻身自己阶层后本能地不放心。其实岫烟从小到大，节俭意识已经在骨子里扎实生根，你让她像宝钗的亲嫂子夏金桂那样，每天杀几只鸡鸭，将肉赏人吃，只单以油炸焦骨头下酒，这样的"胡造"她还真不会哩。她擅长过的，正是那种细水长流的本分日子。

岫烟算不上什么励志偶像，但是她的故事却在阐述一个最朴素的道理，这道理古今通用：好饭不怕晚，好货不怕放。好姑娘永远别自轻自贱，就算有一时的不顺遂，只要沉住气好好生活，不愁没人爱。要知道你的好，总有人能看得见，而你生命里的峰回路转风清云暖，在无法预知的下一秒，会自动地向你靠过来。

紫鹃：好闺蜜可遇而不可求

一

《红楼梦》第三回写林黛玉进贾府，通过黛玉的眼睛描写贾府，一个细节都不漏过，包括廊下挂着的各色鹦哥画眉鸟——在中国传统文化里，许多富贵人家都喜欢养鹦哥，来作为茶余饭后的消遣宠物，有趣雅气，是安逸有闲生活的标配。

林黛玉住进来后，也入乡随俗地养了一只，调教得口出人言，既会吟《葬花吟》，又会使唤雪雁"打帘子"。不止如此，她还得了一个名叫鹦哥的丫头。

鹦哥本是贾母屋里的人，老太太享了一辈子的福，又很懂生活情趣，总喜欢用身边的物件名儿给丫头们起名字，且是成对儿地起，珍珠对琥珀，鸳鸯对鹦哥，都是随意又别致讨喜的字眼。而珍珠和鹦哥，又分别被指派给了宝玉和黛玉。

这两个丫头易主以后，珍珠被宝玉改名为花袭人，香艳旖旎引人遐想，符合富贵风雅公子的调子；鹦哥则改名紫鹃，书里虽没说是谁给改的，但想来应该是黛玉，唯美的文艺女孩，肯定觉得鹦哥这个名字太直俗，便以自己带来的丫头雪雁为参照改叫紫鹃，雪（白）对紫，雁对鹃，倒也齐整雅致。

这名字起得别有深意：鹃鸟又名"子规"，有思乡之意，"紫"为颜色，加在一起极易令人联想到"子规啼血"，隐含愁苦，和之前富贵喜气的"鹦哥"反差强烈，符合林黛玉平日的情绪基调。看来主观心态决定一切，连起名字都不能逃脱各人的潜意识支配。

当然也许不是这样，作者只觉得该给她起一个美丽灵气的名字，才配得上做"世外仙姝寂寞林"的侍女。

"想知道一个人是什么样的人，看看他的朋友就明白了。"

鸳鸯曾经跟平儿提起过，

她们小时候有一个无话不说的"姐妹淘"，紫鹃也位列其中。除此外，还有袭人、琥珀、麝月、彩霞、翠缕、茜雪等等，有的刚有的柔，有的通透有的天真，虽是性格各异，但一个一个数过来，竟都是可爱的好姑娘。"物以类聚，人以群分"，紫鹃必定也是错不了的。

贾府里向来仆以主贵，看看宝玉的秋纹碧痕们便知。就连懦弱如迎春的丫头司棋，都敢派人到厨房里点单炒，要一碗"炖的嫩嫩的"鸡蛋来要点特权，被拒之后恼羞成怒，带领一帮丫头群起而砸之，一泄心头之愤。主子的近身侍女以"副小姐"自居，是贾府不成文的规矩。王夫人就替她们说过话："这也有的常情，跟姑娘的丫头原比别的娇贵些。"

林黛玉因有老太太罩着，排名比本家小姐们"三春"还靠前，府里人也不敢轻易怠慢。紫鹃作为黛玉的发言人，又是老太太钦点的，却从不仗势欺人，更不四面树敌。相比晴雯动不动把"我原是老太太屋里的人"这句话挂在嘴边的张狂，她显得知进退，懂分寸，为人圆融有礼，遇事点到为止，没给黛玉招半点非议。

抄检大观园，曹雪芹将每一个年轻主子身边人的应对都写到了：宝玉的晴雯倒箱子，痛快刚烈；探春的侍书敢对嘴，口风犀利，被凤姐赞为"有其主必有其仆"；惜春的入画哭哭啼啼；迎春的司棋被揪出来却面不改色——唯有黛玉的紫鹃是笑脸相向。

看到黛玉收藏有宝玉的东西，王善保家的得意扬扬，以为拿

126

住了证据，想借题发挥。紫鹃"笑道：'直到如今，我们两下里的东西也算不清。要问这一个，连我也忘了是那年月日有的了'"。有凤姐撑腰，她完全可以趁势修理这个不知深浅的老太婆几句，但是她没有，婉转又准确地点明了宝黛关系的特殊性，既未得理不饶人又叫对方无话可说。紫鹃姐姐真是个聪明的厚道人。

　　不得不佩服老太太选人用人的眼光，嘴刁量小的秋纹自己就说，老太太平常不搭理她，她入不了老人家的眼。老人家慧眼一扫，就能把可堪重用的潜力人才离析了出来，凡入了她的眼经她调教过的，个个都不含糊。鸳鸯就不用说了，如果不好也不会留在贾母身边，一时半会儿都离不了她。再看被贾母委派出去的三个，哪一个不是出类拔萃？勇晴雯，贤袭人，慧紫鹃。

二

　　紫鹃的"慧"，表现在她服侍黛玉上。照顾病人不单是殷勤周到就可以，三分在治七分在养，还得根据她的体质做有针对性的防护调理，紫鹃就是个很好的家庭保健医。

　　第八回，黛玉下雪天找宝钗玩，刚坐下，小丫鬟雪雁就赶着送来一个小手炉，说是"紫鹃姐姐怕姑娘冷"。黛玉体寒，这事儿有两个人特别上心，第一个是宝玉，夜宴群芳时，他单单拉了黛玉靠板壁坐，理由是："林妹妹怕冷。"吃了几口螃蟹便喊"心口疼"，其实就是胃寒引发的疼痛，宝玉连忙用热热的烧酒伺候。除了他，在避寒驱寒这事上，最上心的就是紫鹃了。送手炉是一例，第三十五回黛玉站在花荫下遥望怡红院，顾影自怜泪珠满面时，紫鹃从背后赶过来，喊她吃药，说"开水又冷了"；并告诫她虽说五月天了，大清早的也别老站在潮地方，防止湿寒之气上行。

紫鹃的"慧"，还表现在平日里对黛玉小性子的包容和了解上。她不是容忍，忍字头上一把刀，天长日久哪有不口出怨言的？她是压根儿不以为意。

黛玉经常不识好歹地抢白紫鹃，给她送个手炉吧，她说：哪里就冷死了我？

催她吃个药吧，她说：吃不吃管你什么相干？

给她出个主意吧，她不领情反说：你嚼什么蛆？

换个糊涂点的早委屈死了，可是紫鹃不，该干啥还干啥，你说你的我干我的，左耳进右耳出，只要是自己觉得对的就敢做主，一点儿也没有唯唯诺诺的奴才相。说到这儿，不由得要再膜拜贾母一下：她看得上眼的人，个个都没奴才相，鸳鸯敢在酒桌上宣牙牌令，对着一大帮主子奶奶发号施令："酒令大如军令，不论尊卑，惟我是主。"晴雯更是，别人都拿太太的旧衣当恩典时，她却不屑一顾；袭人表面温驯，但是"行事大方，说话见人和气里头带着刚硬要强"。

宝玉和黛玉吵了架后来求和，黛玉说：不许开门！紫鹃说：大毒日头底下别把他晒坏了。径自放宝玉进来了。还有一次，宝玉来了要喝茶，黛玉叫紫鹃别理他，先给自己舀水。紫鹃一点没为难，笑道："他是客，自然先倒了茶来再舀水去。"

紫鹃和黛玉，哪里像主仆，完全是两个同住一屋的姐妹，一个跟男朋友闹了别扭，另一个就帮忙打圆场撮合他们和好。

黛玉跟宝玉冷战，她会私下派黛玉的不是：你太浮躁了些，论错宝玉占三分，你占七分。说得黛玉嘴虽硬心却服。

批评基于了解，黛玉的刀子嘴豆腐心，无助飘零之感，和由此生发的偏激与敏感，紫鹃都尽收眼底。面对走入感情迷局的黛玉，作为一个清醒的旁观者，时时点醒劝解，让她不为情所苦。这个"慧"字紫鹃当之无愧。

这两人在性情上是多么互补：紫鹃的理性可以抑制黛玉的任性，黛玉的随性恰恰容许紫鹃有更多的个性。黛玉空灵，紫鹃聪慧，两个女孩子有说有笑你来我往，相依相伴着共度了一段相濡以沫的闺中青春，像范范的歌："一个像夏天，一个像秋天，却总能把冬天变成了春天。"

李纨、宝钗、探春聊天时，说府里有几对公认的主仆好搭档，默契十足水乳交融：贾母和鸳鸯，凤姐和平儿，王夫人和彩霞。其实，她们该再加上一对儿：黛玉和紫鹃。

宝玉开玩笑夸紫鹃说："好丫头，'若共你多情小姐同鸳帐，怎舍得叠被铺床？'"后来，又对紫鹃发誓赌咒说："我只告诉你一句顽话：活着，咱们一处活着；不活着，咱们一处化灰化烟。"完全把紫鹃与黛玉视为一体。

身体上悉心照顾宛如亲人，精神上指点迷津形同知己，早已超越了普通的主仆关系，兼顾了姐妹的亲密与知己的贴心，她们准确地说应该叫闺蜜。

三

"人不可貌相"，就是这个老太太嘴里"伶俐聪敏"的紫鹃，却干出了一件惊动阖府上下的大事："情辞试忙玉。"

这一回是紫鹃正传，说白了就是"紫鹃骗宝玉"。宝玉被紫鹃骗得犯了急性短暂性精神病，这是紫鹃没预料到的，她闯了大祸。

只说这紫鹃骗人的功夫，那真是出神入化：没有任何征兆，谈笑间忽然翻脸，告诫宝玉以后要与她们保持距离，别惹人闲话，扭头走了。把宝玉直接打蒙，如同浇了一盆冷水，哭开鼻子。她听说了去哄他，还感谢宝玉帮林黛玉在老太太面前争取到了燕窝，宝玉说吃上三二年就好了，紫鹃却马上说：等回到家，哪里有闲钱吃这个？一句话把宝玉吓坏了，问：谁？回哪个家？紫鹃说：你妹妹回苏州家去。宝玉笑了：你哄我，他们家早没人了。引出紫鹃下面一大段话。

紫鹃冷笑道："你太看小了人。你们贾家独是大族人口多的，除了你家，别人只得一父一母，房族中真个再无人了不成？我们姑娘来时，原是老太太心疼他年小，虽有叔伯，不如亲父母，故此接来住几年。大了该出阁时，自然要送还林家的。终不成林家的女儿在你贾家一世不成？林家虽贫到没饭吃，也是世代书宦之家，断不肯将他家的人丢在亲戚家，落人的耻笑。所以早则明年春天，迟则秋天，这里纵不送去，林家亦必有人来接的。前日夜里姑娘和我说了，叫我告诉你：将从前小时顽的东西，有他送你的，叫你都打点出来还他。他也将你送他的打叠了在那里呢。"

这段谎话编得真是天衣无缝、无懈可击，更绝的竟是张嘴就来，说瞎话不打腹稿，说得跟真的一样。张爱玲曾说："若是女人信口编了故事之后就可以抽版税，所有的女人全都发财了。"

紫鹃是早有预谋还是即兴发挥，应该是后者居多，因为谁也无法提前排练而决定从哪个话题切入，全凭个人应变能力。她的"慧"再一次玲珑剔透地呈现。

她为什么要这么做？因为当时的情势实在令人担忧。把前后时间关联起来，就有了答案。"试玉"在五十七回，时间是新年年

131

头，在旧年年尾时，半路上杀出了薛宝琴。

薛宝琴第四十九回才出场，一上来就占尽风头，连宝钗都被比了下去。一会儿王夫人认了干女儿，一会儿老太太给了天价斗篷，又是叫别拘束她又是问生辰八字貌似要提亲……不由得紫鹃为黛玉捏一把冷汗，不得已"铤而走险"，这一试，试得宝玉丢了魂，也试出了宝玉的真心。紫鹃这一着棋，既险又高。

紫鹃，字面上是一只紫色的杜鹃鸟。鹃鸟又叫布谷鸟，在春日里"布谷布谷"叫着，一声一声，催促农人们抓紧耕种，因为机不可失。多么像她劝诫黛玉时的样子：要抓紧时间，趁老太太明白时节，做定了大事要紧。

在宝玉病愈之后得到宝玉的肯定答复后，她又"心下暗暗筹画"。晚上回到潇湘馆里就寝时苦口婆心敦促黛玉："我倒是一片真心为姑娘，替你愁了这几年了……"看来刚才跟宝玉说话时她又撒了谎，宝玉问她为何要骗他，她说是替自己打算，不愿离开家人跟林黛玉回苏州，所以才出此下策。原来她是顾及着黛玉的脸面，把事儿往自己身上揽呢！

没过几日，薛姨妈开玩笑说要替宝黛做媒，她马上打蛇随棍上，跑来笑道："姨太太既有这主意，为什么不和太太说去？"表现急切，老辣的薛姨妈反守为攻，反问她这么急干吗？是不是要急着嫁人呢？直接把她臊跑了，小姑娘还是嫩了点啊！

紫鹃为了黛玉的幸福，可谓十八般武艺用尽，真是把心都掏出来了。她仿佛是上天派来守护黛玉的天使，陪在她身边寸步不离，弥补了黛玉生命中的缺失。

真正的闺蜜，为了对方，会全心付出不计得失，"比情人还死心塌地"；境遇遭逢感同身受，比亲人更懂得倾听。她是真正"悲伤着你的悲伤，快乐着你的快乐"的人，是"背你逃出一次梦的断裂"的人。人类最美好的感情有三种：亲情、爱情和友情。亲情有局限，爱情会无常，闺蜜情作为友情里的小品种，它的纯净无私令人格外动容。

黛玉与紫鹃，能遇见是彼此的福气。"我并不是林家的人，我也和袭人鸳鸯是一伙的，偏把我给了林姑娘使。偏生他又和我极好，比他苏州带来的还好十倍，一时一刻我们两个离不开。"一句话道出了人与人之间那参不透的奇妙缘分，原来好闺蜜从来可遇而不可求，比爱情更需要感觉。

鸳鸯：当我说"不"时我在想什么

一

　　真正的美女从来不拘形式。不见得非要脸白得踏雪无痕才算美女，只要整体够好，即使脸上长点雀斑也无妨，瑕不掩瑜。舒淇、米兰达·可儿，脸上的雀斑不但没减色还成了特色，是，雀斑不好，那也得看长在谁脸上。

　　"只见他穿着半新的藕荷色的绫袄，青缎掐牙背心，下面水绿裙子。蜂腰削背，鸭蛋脸面，乌油头发，高高的鼻子，两边腮上微微的几点雀斑。"这个也长雀斑的姑娘叫鸳鸯，是贾母的贴身侍女。此刻，邢夫人受了老公贾赦的委托，正在说服她做贾赦的妾。用大老婆的目光打量小老婆人选，当然一点瑕疵都不会放过。

一个身材长相不俗的姑娘就这样呼之欲出。这是一种素素气气的美，不凛然不妖艳，是一种宜家宜室的可人，腮上的雀斑更让这种美接了地气，仿佛能让人多一层放心，消解了邢夫人心中同性天然的忌妒。

鸳鸯的衣服也穿得很对，不像晴雯那样打扮得花红柳绿，貌似家常，细看就发现有种低调的讲究：藕荷色上衣，水绿裙子，都是蜜蜜柔柔的颜色，兼有一点明暗对比，青缎背心和谐过渡，这种搭法就是放到今天也很符合色彩搭配法则："从头到脚不超过三种颜色。"另外，这青缎背心还是"掐牙"的，听起来玄乎，就是镶边，用锦缎叠成细条，嵌在衣服的夹边上，有一种含蓄的精致。

到底是什么让鸳鸯吸引了八竿子打不着的贾赦？不得而知。也许是在家宴上，鸳鸯伶俐利落的接应；也许是传话的不经意间，那种落落大方的态度；也许，什么都是不是，和心动半毛钱关系都没有，他只不过是有"集邮"的嗜好，就像袭人说的那样：太好色，略平头正脸的，他就不放手了。

总之，是被他盯上了。

鸳鸯家世代在贾府为奴，在贾赦眼里鸳鸯就是奴才秧子，能看上她那是给她脸，哪有不乐意的道理？亏得这姑娘模样中看，还体贴能干，把老娘贾母照顾得十分好。如果能纳她做妾，床上床下都能把他伺候熨帖，一半是小妾一半是保姆，真是一举两得。

老男人贾赦越想越美，色壮屄人胆，便派邢夫人运作来了。

他压根儿就没想到鸳鸯会回绝。

纵然是邢夫人、鸳鸯嫂子、哥哥三个人轮番上阵的车轮大战，仍宣告无效。面对死活不买账的鸳鸯，自尊心受不住的贾赦做出了这样的判断："'自古嫦娥爱少年'，他必定是嫌我老了。"女人怕老是怕失去吸引力，男人怕老是怕失去能力，侧重点不同。鸳鸯的拒绝，正好触痛了贾赦深藏在心的自卑。

源源不断地纳妾，表面上看是好色，更深层的原因说穿了是一种对老之已至的恐惧和排斥。有点像张艺谋电影《大红灯笼高高挂》里的老爷，正因为老了，才拼命占有年轻女子，仿佛死拽着她们，就能将他引渡到岁月河的另一岸。

贾赦发飙发出了人间真理：是人都怕老，男人更甚。

这人最奇葩之处在于，人家不从就恶心人家，拿"大约他恋着少爷们"做文章。"多半是看上了宝玉，只怕也有贾琏。"恼羞成怒的人口不择言，亲侄子亲儿子，气急败坏地都扯了进来，全然不顾他们是自己的至亲晚辈，此刻分明都是和他争女人的雄性假想敌。还放出一大堆狠话，字字威胁："……叫他早早歇了心，我要他不来，此后谁还敢收？"逼得鸳鸯以其人之道还治其人之身，也恶心了他一把，还恶心得惊天动地。

鸳鸯跑到老太太面前跪下，当着一屋子主子奴才外加亲戚，和盘托出，并剪发明志。贾母气得浑身乱战，当然不是气鸳鸯，是气贾赦："有好东西也来要，有好人也要，剩了这么个毛丫头，见我待他好了，你们自然气不过，弄开了他，好摆弄我！"这是一个掌权人物特有的警觉，她马上从另一个角度对这件事定了性：是来牟利夺权的！敲山震虎连王夫人也骂一通。这样一来，谁还敢替贾赦说话？

老太太最后让邢夫人说：留下他服侍我几年，就如贾赦服侍我尽了孝的一般。从孝道的高度出发，让贾赦无话可说，灰溜溜找了个叫嫣红的替代品收在屋内，鸳鸯自保宣告成功。

二

大家都说鸳鸯这么做很有反抗精神，反抗不反抗的说得有点大，其实就是看不上呗。

鸳鸯是什么人？是会拿自己衣服给刘姥姥换洗的实在人，是凤姐眼里的"正经女儿"，是老太太嘴里 "他说什么……家下大大小小，没有不信的"可靠丫头，是发现司棋私通后主动立誓"我若告诉一个人，立刻现死现报"的仗义姑娘，是在牙牌桌上宣令时面对一众主子敢朗朗笑说"不论尊卑，惟我是主"的扬眉女子。《大宅门》主题曲里有句"有情义有担当，无依无靠我自强"，说的可不就是鸳鸯这号人？

贾赦是什么人？是家里有了大事"只在家高卧"偷懒躲自在的大老爷，是为了几把古扇逼得石呆子家破人亡的恶霸权贵，是儿子贾琏不肯害人便劈头盖脸打得他脸上挂彩的混账父亲，是老太太嘴里"左一个小老婆右一个小老婆放在屋里，没的耽误了人家。放着身子不保养，官儿也不好生作去"的不孝子，是秋桐心里最恨的"年迈昏愦，贪多嚼不烂"的老色鬼。差不多就快赶上无恶不作了。

一个是奴才，却人人高看一眼；一个是主子，却口碑又臭又烂。从身份上，她没法跟他比，但是在人格上，她也的确有资格嫌弃他。所以，鸳鸯不是嫌贾赦老这么简单，是压根儿看不上他这个人。"别说大老爷要我做小老婆，就是太太这会子死了，他三媒六聘的娶我作大老婆，我也不能去。"真从了他，那就是"如同一盆才抽出嫩箭来的兰花送到猪窝里去一般"。不依？不依就对了。

虽则暂时安全，但是贾赦不是说过吗："凭他嫁到谁家去，也难出我的手心。除非他死了，或是终身不嫁男人，我就服他！"

鸳鸯自己做了两手准备的对应，既有权宜之计——老太太活着她就安全，老太太死了还有三年的孝，等过三年还不知道是个啥情形；也有鱼死网破的办法——不嫁人做姑子去或是以死相拼，的确够刚烈。让人以为鸳鸯最后的结局似乎出不了这两条。

鸳鸯有没有第三条出路？应该是有。

曹雪芹拖着篇章踽踽前行时，会习惯性地往身后撒下零星的路标，指引读者一路追踪。

第三十八回，凤姐跟鸳鸯开玩笑时，忽然没头没脑来了一句："你和我少作怪。你知道你琏二爷爱上了你，要和老太太讨了你作小老婆呢。"

第四十六回，平儿说："你只和老太太说，就说已经给了琏二爷了，大老爷就不好要了。"

那么鸳鸯本人的意愿如何？她中意贾琏吗？

她啐道："什么东西！你还说呢，前儿你主子不是这么混说的！谁知应到今儿了。"佯怒之中，显然对这个玩笑很上心，仿佛有一种甜蜜的受用。

人人都知道，鸳鸯是老太太的一把总钥匙。身为一个有实权的奴才，比一般的主子混得都强。贾琏作为荣国府的当家人，平日里免不了会与她有事务上的来往配合。贾琏情商极高，又极懂女人心，一定很会哄鸳鸯开心，鸳鸯对贾琏的印象一定也错不了。

在邢夫人跟鸳鸯提亲时的游说之中，老曹一共写了她N次"低头不语"，这个过程很耐人寻味。邢夫人第一句话是"我特来给你道喜来了"，鸳鸯"猜着三分，不觉红了脸，低了头不发一言"，邢夫人要拉着她去见老太太时，"鸳鸯红了脸，夺手不行"。邢夫人再三劝服，鸳鸯只是低头："低了头不动身""只管低了头，仍是不语。"这是一个有趣的心理过程，从一开始到最后，鸳鸯的心情就像坐过山车一样，从高到低，从热到冷。

邢夫人"道喜"，她已猜到是要给她提亲，这时的她有少女的羞涩，完全没有抵触；等到邢夫人说是给贾赦提亲，鸳鸯"夺手"显示出一种抗拒；后面的两次"低头"，实在况味复杂。

她猜到了是要给她提亲，但她却以为提的是另有其人。有凤姐玩笑在先做铺垫，今日邢夫人前来，以她的身份似乎只有替儿子讨妾才名正言顺……然而，没想到啊没想到，竟然是这样。鸳鸯被打蒙了，一下子回不过神来，只剩下了"低头不语"。误以为是凤姐算计她，还扬言要和凤姐去闹一场。

她对老太太转述贾赦的话："大老爷越性说我恋着宝玉。"后面发毒誓"我这一辈子莫说是'宝玉'，便是'宝金''宝银''宝天王''宝皇帝'，横竖不嫁人就完了！"只拿宝玉说事儿，慷慨激昂之间，却把贾琏轻轻地、轻轻地绕了过去。

三

这又是个有趣的心理现象：没恋着宝玉，所以心里没鬼，敢堂堂正正地提。对贾琏只字不提，只能说明她心虚，怕暴露了自己。

毕竟一个姑娘家，主动爱人是可耻的，更何况对方又是主子，如果被人发觉并传扬开去，那简直就是世界末日，还不如一头撞死——她的自尊心让她本能地把贾琏"私吞"了。

她后面还发毒誓："日后再图别的，天地鬼神，日头月亮照着嗓子，从嗓子里头长疔烂出来，烂化成酱在这里！"鸳鸯好像特别喜欢发誓，后来安慰司棋也发过誓："立刻现死现报。"这两个毒誓前后一对比，轻重一目了然。这个誓，看起来声势浩大，其实根本无关性命，就是个咽喉发炎化脓，吃几剂梅花点舌丹就好了，这个药她自己手头就有，还送过刘姥姥。老曹这么写，是给鸳鸯留着后路呢！

真相无非如此：轰轰烈烈地表忠与反抗，不过是被贾赦言中心事之后，用力过度的否认和掩饰。

她看不上贾赦是真，她心仪之人是贾琏更是真。

那么一个口齿锋利、大方从容的女汉子，一见贾琏，立即缩成了一个羞涩拘谨的小女孩。第七十二回，贾琏央求鸳鸯"暂且把老太太查不着的金银家伙偷着运出一箱子来，暂押千数两银子支腾过去"。监守自盗偷老太太东西，就算事后要还回去，也绝对绝对是一件违反鸳鸯做人原则的事，除了贾琏能忽悠，但就鸳鸯而言，好歹也是个有见识的，却连个"不"字都说不出口，只能强装镇定，难道这里面真就没有一点喜欢的成分在吗？

而贾琏，也在无意间帮鸳鸯渡过难关。贾赦要讨鸳鸯时，让贾琏把鸳鸯的爹叫来，贾琏驳得头头是道："上次南京信来，金彩已经得了痰迷心窍了，那边连棺材银子都赏了，不知如今是死是活，便是活着，人事不知，叫来也无用。他老婆又是个聋子。"问一他能答十，知道得门儿清，搞得贾赦大怒："下流囚攮的，偏你这么知道，还不离了我这里。" 父子二人一个急火攻心焦头烂额，一个不明就里却像存心阻挠，令人捧腹。

风波过后，老太太开玩笑叫凤姐把鸳鸯"带了去，给琏儿放在屋里，看你那没脸的公公还要不要了"。以老太太的睿智，说不定真会在自己即将离开人世时，替鸳鸯物色一个可托付之人，最关键的是，这个人要让贾赦没法开口争抢，除了贾琏还能有谁？鸳鸯姓金，贾琏名字从玉，他俩貌似还是一桩金玉良缘。

鸳鸯后来真的跟了贾琏了吗？她曾对袭人和平儿说："你们自为都有了结果了，将来都是做姨娘的。据我看，天下的事未必都遂心如意。"可见对于被提前安排好的命运，鸳鸯并没有那么乐观。

她的眼光与见识，使得她对于未来有着深刻的忧患。对一个有主见也够刚烈的姑娘来讲，不排除在人生被逼至绝境时，她的选择会很极端；但也说不定会置之死地而后生，打一个漂亮的翻身仗。

她的结局是怎么样的？不知道，不知道，唯一可以叫好的是，至少当下，她的不妥协让自己免于了一场玷污，至于未来，走着瞧吧，如郝思嘉所言：明天又是新的一天。

平儿：我永远知道我是谁

一

没有人会不喜欢平儿，但凡和她打过交道的人，都会喜欢上她。如花似玉，蕙质兰心，表里俱美，她是金陵十二钗一干正册、副册、又副册里最无可挑剔的女子，都说《红楼梦》里无完人，平儿就是唯一的一个完人。曹雪芹几乎是饱含着欣赏怜爱的态度来写这个人物的，他对平儿，当真句句敬惜。

第四十四回贾琏偷腥，凤姐泼醋，闹翻了的两口子，用尤氏的话说就是："两口子不好对打，都拿着平儿煞性子。"闹剧的男女主角竟然都拿不相干的平儿出气，一块儿打她。平儿委屈地哭，哭得"哽咽难抬"。"哽咽难抬"，这才是平儿的哭法，她不会像凤姐那样撒泼干号，也不会像黛玉那样悲戚抽泣，她是连抽泣都要尽力克制的，把无法宣泄的愤和怨哽在喉咙处，抽噎得连头都抬不起来。

这一回的回目很颠覆："喜出望外平儿理妆。"平儿受了那么大委屈，怎会还有"喜"可言——喜的是那位"无事忙"的怡红公子。经这一闹，他居然得以亲近了平儿。

宝玉把平儿拉到怡红院，替琏凤二人向平儿道了歉，又建议平儿再打扮打扮，顺理成章地伺候平儿理了妆：又是递茉莉粉，又是呈玫瑰胭脂，还给她鬓上簪了枝并蒂秋蕙。平儿走后，他"歪在床上，心内怡然自得"，小少年美滋滋，一副心满意足的小样儿。

平儿向来自重，因为她既是贾琏的爱妾，又是凤姐儿的心腹，她很知道自己的身份，懂得避嫌，平日轻易不与宝玉亲近；在宝玉眼里，平儿是个"极聪明极清俊的上等女孩儿，比不得那起俗蠢拙物"，却苦于无从接近，"深为恨怨"，这回终于得逞了，不喜出望外才怪！

在伺候理妆一偿凤愿之后，趁着袭人不在，宝玉竟然还为平儿伤感地哭了一场。因为他忽又思及平儿身世可怜，"比黛玉犹甚"，便自作多情地给平儿熨烫弄脏了的衣服，叠好；洗净她留有泪痕的手绢，晾上。这般勤献的，有明有暗，有始有终。

平儿的身世也的确堪怜，她本是凤姐的陪房丫头，连她在内一共四个，死的死，嫁的嫁，只剩了她一个。她好像是个孤儿，没有亲人，袭人过年还能回家看看，她却无处可去，这也是她死心塌地跟着凤姐的原因之一。

凤姐似乎也待她不薄，让她做了贾琏的妾，与自己共事一夫。

真相全然不是这么回事。

对这段来历知根知底的兴儿说，凤姐给贾琏纳妾，"一则显他贤良名儿，二则又拴爷的心，好不外头走邪的"。凤姐的想法很天真：她以为在家里把贾琏喂饱，他就不会出去打野食了。她还真是不了解贾琏。

她也心虚：按贾家的规矩，爷们未娶亲之前，屋里会先放两个通房大丫头，贾琏也不例外。凤姐过门之后，找茬让她们都"开路"了。别人先不用说什么，自己脸上就先过不去，按古代妇德标准，这是女人好妒的表现，属德行有亏。既然迟早短不了要纳妾，不如纳个自己人，也放心，凤姐就盯上了平儿，让她做房里人，以图把场面交代过去。她先是好言诱惑，平儿原先不依，她立马翻脸，说平儿"反了"——软硬兼施，强逼平儿就了范。

这是凤姐使的障眼法：让平儿做妾，就是让她担个虚名。凤姐防平儿和贾琏像防贼一样，两人一两年才能相聚一次，还要被凤姐"口里掂十个过子"。贾琏为此多有怨言。

好在平儿于此事并不十分在意，用兴儿的话说就是："那平姑娘又是个正经人，从不把这一件事放在心上，也不会挑妻窝夫的，倒一味忠心赤胆伏侍他，才容下了。"

让陪房丫头做妾，在《红楼梦》里还有一例，就是"心中的丘壑经纬，颇步熙凤之后尘"的夏金桂。她也是为了绊住薛蟠、摆布香菱，让自己陪嫁的丫头宝蟾做了妾，结果引狼入室，宝蟾竟不是个省油的灯，"不肯低服容让半点"，撒起泼来满地打滚寻死觅活，刀剪绳索无所不闹，家里鸡犬不宁。两相比较，得了平儿，真是凤姐的造化，连宝玉都感叹："贾琏之俗，凤姐之威，他竟能周全妥帖。"平儿善解人意，将这爷和奶奶二位伺候照料得舒舒服服。正是靠她的容让隐忍，三人行的小日子才大体上过得风平浪静。

当然了，这种微妙的角色，可不是人人都能扮演好的，太强了固然不行，太弱也无法生存。夹在贾琏与凤姐这赫赫扬扬的一对儿活宝中间，平儿也练就了一身腾挪闪展的功夫。

面对"惟知以淫乐悦己"的贾琏，平儿尽量躲避他，不与之独处。他在屋里，她就去窗外，并振振有词，"难道图你受用一回，叫他知道了，又不待见我"；面对捕风捉影阴阳怪气的凤姐，气本就不打一处来的平儿毫不嘴软，"别叫我说出好话来了"，摔了帘子甩脸子。贾琏说"我竟不知平儿这么利害，从此倒伏他了"；凤姐也无可奈何，因为"天下逃不过一个理字去"，别把人逼急了，平儿也是有脾气的。

二

在小家里搞得定，在大家里也玩得转。李纨说平儿是王熙凤的一把"总钥匙"，意即凤姐离不开平儿。要管好府里冗杂的事务，凤姐就是长八只手也忙不过来，多亏平儿从旁协助，才有她的斐然政绩。能干的 CEO，再配上一个得力助手，真是如虎添翼。

虽然身为奴才协理治家，但是两府上下，有谁能挑出平儿的一点不是来？在关系错综复杂的贾府，众口难调之下做到人人认可，其情商之高绝不在宝钗之下，宝钗也总是当面背后地夸她，"百里挑一""是个明白人"，与之惺惺相惜。

府里上至照应主子，下至镇抚奴才，出则迎来送往，入则分发月钱，更别提贾府里向来重视的各种节气，一年总要置办各种应景物件及庆祝安排，要管好这一大摊子，凤姐的操劳有目共睹。实则平儿也是忙得脚不沾地，操的心一点也不比凤姐少。府内诸事，没有她不知道的，甚至于姑娘们房里每月二两银子的脂粉头油支出，其中的来龙去脉，她都能说得头头是道。

她不仅仅是凤姐的"总钥匙"，也是凤姐的喉舌和眼睛。常常代凤姐发号施令，作为"钦差大臣"，众人见到她无不恭敬有加；凤姐偶或有一两处看不明白的，她总能及时点醒。有一阵子，老有几家仆人不时来奉承凤姐，又是送礼又是请安，凤姐一头雾水，还是平儿一语点醒：金钏儿不是死了吗？刚好腾出一个编制，这几家人的女儿都在王夫人屋里，是急着想顶这个空缺呢。凤姐这才恍然大悟。可见平儿也是个"水晶心肝玻璃人儿"，什么也瞒不过她。

凤姐初见秦钟，未来得及备礼。平儿知道凤姐与秦可卿关系厚密，便自作主意，拿了一匹尺头、两个"状元及第"的小金锞子让人送了过来，"凤姐犹笑说太简薄等语"，可见这份见面礼实际十分不薄，令凤姐颇有面子。虽是一件小事，平儿的心思活、会办事可见一斑。

平儿对凤姐十分忠诚，凡事都替凤姐着想，按理说她与凤姐共事一夫，多少存在着天然的竞争关系，但是在她心里，她始终是凤姐的人，不是贾琏的。凤姐拿公款私自在外放利钱，送利钱的人来时，正逢贾琏在家，平儿忙在外屋拦住，对里屋打了个马虎眼瞒过去了，绝不让贾琏知道。不得不让人觉得：平儿爱凤姐，比爱贾琏多。

主仆齐心，其利断金。这一主一仆，相得益彰，一个精明强干，一个通透婉转，靠着自小培养出来的默契，齐心协力把荣国府治理得井井有条，比宁国府不知强出多少倍。曹公忍不住夸："金紫万千谁治国，裙钗一二可齐家。"

不过，二人的管理风格却大相径庭。凤姐是强势的鹰派，以严厉著称，对犯错的下人动辄"撵出去""打四十板子"；平儿是温和的鸽派，"小的们凡有了不是，奶奶是容不过的，只求求他去就完了"。她待人宽和，对犯错的奴才们，以教育为主，目的是让他们接受教训以不再犯，这么做往往会收到更好的效果。

第六十一回，王夫人屋里丢了瓶玫瑰露，凤姐的做法是："依我的主意，把太太屋里的丫头都拿来，虽不便擅加拷打，只叫他们垫着磁瓦子跪在太阳地下，茶饭也别给吃。一日不说跪一日，便是铁打的，一日也管招了。"手段狠毒。平儿猜出此事是彩云所为，便将她叫来，并不点破，晓之以理动之以情地旁敲侧击，终于让彩云惭愧地认了错。宝玉要跳出来兜揽，平儿便顺水推舟地把案结了。凤姐不依，平儿却认为，"得放手时须放手"，要少与人结怨。

有个小厮母亲病了，来找平儿请假，平儿有难处，但最终还是允了："明儿一早来。听着，我还使你呢，再睡的日头晒着屁股再来！"小厮欢天喜地地回去了。对待烦人的年轻下属，平儿的巴掌总是高高举起,轻轻放下,所以,他们在背后,都亲切地管她叫"平姐姐"。

这位平姐姐,也并不只会一味送人情做好人,她可是个有主心骨的人。办事有自己的独立判断,不会人云亦云,什么都逃不过她那一双黑白分明的秋水眼。

她批评那些在背后撺掇赵姨娘去拆探春台的人,说她们闹过头了,大家都往赵姨娘身上推,深谙人性的平儿却说:"罢了,好奶奶们。'墙倒众人推',那赵姨娘原有些倒三不着两,有了事都就赖他。"赵姨娘的口碑很差,是陷在污泥里的人,谁都可以去踩上一脚,但是平儿并不听信众人的诬赖,她清醒而自律,从不随便欺负人,一便是一,二便是二,替可怜的赵姨娘说了句公道话。

茯苓霜事件,管厨房的柳嫂子因受了牵连刚被关起来,管家婆子林之孝家的便让秦显的女人接手。原来,这秦显家的便是司棋的婶娘,司棋曾因一碗炖鸡蛋与柳嫂子大动干戈,此次纯属公报私仇。平儿得知后,一语双关地笑道:"哦,你早说是他,我就明白了。"又笑着对林之孝家的说:你派得太急了。然后马上叫秦显家的卷包走人,让蒙冤的柳嫂子官复原职,将司棋气了个倒仰。平儿弯弯的笑眼背后,是一颗明察秋毫的心,谁也别想在她面前弄鬼,她也有胆量维持公正,不让小人得逞,管叫邪不压正。

除了做好自己的本职,她还时时留心凤姐工作中的疏漏,发现问题及时补台，就算受点委屈也不计较。探春理家要拿凤姐开刀立威，连珠炮式地指责平儿"你们奶奶"如何如何，平儿——替凤姐承担的同时，也一样样地替凤姐解释：她既不奉承三姑娘，也不说自家奶奶才短想不到，更未曾唯唯诺诺；横竖三姑娘一套话出，她就有一套话进去；总是三姑娘想到的，她奶奶也想到了，只是必有个不可办的缘故，不亢不卑间还不忘缓和拉近彼此的关系。一番话下来，说得探春没了脾气，连宝钗都忍不住要瞧瞧她的"牙齿舌头是什么作的"。

她表现得有理、有利、有节，对答如流，语气恳切。如果没有一颗对主子的赤胆忠心，她大可以置身事外，只做传声筒即可，没必要舍身为凤姐辩解；如果没有一颗圆融的七窍玲珑心，断无法应对如此敏感微妙的局面，弄不好既坏了事，还里外不是人；同样，如果没有一颗思辨清晰的责任心，对家族事务糊里糊涂，也不会说起话来头头是道，无懈可击。这一切，也只有冰雪聪明的平儿能达到。

三

平儿的头脑和才能有目共睹，但是最难得的是她的正直、善良和为人处世色色替他人考虑得周全。

对因几把古扇就坑得石呆子家破人亡的贾雨村，她咬牙切齿痛骂；

对没有冬衣的穷人家女儿邢岫烟，她怜爱有加，主动送给岫烟一件大红羽纱的雪褂子；

对来打抽丰的刘姥姥，她十分体恤，临走还偷偷赠予刘姥姥不少衣物，别人给东西都是居高临下地给，只有她说"你要弃嫌我就不敢说了"，这才是真正的尊重；

对被凤姐百般折辱的尤二姐，平儿背地里雪中送炭地送饭接济，为此还挨了凤姐的骂，连尤二姐死后的发丧银子也是她出的；

发现了贾琏藏在枕套中的一绺青丝，这可是他在外偷腥的罪证，让凤姐知道了可不得了，平儿取笑归取笑，还是偷偷替他藏了起来，让他躲过一劫；

她的虾须镯子被盗，因为做贼的是宝玉房里的丫头坠儿，她怕伤了宝玉的面子，对凤姐谎称是自己丢在草根底下了，悄悄将此事掩盖了过去；

玫瑰露事件，她知道彩云背后的主使是赵姨娘，却说，"如今便从赵姨娘屋里起了赃来也容易，我只怕又伤着一个好人的体面……我可怜的是他，不肯为打老鼠伤了玉瓶"，一面说，一面伸出了三个指头——她指的是三姑娘探春，思虑周全之后，她不战而屈人之兵，将此事圆满化解。

就是靠着这种真诚善良的为人，她的人缘非常好。和她好的，上有尤氏、李纨、探春、宝钗、黛玉等主子；下有袭人、琥珀、麝月、紫鹃、彩霞等大丫鬟。人人都愿意同她说知心话，她是她们最信任的闺蜜。

做好人难，做聪明人更难，做一个聪明的好人难上加难。平儿做到了。

有才的人大多都狂，特别是那些起点偏低的人，有点成就后难免会沾沾自喜，再加外界他人的追捧，一时忘情飘飘然也是寻常。平儿的最可贵之处在于，即使凭借实力才干到了半个管家的份上，她也从不托大，从不倨傲。

因为身份特殊，众人常不免奉承她，平儿总是以礼相待。环境的力量很可怕，换一个人，这样经年累月下来，想不拽都难。秋纹、司棋乃至玉钏儿之流，自己就是奴才，可是使唤教训起年老的嬷嬷、年幼的小丫头们颐指气使，自觉高人一等。若是她们到了平儿的位置，不知会嘚瑟成什么样子呢！

第五十五回，平儿在议事厅外等人去请宝钗，那些媳妇们巴结平儿，用手帕掸石矶，叫平儿坐，又来了两个婆子拿个坐褥铺下，平儿的表现是"忙陪笑道：'多谢。'"又有人献茶，平儿"忙欠身接了"。两个"忙"的小细节，显示出了平儿为人处世的修养，面对别人的礼敬，平儿总是以礼还敬。怪不得下人们爱戴她，因为从她那里，能得到上层里其他人从不给予的尊重。

宝玉过生日，平儿按规矩过来磕头，袭人说今天也是平儿的生日，众人诧异怎么从未听说过，平儿说"我们是那牌儿名上的人"，生日悄悄过去就好了。

她从来不过生日，因为被说了出来，下人们自然争着给这个大红人拜寿。先是柳嫂子，一个头就磕了下去，"慌的平儿拉起他来"，她是真心觉得自己受不起。紧接着，送礼的人络绎不绝，上中下三等家人连三接四地来拜寿。面对这些人，"平儿忙着打发赏钱道谢，一面又色色的回明凤姐儿，不过留下几样，也有不收的，也有收下即刻赏与人的"。对凤姐的毕恭毕敬，对下人的礼数周到跃然纸上。她还不贪图财物，象征性地收几样，这些说不定还不够她打赏的呢！哪怕是探春等要替她过生日，她也不会得意忘形，"忙了一回，又直待凤姐儿吃过面，方换了衣裳往园里来"。伺候完了主子，这才去赴自己的生日宴。

同宝玉一天生日的奴才还有四儿，她可不是这个说法，她说："同日生日就是夫妻。"因为这句话，她后来的结局很惨——所以，任何时候，低调点儿总是没错的。平儿从来不犯这等低级错误。

在六十二回，平儿还说过一句治家名言："大事化为小事，小事化为没事，方是兴旺之家。"单此一点，她的心胸见识便远在凤姐之上。

李纨曾经半真半假地开玩笑说：凤姐给平儿拾鞋都不配，她们两个该换一下位子才对。其实，这是李纨的真实看法，在书里有好几处体现。有一次同桌吃螃蟹，她爱怜地揽着平儿说："可惜这么个好体面模样儿，命却平常，只落得屋里使唤。不知道的人，谁不拿你当作奶奶太太看。"不是她存心挑唆人家主仆关系，这是真的。刘姥姥初进荣国府，一见平儿的容貌气质，以为她是凤姐，差点口称了"姑奶奶"。

李纨是个寡妇，守着幼子过日子，身边没有一个得力的人，心中孤苦。她曾流泪说亡夫的小妾们若有一个能守得住，她倒"有个臂膀"。所以，对于拥有平儿还不知珍惜的凤姐，她又羡慕又忌妒又不平，有机会总想着替平儿撑撑腰出出气，打压打压凤姐儿的嚣张气焰。

李纨说那些话时，众人一笑而过，凤姐也不在意。平儿听得懂，却只笑着说：我禁不起。

她的身份是硬伤。

她是低人一等的奴才，这刻在身上的烙印，像胎记一样与生俱来。王夫人拿着绣春囊来找凤姐，一进门就喝道："平儿出去！"可见在真正的主子们眼里，她就是个被呼来喝去的奴才而已。

论身份，她也许真的禁不起；可是论人品，她完全受得起。她的心地、头脑、见识、为人，样样出众，这些足以抵偿她出身低微的缺憾。

她说："我禁不起。"这句话，是表示她认命。

袭人不认命，有"争荣夸耀之心"；晴雯不认命，临死都不服；四儿不认命，变着法儿笼络宝玉；五儿不认命，一心要进怡红院当差；司棋不认命，与表弟潘又安私订终身；鸳鸯不认命，就是剃了头发做姑子去也不给糟老头子贾赦做小老婆。

她们都有要把握自己命运的渴望，这值得肯定。

不认命不是一件坏事，但是认命却也不见得就不好。

平儿无法选择自己的出身，时代所限，她也无从走出家门改变自己的命运。她被凤姐绑定，不得已与之休戚与共；她被迫给贾琏做妾，但这位花花大少却"并不知作养脂粉"，平儿从他那里也得不到多少温暖。饶是这样，她也从不抱怨，而是顺从命运的安排，欣然充实地度过每一天。多栽花少栽刺地聪明做人，尽心意尽气力地踏实做事，笑意盈盈、隐忍低调地与生活做着各种周旋，甘苦自知，却不与人言。

心高的人，因为不满足，所以不容易幸福；认命的人，有时候因为不争不抢，随遇而安，韬光养晦不折腾，命运反而会给予他们一份额外的奖赏。

在八十回后的情节中，凤姐被休之后，平儿被贾琏扶了正，也算是众望所归。其实这些暗示在书中早有多处，不是连鲍二家的都曾建议贾琏，等凤姐死了就把平儿扶正吗？平儿是曹雪芹极为怜爱心疼的人物，大概他也不舍得让她一直委屈，做受人驱使的奴才，徒有虚名的妾。

平心静气地接受现实，心平气和地为人处世，平淡平稳地经营生活，虽只是丫头，在光彩上却与凤姐平分秋色，在品行上足以与之平起平坐，这个有着平衡之美的女孩儿，她叫平儿。

四

平儿的品性离不开后天的环境锻造，尤其与凤姐有关。她自小跟着凤姐长大，性格强势、脸酸心硬的凤姐，不会容许她有自己的个性，所以平儿一早就学会了逆来顺受；凤姐的精于算计、精明果敢令她心悦诚服，潜移默化间，平儿也成长飞快。凤姐自信满满地忽悠小红跳槽时曾说："你明儿伏侍我去罢……我再调理调理，你就出息了。"可见"强将手下无弱兵"，平儿跟了凤姐一场，"出息"就是最大的福利；至于凤姐的虚荣要强、阴狠歹毒，以及由此而产生的负面因素，她也都看在眼里，聪明如她，自然会从中吸取教训，加以自戒，正所谓青出于蓝而胜于蓝。

若是生在今天，平儿无论从事哪个行业，以她的睿智才干、为人处世，都不会是平庸之辈。

《红楼梦》包罗万象，想要从中读取职场秘籍，推荐先看平儿。看懂了平儿，就明白了职场。职场中绝大多数人都无背景无后台，没实力"拼爹"，要靠自己经营打拼。在这一点上，无依无傍的平儿与常人最为接近，所以，她的成功对人们更有可借鉴性。

她成功的关键在于，她知道自己是谁，总能找得准自己的位置，清楚自己该扮演什么样的角色，所以，她总能得到上司的持续信任。

比如：探春理家时，杀鸡给猴看，故意让平儿可怜巴巴地站半天。平儿心知肚明，有心配合，故意做小伏低，上前挽袖卸镯，伺候探春洗脸更衣，还有意替探春训斥下人，让探春摆足了小姐架子。这次"演出"很成功，明着是探春立威，其实真正的主角是平儿，是她的乖巧伶俐成全了探春。大家都是聪明人，聪敏如探春，会记着平儿的好的。

凤姐打了她，贾母叫凤姐给她赔不是。当着众人的面，平儿却主动走上去给凤姐磕头："奶奶的千秋，我惹了奶奶生气，是我该死。"凤姐儿羞愧落泪时，她又说："我服侍了奶奶这么几年，也没弹我一指甲。就是昨儿打我，我也不怨奶奶，都是那淫妇治的，怨不得奶奶生气。"没有得理不让人，而是设身处地地理解凤姐，替凤姐开脱，显得她又贤惠又识大体。凤姐听了能不感动？众人看在眼里怎会不叹服？这一行为又为她加了不少分。表面上看，她是受了委屈吃了亏，然而她却以退为进，赚足了人心。

人在成功之后，很容易被胜利冲昏头脑。许多费尽周折好不容易才小有成就的人，常常会莫名其妙地栽了跟头，丢了前程。究其原因，多半是因为他们忘乎所以，做出了令上司不满甚至不安的举动。

即使面对最熟悉的凤姐，平儿也绝不逾礼。有一次她伺候凤姐吃饭，两人打趣笑谑间，后者对她说："过来坐下，横竖没人来，咱们一处吃饭是正经。"平儿便恭敬不如从命。曹雪芹在此写了一个小细节：平儿不是大喇喇地上炕坐着去吃，而是"屈一膝于炕沿之上，半身犹立于炕下，陪着凤姐吃了饭，服侍漱盥"。

看，这就是平儿，无论何种境况下，她永远都知道：我自己是谁。因此，她笑到了最后，也笑得最好，一直到高鹗续写的最末第一百二十回，她还在，好好的。

晴雯：躺着也中枪

晴雯死了，她孤独地死在一条冰凉的土炕上，怡红院里那些热闹事再也没她的份儿了，可惜了。

临死那晚，她直着脖子喊了一夜的"娘"，不是"宝玉"。

一个生命的逝去，对于人丁众多的大观园来说，实在算不了什么。晴雯的死，顶多是给了宝玉一个舞文弄墨的机会，写了一篇辞藻堆砌的诔文，然后和林黛玉从文艺审美的角度探讨推敲了一下遣词，引得黛玉兔死狐悲。人们再不肯轻易提及晴雯，她被人们心照不宣地忘记。

风依旧吹，花依旧开，雨依旧下，月依旧圆。

人们该干吗还干吗。

但是她毕竟"原是跟老太太的人"，王夫人终究得给贾母个交代，含糊其辞地轻带一笔过去，说晴雯"不大沉重"，颇有"莫须有"之风。然后说"若说沉重知大礼，莫若袭人第一"，趁机推荐自己内定的花姨娘，别忘了，袭人原也是老太太屋里的，若说前面撵晴雯是伤了老太太的面子，而推荐袭人恰是抬老太太面子，一负一正，恰好抵消。晴雯之冤就此静静盖过。

王夫人拿袭人和晴雯做对比，说袭人沉稳守礼，却不知袭人早在第六回就跟宝玉初尝云雨，是典型的"闷骚"；晴雯表面上轻浮骚躁，可实际上就是一不解风情的傻丫头。宝玉叫她一块儿洗澡，

她笑着忙说："罢，罢。"更不会故意讨宝玉的好。跌了扇坠子宝玉说她几句，她比宝玉跳得还高，不会像袭人那样忍辱含气，更不会雨打梨花地装可怜。平日只知一味横冲直撞，把人得罪光了都不知道。

她一直拿怡红院当自己家，所以才任性妄为，直到被一棍子打醒："不料痴心傻意，只

162

说大家横竖是在一处。不想平空里生出这一节话来……"

等她醒悟，已经晚了。

想当初她上一回生病，何等尊贵。"三四个老嬷嬷放下暖阁上的大红绣幔，晴雯从幔中单伸出手去。大夫见这只手上有两根指甲，足有三寸长，尚有金凤花染的通红的痕迹，便忙回过头来。有一个老嬷嬷忙拿了一块手帕掩了。"唬得太医以为她是位小姐。药方是宝玉反复确认的，药也是放在宝玉屋子里煎的，唯恐有一点差池。李纨派人来说，怕她是痨病，让她出去，别传染了主子。结果她大喊起来，大意是：我根本就没得瘟病，凭什么说我传染！我走就走，有本事你们一辈子都别有点头疼脑热！结果，一语成谶，她最后堂而皇之被撵的理由正是说她得了痨病。上一次让她出去的主子是李纨，她没走成；这一次换了王夫人，她就没那么好运了。这么写仅仅是凑巧吗？

她的智商和小红根本没法比，小红早都看得透透的：千里搭凉棚，没有不散的筵席，不过三五年的光景，谁还守谁一辈子呢？小红很懂得及时调整目标，调转方向，早早地为自己寻好了退路和归宿。

晴雯终于后悔说早知今日担了个虚名落到如此境地，不如早做打算，这打算说白了就是抱住贾母的大腿，也谋个姨娘当当，不像如今叫天天不应，叫地地不灵。

如果当初她善于发挥自己的特长投贾母所好，比如利用自己的女红优势，多给贾母绣上些小玩意儿讨贾母喜欢，时不时托鸳鸯去问个好请个安，想方设法多露脸儿，在贾母心里站住一锥之地，足矣。事到临头，贾母怎会不为她多说句话？她说自己"闲着还要作老太太屋里的针线"，多半是托词，并没真的做，看她那留了三寸长的红指甲，像是干活的吗？

　　她鄙视一切讨主子喜欢的行为，对于那些有事没事往主子跟前凑的人，她一律嗤之以鼻：暗骂袭人，挖苦秋纹，讥讽小红——都打这上边来。自觉行得端走得正，活得理直气壮，却不知：自己一直都走在悬崖边上，一不小心便跌得粉身碎骨。心比天高，却忘了身为下贱，奴才的命向来由不得自己，主子想要她的命，比捏死一只蚂蚁还容易。

　　不过是一个从小没了爹娘的女奴，幸而标致伶俐，小嘴爽利、能干灵巧、女红一流，就被当小宠物一样，被头一个主人送给了第二个主人，是惹人喜欢，却没人真心疼惜。美丽灵巧、爽利能干是她行走于这世间的资本，她以为有这两样就足够了。她对未来的期许，就是老死在怡红院，顺便也能挣上一个月二两银子的份例。

　　她不知道的是：即使她拿上了份例当上了姨娘，她的日子也不见得会好过，就算贾母肯罩着她，等老太太一死，她照样得掉到王夫人手里。

想要平安度日，除非让王夫人永远别看到她。

二

王夫人忌惮一切颇有姿色、爱和宝玉调笑的丫头，觉得她们都是来勾引、调唆宝玉学坏的。

金钏儿，开玩笑叫宝玉去看贾环和丫头的好事，王夫人一个嘴巴子扇过去："下作小娼妇，好好的爷们，都叫你教坏了。"当即被撵，再苦求也没用，赶了出去，逼得金钏儿跳了井。

说芳官："唱戏的女孩子，自然是狐狸精了……你就成精鼓捣起来，调唆着宝玉无所不为。"

骂四儿："难道我通共一个宝玉，就白放心凭你们勾引坏了不成！"

金钏儿事件时，曹公用第三者的口吻说她"今忽见金钏儿行此无耻之事，此乃平生最恨者"，到了晴雯那儿，干脆让她自己说话："我一生最嫌这样人"……

因为王夫人在这上面吃过大亏：赵姨娘的前身就是贾府的丫头，一个水灵标致、掐尖要强的丫头。

正是赵姨娘的出现，毁了王夫人与贾政举案齐眉的夫妻之乐。王夫人同赵姨娘之间的仇恨，是女人之间不可调和的敌我矛盾。

"一朝被蛇咬，十年怕井绳"，因此，都撵出去，宁可错杀一百，绝不放过一个。

撵她们都有根有据：她亲耳听到了金钏儿跟宝玉叽叽咕咕了些不堪入耳之话；

也有话质问四儿："他背地里说的，同日生日就是夫妻。这可是你说的？"

对芳官时同样有话说："你还强嘴。我且问你，前年我们往皇陵上去，是谁调唆宝玉要柳家的丫头五儿了？"

这些都是铁证，她们没法抵赖，可以拿到桌面上讲的。

唯独到晴雯这里，这些类似的证据她一概没有，只凭借见过人家两次印象不好，外加别人三言两语，便将之不顾死活地拖出去，实在与王夫人素日怜贫惜弱的为人不符。

宝玉也实在是想不通，他痛哭流涕，说不知晴雯犯了何等滔天大罪，想来想去只有一种解释："想是她过于生的好了。"

这解释太牵强，生得太好贾府里就容不下了？

在七十四回里，王夫人谈及家里每况愈下时，还感叹说如今连丫头们的品貌水平都降低了，像"庙里的小鬼"。因为太美而被开除的理由根本站不住脚。

不是因为晴雯长得太美，是因为她长得太像一个人。

她像年轻时候的赵姨娘。

三

书里虽然从未正面提及过赵姨娘的长相，处处是对她平日行事举止的恶劣描画，然而关于她的美貌仍然有迹可循。

她的亲生女儿，探春就生得很美，被小厮们私下称为"玫瑰花"。"削肩细腰、长挑身材、鸭蛋脸面、俊眼修眉……"试问女儿如此，母亲丑得了吗？

削肩细腰，可是当时人们对女人身材的审美标准。书里明说还拥有这种身材的，只有晴雯。

晴雯的身材与探春是同一版，而探春的削肩细腰多半是遗传自其母。说白了，晴雯的袅娜身形酷似当年的赵姨娘。

晴雯被王夫人开始盯上，是源自王善保家的告黑状。在那一节里，重点是一而再地提到王夫人想起"往事"。"往事"是指什么？当然是暗指与赵姨娘有关的往事。

第一次：本来王夫人一开始对王善保家的话很不以为然，认为丫头们轻狂情有可原：她们是伺候主子小姐的，原比别人娇贵些，还替她们说话呢。等到王善保家的一提晴雯平日的模样做派，王夫人就"猛然触动往事"，便问道："有一个水蛇腰、削肩膀"，首先特别提到这几个字，可见她对这种削肩细腰的女孩子有多敏感。便命把晴雯找来，一见对上号了，果然就是她："好个美人，真像个病西施……"

第二次："今既真怒攻心，又勾起往事"，注意，用"勾起"当然是指比较久远的事，这"往事"即指当初赵姨娘就是靠这副慵懒娇俏的模样迷惑了贾政。不想如今自己的亲儿子宝玉身边也多了一个这样的丫头，怎不叫人闹心。不愧是父子，骨子里都好这一款。

宝玉是她最后的依托，绝不能叫历史重演，否则后患无穷，她已经失去了丈夫，不能再失去儿子。于是新仇旧恨一起涌上，一向吃斋念佛乐施好善的人也不说积德了，把晴雯从病榻上拉下来拖出去，只撂给贴身内衣，其他的好衣服都留给"好丫头们"穿；死了也不让她入土为安，烧了。

她对晴雯有多狠，就对赵姨娘有多恨。

四

除此之外，还另有玄机。

王夫人在听了晴雯述说自己的来历后，曾说：既是这样，就等回过贾母之后再处理她。然而事实上，她是先把晴雯拖出去，然后方跟贾母汇报。

这种先斩后奏的方式，是一个信号。意即在宝玉的终身大事上，她不会再任由贾母一手遮天了，就算晴雯是贾母为宝玉选中的姨娘，她一样有否决权。

在跟贾母汇报时，她故意轻描淡写，话说得委婉得体，把一场公开的叫板行为迂回粉饰得有礼有节。先说晴雯是生了痨病，为预防传染要把撵她出去的理由说得很充分，捎带说她平日"淘气""懒"，点到为止。贾母听了点了点头，说自己本来对晴雯的印象很好，预备给宝玉做姨娘的，"谁知竟变了"。"竟变了"这句话是独立的一句，并不是指晴雯变了，而是指王夫人改变了她最初的打算，含蓄地表达着自己的不满。王夫人连忙又解释又奉承说老太太看人的眼光本不会错，我本来也很看重她的，只是考察了几年，发现她"不大沉重"，话说得很是恳切，她撒谎，其实她刚知道有晴雯这个人才几天啊。然后话锋一转，用了个"围魏救赵"，把话题从晴雯成功引至袭人身上，达到了自己的目的。一场原本危险的谈话化解得如此不露痕迹，王夫人从容自如，堪称高手，若换了邢夫人，情形会是怎样都不敢想象。

贾母很傻吗？这个老太太，是揣着明白装糊涂。让人觉得晴雯虽好，贾母却并没真拿她当自己人看。

人家贾母的自己人，是自己的嫡亲外孙女儿林黛玉。宝玉的婚事一直悬而未决，是贾母和王夫人暗自较劲的结果。王夫人和元春母女中意宝钗，而老太太却摆明了要为黛玉"保驾护航"，虽然

169

元妃贵为皇妃，但是慑于贾母威严，并不敢明言，老太太便也装作不知道，在各种场合公开撮合宝玉和黛玉，为他俩的结合造势。而荣国府未来的女主人，也直接关乎这个家里下一步的权力格局，细说起来竟是十分复杂。

贾母和王夫人，表面上媳孝婆慈，实则各怀心事。邢夫人要替贾赦讨贾母的贴身丫头鸳鸯做妾，贾母在骂了邢夫人之后，突然向王夫人发难，这是在敲山震虎；这一次，是王夫人借晴雯之事，向贾母申明自己的主权。

晴雯被撵，贾母也许已经知道，但她愣是不闻不问，沉着性子等王夫人解释，并对王夫人的决定举双手支持，显得极为大度。

真正的政治博弈高手，不会计较一城一池的得失，他们很会抓主要矛盾。王夫人毕竟是宝玉的正牌母亲，宝玉的婚事是绕不过她去的，自己样样说了算也不大现实，多少也要给王夫人一点置喙空间，方显得好看。在宝玉的妻和妾上，如果只能取其一的话，当然是舍晴雯保黛玉。贾母让这一步，是权衡之后的丢卒保车，以退为进，博得一个宽厚让权之名。而等到了宝玉的正室人选上，于公于私，她是断断不会再让步了。正如她所言："几时我闭了这眼，断了这口气，凭着这两个冤家闹上天去，我眼不见心不烦，也就罢了。"这表明她是一定要管到底的。

只是可怜了晴雯，太无辜。

170

五

不要忘了，王夫人在跟王熙凤提及晴雯"水蛇腰、削肩膀"时后面还紧跟了一句："眉眼又有些像你林妹妹的。"身材像了赵姨娘，脸蛋像了林黛玉，正好是她不喜欢的两代女子的组合，晴雯"病西施"的样子她怎么可能会不厌恶至极？

晴雯多么倒霉，在怡红院里活得好好的，没招谁惹谁，却"躺着也中枪"。只怪她长得像谁不好，偏偏像了赵姨娘和林黛玉；最无城府心计之人，却成了家族两方势力内斗的牺牲品。这个美丽的女孩儿，比窦娥还冤。

曹雪芹多么狡黠，对于王夫人恨杀晴雯的真实缘由，愣是不肯正写，当是顾及她大家闺秀的出身和慈爱端庄的面目，也是对原型"不肯为尊者讳"的恻隐之心，只用因晴雯"生得太好"将人轻轻瞒过。他忘了，只要是女人，在婚姻幸福面前，对来分享的第三者，谁都不会真正大度；在事关子女的终身面前，谁都无法置身事外；而在利益身家面前，又有几人会轻易让步？这无关时代礼教，无关身份修养，是人的天性使然。

袭人：暗香浮动的占有者

一

袭人和晴雯不同。

晴雯是从一开始就被贾母当作好苗子，刻意植入宝玉生活的，预备将来陪宝玉终老。而袭人，因为她办事还算可靠，也被指派了过去，更像是贾母发现田畦有一处空缺，就随意补撒下的一颗种子，起初并不在意，等发现时已根深蒂固。

她像一株不知名的藤蔓植物，不动声色地延伸、铺展、攀爬、占据，茂密的叶片间扶疏地开着白花，有幽香，必须凑得很近才能闻见，之后便令人吸毒般欲罢不能。根须隐秘地扎进土地深处，丝丝缕缕牵牵绊绊地捆扎住了泥土，如果拔除，疼的一定先是泥土。

那泥土便是宝玉的心。

对宝玉，她首先是在肉体上，再渐渐地到精神上，最后不知不觉嵌入他的生命——直至悉数占有。

第六回，宝玉梦游完太虚幻境开了蒙，醒来后被她发现，而宝玉一直就喜爱她的柔媚娇俏，机缘凑巧，两个情窦初开的少年男女便偷尝了禁果。有过肌肤之亲的人，自然会在感情上比别人更近一层。跟晴雯相比，这件事上袭人的确占了先机。宝玉从此便对她另眼相看，而她伺候宝玉更加用心，并没有恃宠而骄。

她比他大，比他懂事，便无微不至地照顾着他，体贴着他，包容着他。

贾政一叫宝玉过去，袭人便在家坐卧不安，唯恐他受罚，一直"倚门立在那里"，一直要看到宝玉"平安回来"才作罢。

大热的天，整个大观园里鸦雀无声，大家都在午睡，怡红院房里的丫头们在床上睡得"横三竖四"，连院子里的两只仙鹤都在芭蕉下睡着了。只

173

有袭人，坐在睡着了的宝玉床边守候，手边放着白犀麈，赶一种据说会"从这纱眼里钻进来"的小虫子，怕叮了他。

防他晚上睡觉贪凉晾了肚子，那么大的人了，她愣是要给他戴上肚兜，他不肯，她便花大工夫给他绣得鲜亮可爱，哄着他戴上。白绫红里的材料，鸳鸯戏莲的图案，红莲绿叶、五色鸳鸯绣得活灵活现，连宝钗看了都忍不住赞叹，禁不住手痒去绣上两针。

他恼了，发了少爷脾气，一脚踢到她吐血，她的"争荣夸耀之心尽皆灰了"，也不肯埋怨他半句。

她为他真是把心都掏出来了！

特别是第九回，宝玉要上学了，一早起来，看到袭人正坐在他的床边发呆，他的文具早都收拾得妥妥帖帖了。宝玉以为袭人是怕冷清所以舍不得他走。袭人却很是知理地说：读书是好事，不读书怎么行？一辈子没出息。之后，袭人跟宝玉交代了一大通话，口吻令人联想到诸葛亮的《出师表》："只是念书的时节想着书，不念的时节想着家些。别和他们一处顽闹，碰见老爷不是顽的，虽说是奋志要强，那工课宁可少些，一则贪多嚼不烂，二则身子也要保重，这就是我的意思，你可要体谅。"殷殷之情溢于言表：一面希望宝玉好好用功读书，另一面又不放心，怕宝玉累着。很是矛盾。

书里写："袭人说一句，宝玉应一句。"想象那情景，家常

174

温馨得几乎令人落泪。

袭人又交代了生活细节：大毛衣服我都给你包好了，学校里冷，不像家里老有人管你，你自己要记得穿上；脚炉手炉里的炭我也给你带上了，你让小厮们常添。那一帮懒家伙，你不说他们就不动，别把你冻坏了——唠唠叨叨千叮咛万嘱咐。这哪里是主仆，分明是长姐和幼弟，慈母与独子。不就是去上学吗？一会儿还要回来呢！倒像是要走一年半载似的。仿佛能看到：宝玉走后，袭人一手扶门框，一手搭凉棚，含泪凝望依依不舍，一直到宝玉的背影看不见了为止……

多提一下：宝玉临走时，当然没忘了去跟黛玉辞行，那另是一种气氛——黛玉当窗对镜理妆，头都懒得回一下，脆生生地嘲谑道："好，这一去，可定是要'蟾宫折桂'去了。我不能送你了。"这回可是宝玉唠叨个没完：好妹妹，你要等我放了学回来一块吃饭，你的胭脂膏子也等我回来给你调……半天才要走，这时黛玉把他叫住了，酸溜溜地刻薄道：你怎么不去和你宝姐姐辞个别啊？书里说："宝玉笑而不答。"这是一种只可意会的甜蜜，迥然于袭人那"令人落泪的温馨"。

到了第十九回，袭人被母亲接回去吃年茶，早上走晚上就回来，不过一天的工夫，宝玉就等不得了，对茗烟说："咱们竟找你花大姐姐去，瞧他在家作什么呢。"一路骑着马就找到袭人家去了，唬了袭人一大跳："你怎么来了？"宝玉笑着说自己"怪闷的，来瞧瞧你作什么呢。"袭人没敢让他多待，忙让哥哥把他送回了贾府。他一回来，马上就派人去接袭人回来。连袭人的母亲兄长都能看出：此时的他已经离不开她了。只是他自己还没意识到。

从贾母屋里"锯了嘴的葫芦"似的的小丫头珍珠，到怡红院被宝玉更名为花袭人，拥有了这个曼妙的名字。这个女子，用"润物细无声"的方式，她一步一步，稳扎稳打，不知不觉成了宝玉眼里最不可或缺的人。在暗香浮动间，将宝玉揽入了自己温暖的怀抱。

二

如果以为袭人只是单凭温柔就俘获了宝玉，那未免就把她看得太单纯了。"枉自温柔和顺，空云似桂如兰"，温柔和顺，似桂如兰，没那么简单，她还是个占有欲极强的小女人。

这怪不得她。出身自小门小户的女孩儿，从小被卖身为奴，在偌大的贾府里做小伏低，殷勤服侍主子，早早便体尝到生存的不易，因此对于自己好不容易打拼得来的东西，便格外看重珍惜，绞尽脑汁地要攥在手里。

她要拿捏的头一个，自然是宝玉。

哄着骗着，嗔着恼着，哭着劝着，用尽了各种办法，用无尽的耐心教导、引领，无非就是希望宝玉这个小男人能听她的话，快点成熟长大，早日成为她今生的依靠。

从宝玉跑到她家看她那一次，她就知晓了宝玉对她的感情。因此，她便虚设一计，谎称自己要赎身回家来试探宝玉（其实她早跟家里说死也不回去了）。宝玉一哭，她心里就十拿九稳了。用感情做筹码，拿离开相威胁，叫宝玉依她两三件事。宝玉慌忙说就是两三百件他也依。果然，她提了几条箴规，宝玉都一一答应，借机约束了宝玉。

不想没过几天，就发生了一次"梳洗事件"：宝玉竟然赖在潇湘馆和湘云黛玉玩到很晚才回去，第二天一大早脸都不洗就又跑去了，那二位还没起床呢。宝玉干脆就地洗了脸，还让湘云给他梳了头。等袭人过来看时，一切都搞定了，她转身就回去了。花大姐姐生气了：给宝玉梳洗本是她的特权，怎能假手他人？

正逢宝钗过来，明知故问宝兄弟去哪儿了，袭人含笑答道："宝兄弟那里还有在家里的工夫！"醋劲十足，那笑想必也是酸溜溜的。接着，她掩饰道：姊妹们和气，也应当有个分寸，不能这么白天黑夜地在一起吧？这话深得宝钗之心，于是便开始坐下来，以聊天之名慢慢观察她。两个价值观相近又善于伪装的女子就此惺惺相惜，心照不宣地结为同盟。

一会儿宝玉回来，见袭人脸色非常难看，便问她怎么动了真气？袭人冷笑道："我那里敢动气！只是从今以后别进这屋子了。横竖有人服侍你，再别来支使我……"宝玉"深为骇异"，他弄不懂她为什么生这么大的气，连忙劝慰，袭人却不买账，宝玉也生气了。袭人却并没因此让步，再次冷笑："你也不用生气，从此后我只当哑子，再不说你一声儿，如何？"宝玉气得说："我又怎么了……一进来你就不理我……只见你生气了。"袭人道："你心里还不明白，还等我说呢！"两人就此打了一场冷战。

冷战期间，宝玉只叫四儿伺候，四儿见到这千载难逢的机会，赶忙卖弄殷勤，把宝玉笼络得十分高兴，这又给袭人添了点堵，也为后来被撵埋下了祸根。第二天是宝玉主动求和，袭人仍然不依不饶，叫宝玉"睡醒了，你自过那边房里去梳洗，再迟了就赶不上"。又冷笑着说宝玉"那边腻了过来，这边又有个什么'四儿''五儿'服侍……"宝玉终于让步了，摔了根玉簪子起誓："我再不听你说，就同这个一样。"袭人这才转怒为笑，开始给宝玉梳洗。这一折，她又赢了。

都说黛玉好妒，貌似温顺的袭人姐姐才是真正的大醋坛子呢。更何况她又能软能硬，一手拿棒一手拿糖，既会辖制又有柔情，更会把握火候、见好就收，若论驭夫之术，不在黛玉之下。

三

爱是自私的。

自从袭人与宝玉在身体上彼此拥有之后，她便将宝玉视作自己的夫婿，对周围一切适龄女子都存着戒心。宝玉既然会同她越界，当然也有可能同别的女子越界。按她的逻辑：她跟宝玉不算越礼，别人就算。

她要照看好宝玉，不能出了岔子。

表面上朴素随和的她，再不会让其他任何女子轻易接近宝玉。怡红院里能和宝玉接近的，算过来算过去就只有麝月秋纹那几个旧人，都是她的心腹，她们把宝玉围得密不透风，还不忘伶牙利爪地打压新人。院子外头的，即使小时候就和她交好的湘云也不行，心直口快的湘云曾说："那会子咱们那么好，后来……把你派了跟二哥哥，我来了，你就不像先待我了。"这绝不是湘云胡说，是事实：袭人跟了宝玉后，对湘云就有了戒备，自然要疏远以减少她和宝玉相处的机会。

至于宝玉最爱的黛玉，她又怎么可能会喜欢？宝黛二人成天在她眼皮子底下耳鬓厮磨，以她的人生经验推己及人，再这样发展下去，迟早要做出"不才之事"，真到了那一步，可怎么好？袭人姐姐都快愁死了。

再者，黛玉的个性又很各色。虽说妻妾不同路，但是既然将来要在一个屋檐下共事一夫，谁愿意伺候个一房专宠、小性刻薄的正房奶奶？所以她言语间经常会流露出对黛玉的不满。相反，宝钗和她很对脾气，她便成为"拥钗抑黛"一派，对宝钗十分信任，把宝玉的衣服都交给宝钗做。趋利避害是人的天性。

等到三十二回"诉肺腑心迷活宝玉"，宝玉把她误当作黛玉诉说衷肠时，那种不顾一切的冲动把她吓得魂飞魄散。这种强烈的感情是她未曾经历也无法理解的，她只觉得太可怕，怕自己好不容易苦心经营来的局面失控，她需要借助外部的力量。

于是，在宝玉挨打之后，她才对王夫人说："论理，我们二爷也须得老爷教训两顿。若老爷再不管，将来不知做出什么事来呢。"这起头的第一句话，就引起了王夫人的高度重视。

她远兜近转地说来说去，只求了一件事：让宝玉再搬出去住，其实就是把宝玉和黛玉分开，理由是"君子防不然"。她说自己"近来我为这事日夜悬心，又不好说与人，惟有灯知道罢了"，这绝对是真心话。

她自此又进一步，得到了王夫人的彻底信任：我的儿，我就把他交给你了。保全了他，就是保全了我，我自然不辜负你。

想来袭人从王夫人房里出来的时候，一定是抬头望天，微笑着长出了一口气。

不久她就得到了二两银子的月例，成了敲定的花姨娘。晴雯只有干瞪眼的份儿。

黛玉和湘云听说了，两个天真烂漫的少女，还特特跑来向她道喜。宝玉也喜不自禁：他是真心喜欢她的，愿意永远陷在她的温柔乡里。

这个原本毫不起眼的丫头，终于凭借着自己的努力和一点点顺势而为的心计，走到了半个主子的位置，不吭不哈实现了阶层跨越式的转型。

仅仅的一次告密不会成就她的上位，不可忽略了这些年来她的辛劳付出，那是有目共睹的。李纨曾指着宝玉道："这一个小爷屋里要不是袭人，你们度量到个什么田地！"她被提拔后，连薛姨妈都说："……他的那一种行事大方，说话见人和气里头带着刚硬要强，这个实在难得。" 可见她在大家眼里，是当之无愧的姨娘第一人选。

当然，她也有许多短板：大户人家讲究"妻贤妾美"，用纳妾的标准看，她不算太美；又不识字、爱唠叨、一根筋（跟谁眼里就只有谁）；还疑似耍过心计在背地里暗算过人。

四

当日晴雯被王善保家的暗算时，书里明说："本处有人和园中不睦的，也就随机趁便下了些话。王夫人皆记在心中。"随后专门来怡红院，一气撵走了三个丫头：除晴雯外，还有芳官和四儿。

表面上看，丫头们被撵，是怡红院之外的人进了谗言所致。

切勿被瞒过。这之后，袭人同宝玉有过一段对话，这段对话非常经典，精彩性不亚于《沙家浜》里刁德一同阿庆嫂的"智斗"片段。

宝玉送走王夫人回来，一路上心里犯嘀咕："谁这样犯舌？况这里事也无人知道，如何就都说着了。"一面想一面进了屋子。这时候，映入他眼帘的是："袭人在那里垂泪。"

好戏开始上演，因为女主角已经扮上了。

宝玉这时候也伤心坏了，便倒在床上也哭起来。他是真哭。

袭人知道他别的事上还好，晴雯可是他的心尖尖，便一边推他一边劝：先别哭啊，等到太太消了气再想法子让晴雯回就是了。还给宝玉指了一条路：去求老太太。宝玉说了一句："这也罢了。"表示晴雯之事先放一边。

182

咦，他想干什么？不是最在乎的是晴雯吗？看来他是有别的话要说。

宝玉向袭人抛出了第一个问题："咱们私自顽话怎么也知道了？又没外人走风的，这可奇怪。"问得好！王夫人审问四儿时，提的是他们私下里才开的玩笑"同日生日就是夫妻"。说芳官曾挑唆宝玉要柳家的五儿，还点明这是前年他们去皇陵上时说的，连时间地点都说得一丝不差。可不就是出了内鬼？而以上提的这些事儿她袭人都在场，并且能跟王夫人说得上话的也只有她。若说谁是告密者，她的嫌疑很大。

面对宝玉的兴师问罪，袭人搪塞道："你有甚忌讳的，一时高兴了，你就不管有人无人了。我也曾使过眼色，也曾递过暗号，倒被那别人已知道了，你反不觉。"

此刻的宝玉可不是那么容易糊弄的，不接她的茬儿，又质问她一句：那为什么太太单单不挑她和麝月秋纹的错？面对宝玉的步步紧逼，袭人此刻有点慌了，"心内一动，低头半日，无可回答"，勉强笑着说，说不定是太太这会忙得顾不上，回头还要找我们的事呢！

得了便宜还卖乖。

这回轮到宝玉冷笑了，挖苦她道："你是头一个出了名的至善至贤之人，他两个又是你陶冶教育的，焉得还有孟浪该罚之处！"

之后干脆扯下了袭人的遮羞布，直接道出了那两个丫头被撵的真实原因："只是芳官尚小，过于伶俐些，未免倚强压倒了人，惹人厌。四儿是我误了他，还是那年我和你拌嘴的那日起，叫上来作些细活，未免夺占了地位，故有今日……"宝玉说出这一段往事，袭人无言以对，没法抵赖，只能是"因叹道：'天知道罢了。此时也查不出人来了，白哭一会子也无益。倒是养着精神，等老太太喜欢时，回明白了再要他是正理。'"又一次把话题引至晴雯身上，转移宝玉的注意力。

在这一节，袭人的态度似有似无，很费琢磨。袭人如果在王夫人面前告过密，那也仅限于四儿和芳官，晴雯之去应与袭人无干，晴雯是老太太的人，袭人不敢轻易下手，在这一点上，宝玉心如明镜，否则他才不会那么容易善罢甘休呢！

也正因如此，袭人在宝玉把晴雯拿海棠花做比时，嘴才那么硬：那晴雯算什么东西，她再好，也灭不过我的次序去！不像刚才提及四儿和芳官时那么心虚了。话说得恶毒露骨，实在与她平日善良嘴拙的形象判若两人。

不过袭人毕竟是袭人，她擅长的不是斗狠，是化百炼钢为绕指柔。意识到自己的失态，她马上换上了一副楚楚可怜的表情：想必，是我要死了……

宝玉立马中计：算了不说了，别刚走了三个，又搭上一个。

这正中袭人下怀，她心中暗喜。

宝玉自我宽慰道：从此之后就当她们三个都死了，也省得我挂念了。以前也不是没死过人，我也没怎么样不是？

虽说是无奈之语，也流露出纨绔本色，他们会为一朵花的凋谢哭半天，对于身边人因他历经的劫难却袖手旁观。不是他们心硬，是他们对于人生的艰难无从体会，不知道命运的转折对人来说意味着什么，自然不会有共情产生。非要等到哪一天轮到自己时，痛苦才会令他洗礼重生。金钏儿曾因他而死，他随便找个地方撮土为香，拜了拜就心安理得了，愧疚指数低得可怕。

说归说，心里还是有些放不下，宝玉又反过来求袭人：能不能把晴雯的东西给她送点出去，看在你们相处一场的份上？

终于，袭人笑了：你也太瞧不起人了！放心，我会安排给她送去的。你忘了？我是出了名的大贤人啊。

宝玉连忙对袭人"陪笑抚慰一时"，倒像是自己欠了袭人什么似的，竟把兴师问罪的起因给忘了，什么四儿五儿，芳官臭官，早忘到爪哇国去了。

袭人轻轻巧巧，化不利为有利，还倒打一耙，让宝玉莫名其妙欠了她一个人情。

不论智商情商，袭人都吃定了他。

五

可是那有什么关系，他是心甘情愿的。

对她耍的那些心计，他并非完全不知，却愣是不肯明说她半句不好。这种密密匝匝牢不可破的感情，类似于亲情，亲情的本质就是不讲理，谁会跟自己的亲人太计较？

就像他用灵魂爱着黛玉的同时，他现实里最重要的一块地方，已经被袭人牢牢占据。他知道自己没有谁都可以，独独不能没有她，他不能想象没有她的日子自己该怎么过。身边的人一个个消遁，似乎只有她，会永远站在他身后，劝解着，呵护着，催促着，约束着——占有着他生命的一部分。

然而，命运无常，当大厦倾、猢狲散，自保尚无力，更枉谈其他。八十回以后，只知道袭人是跟了蒋玉菡，具体过程无考。其实，以宝玉同蒋玉菡的交情，焉知不是宝玉在大难来临之日，把心爱的女人托付给了自己的朋友？

书里从一开始就交代了袭人的"痴处"：服侍贾母时，心里眼里只有贾母一个；跟宝玉时，心里眼里又只有宝玉一个。这是曹公留下的一个伏笔：等到嫁了蒋玉菡，心里眼里也自然只有蒋玉菡一个了。袭人不是鸳鸯，性子没有那么烈，一样的事情放在鸳鸯面

186

前，是"一刀抹死了，也不能从命"的决绝，换了袭人就是妥协。她是现实主义者，是活在当下的人，不会为了过去就寻死觅活，回忆会令她伤心落泪，擦干眼泪，她还要爱护如今自己身边的人。更何况论个性，蒋玉菡应属食草男系列，是个护花惜花之人，袭人跟了他，也不会受委屈。

袭人的花签是桃花，上题"武陵别景"，莫非他们最后还真找了个类似武陵世外桃源的地方躲起来隐居了？又说"桃红又是一年春"，似乎他们过得还很不赖，别说，以袭人的秉性心计，这一点她真能做得到。

这样的女子能说她不好吗？外界的道德评判往往会流于肤浅，缺点换个角度看就是优点：低微的出身令她没有机会念书识字，然而"世事洞明皆学问，人情练达即文章"，打小的历练令她拥有了一种世俗的智慧；爱唠叨的本质是爱操心，那种琐碎的温暖，是一种异于阳春白雪的家常之美；细挑身材容长脸儿，她的长相也仅属于中上之列，并不十分出众，却自有一种"天生成百媚娇"的女人味儿，连薛蟠都说她是宝贝。

只有和她共度过的人，才最有发言权，这就是："堪羡优伶有福，谁知公子无缘。"这不是讽刺，是感叹。在失掉她之后，宝玉远远地怅惘，终生对她念念不忘。

她最终占有的，是他的回忆。

小红：山不过来我过去

一

大概每个有点志向的人都要经历一段特别苦闷的时期。

《红楼梦》第二十六回，小红满心郁闷地拉开抽屉找描花样子的笔，却发现根根都是秃的，仿佛是在映照她那一时期的境遇：处处受挫，处处碰壁。

年龄不小了，已经十七岁，在怡红院里，还干着最底层的活儿，大丫鬟们谁都可以随便指派她。好事都是别人的，遇到打赏，这个也有那个也有，就是没她的，样样不比人差，却愣是被边缘化了。这还不算，动不动就挨"修理"：在书里一共才出场三四个回目，被人找茬欺负的"戏"就两场，她是有多不招人待见。

心灰意冷间，她说出了自暴自弃的话：还不如早些死了干净！

她不得志是有原因的。

首先，她原本就不是人家圈子里的人。她来怡红院当差在先，宝玉后来才点了这一处居住，乌泱乌泱一大帮人涌进来，她这原住民反而成了外人。历来体制合并的一开始，都会有小团体划分，她属于非主流。

但是，比小红来得还晚的芳官却被主流群体很好地接纳了，芳官学戏出身，早通人事，长得也不赖，袭人却主动给芳官机会叫她给宝玉吹汤。这是为何？袭人当时是这样说的："你也学着些服侍，别一味呆憨呆睡。"这句话表明袭人知道芳官是个不长心的人，不具备多少危险性，可以信任才加以引荐。

而小红，本是大管家林之孝的女儿，"因他原有三分容貌，心内着实妄想痴心的向上攀高，每每的要在宝玉面前现弄现弄"，是个有上进心、不安于现状的女孩。"只是宝玉身边一干人，都是伶牙俐爪的，那里插的下手去"，秋纹、碧痕、

189

晴雯一帮人们，将宝玉围得密不透风，根本不给她任何接近宝玉的机会。一年多了，她连宝玉的边儿都沾不上。还处处被压制、排挤，就因为瞅机会给宝玉倒了一杯茶，被秋纹兜脸啐了一口，受了一顿恶话，让她照照镜子，看看自己配不配。

她们排斥小红，原是因为她过早地暴露出了不安分，引起了她们的警惕与反感，才同仇敌忾地予以防范压制。

这事主观上讲也怪小红自己，太心急，不懂得掩饰野心，被当作了重点盯防对象。

她们人多势众，她形单影只，自然落下风挨欺负。偶尔的反抗显得那么无力，即使有理也不敢大力分辩，活脱脱成了怡红院里的弱势人群。

二

尽管如此，小红可不是弱者。

看人一向精准的宝钗，听到她和贾芸私相传授手帕的秘密时，竟选择了退避三舍，理由是："他素昔眼空心大，是个头等刁钻古怪东西。今儿我听了他的短儿，一时人急造反，狗急跳墙，不但生事，而且我还没趣。"情急之下"金蝉脱壳"嫁祸于黛玉。连宝姑娘都要忌惮三分，可见小红"绝非善类"。

她与宝玉只有一次正面接触，就是倒了一杯茶而已，短到需要用秒来计算。可她愣是硬生生达到了好几个目的。

第一，给宝玉留下了深刻印象。做事乖巧伶俐、说话简便俏丽，以至于第二天宝玉都起了要点名让她来服侍的念头。

第二，借机告了她的对手们一个小小的刁状。当宝玉问"你也是我这屋里的人……我怎么不认得"时，她用"冷笑"宣泄自己的不满，这样回答："从来我又不递茶递水，拿东拿西，眼见的事一点儿不作，那里认得呢。"暗示自己被人封杀。宝玉哪里懂得女人之间的复杂，傻乎乎追问："你为什么不作那眼见的事？"她回答得意味深长："这话我也难说。"她什么也没说，但是比说了还厉害，实在是宝玉太笨了听不出来。有晴雯的能干，却比晴雯有心计；有袭人的细心，却比袭人干练。一旦给她点机会，假以时日必不可小觑，是个厉害角色。

第三，她替贾芸回了话。三言两语，就把贾芸来过两次的事交割清楚了，还展现了自己的决断力："我想二爷不得空儿，便叫焙茗回他，叫他今日早起来……"

也难怪后面回来的秋纹那样跳脚大骂，其实是发自内心的惊惧："一里一里的，这不上来了。"秋纹真正要说的是：防不胜防，该如何是好？

想要防范那些既有才能又有韧劲儿的人，往往是徒劳，因为

191

防得了一时，防不了一世。东边不亮西边亮，只要他们不放弃，迟早有机会出头。

小红就等来了这个机会。

第二十七回，凤姐站在山坡上遥遥地一招手，小红就"弃了众人"跑了过来，她反应迅速，比别人占了先机，想来没有人阻拦的感觉实在太好了。

她说话十分得体，让凤姐忍不住多看了她一眼，觉得她形象气质俱佳，印象分很高。

当凤姐对她的能力表示怀疑时，她坦然笑道："奶奶有什么话，只管吩咐我说去。若说的不齐全，误了奶奶的事，凭奶奶责罚就是了。"又自信又有担当，让凤姐刮目相看。

果然，她把这趟差事完成得十分迅捷漂亮。她来回话时，凤姐临时加试了她一道"复述题"，她像说单口相声一样，把四五家子奶奶们之间的事儿交代得头头是道。

从企业管理理念上讲，上下级之间个性的匹配十分重要。凤姐是个急性子的人，最受不了她手底下那几个丫头老婆的就是"一句话拉长了作两三截儿，咬文咬字，拿着腔儿，哼哼唧唧的，急的我冒火……"雷厉风行的上司，最需要的就是这种头脑清楚、办事利落、说话简洁的下属，小红的行事特点完全符合凤姐对理想下属的要求。

凤姐看出这女孩子是个可造之才，动了要重用她的心："你明儿服侍我去罢。我认你作女儿，我一调理，你就出息了。"小红先是笑，让凤姐误以为是笑她年轻不配当妈，然后继续乖巧伶俐地说：奶奶认错了辈数了，我妈是奶奶的女儿。马屁拍得迂回巧妙，充满了起伏感，并借机交代了自己的背景——原是林之孝之女，让凤姐在感情上和她愈近了一步。

　　凤姐开始问她个人的意愿，她答得十分精妙："愿意不愿意，我们也不敢说。只是跟着奶奶，我们也学些眉眼高低，出入上下……"这个女孩子，见识真是不一般，她看到的，是凤姐这个平台所能提供的素质历练，眼光可谓长远。

　　至此，她跳槽基本上就是板上钉钉了。此前，晴雯还说风凉话挖苦她"爬高枝"："有本事从今儿出了这园子，长长远远的在高枝儿上才算得。"小红此刻真应该回去对晴雯说：借姐姐吉言，从此果真离了这园子了。

　　"树挪死，人挪活。"小红的职场生涯来了个拐点，从此咸鱼大翻身，找到了能发挥自己才能的岗位。原以为在怡红院永无出头之日，竟靠着一件小差事推开了自己人生的大门，走进另一个崭新的天地。

三

小红在情场的表现也可圈可点。

她遇到了来巴结宝玉的贾府宗族子弟贾芸，第一次见面，当他听说贾芸是本家爷们时，她就敢"下死眼""钉了两眼"，这种大胆举动可不是一般女孩子能做出来的。跟贾芸说话，外冷内热，面上冷笑，实际话语里全是善意的点拨和体恤，叫他别在此傻等，让刚在舅舅"不是人（卜世仁）"那儿尝够了世态炎凉的贾芸心头一暖。

话剧《柔软》中有一句台词："这世界从来不缺乏爱与性，缺的是了解。"她了解他的辛酸与尴尬、方向及所求，因为在本质上他们就是一类人，目的明确，特别知道自己要什么，都有改变自己命运的迫切热望。三言两语间，双方的磁场便吸引对接上了，属志同道合式的一见钟情。

自此，他便属意于她，而她竟然也做了有关他的梦，在梦里，他叫的是她的闺名"红玉"。再见面二人便开始眉目传情。冥冥中仿佛也有天意，他正好捡到了她丢了的手帕——这不是重点，重点是，贾芸让坠儿还给小红的那块帕子，根本不是小红丢掉的那一块，而是他自己的，这是在投石问路。而当坠儿让小红确认是不是那块

194

手帕时，小红竟然一口咬定说是，并正式地还了贾芸一块，算作定情信物。一来一往，很有默契，感情推进速度惊人，效率之高令人瞠目。宝玉也曾经送给黛玉几块旧帕子，黛玉还要想一想才能明白宝玉的用心，和红、芸一比，他们的胆量、悟性就逊色多了。

在职场上，凤姐和小红算是将遇良才；而在情场上，贾芸和小红却是真正的棋逢对手。不出意外的话，小红未来将成为正式的芸二奶奶，虽非大富大贵，却也是安安稳稳，以贾家宗族妇人的身份，有事没事来贾府里走动走动。而那些曾经不遗余力打压她的人们，除了袭人挣到了月银二两，其他人，死的死，走的走，剩下的，无非就是被指给哪个小厮，怡红院里一派凋零。小红当年和佳蕙说的气话成了真："俗语说的好，'千里搭长棚，没有个不散的筵席'，谁守谁一辈子呢？不过三年五载，各人干各人的去了。那时谁还管谁呢？"

选择很重要。看来，无论是职场还是情场，不跟风不盲从，有自己的主见和头脑，挤不进的圈子不硬挤，得不到的不强求，适时改变方向，选择适合自己的才最好。

把握更重要。小红身上最可贵的品质就是特别善于主动出击，聪敏、积极，该出手时就出手，事业上不放过任何一个可以表现自己的机会，感情上也不错过任何一个自己喜欢的人，天道酬勤，她终于刷新了自己的命运。

曹雪芹心怀悲悯和欣赏，一路成全了小红的“失之东隅，收之桑榆”，大概就是想借此传递出这样一种正能量：生存从来都是勇敢者的游戏，“山不过来我过去”，在逆境中从不坐以待毙，世界就该属于这样的人。

香菱：林黛玉是个好老师

美丽的香菱姑娘想学写诗了，她需要一个领她入门的好老师。

好老师的前提，首先得是博学。懂得不够多，怎么教别人？大观园的女子，谁最博学？当然是宝钗。宝钗博览群书，知识面极广，诗词书画戏文无一不通，信手拈来她都能说得头头是道，连贾政都夸她的学问好。可是，要论起大观园里谁最善为人师，林黛玉却是当之无愧的第一个。

黛玉师从贾雨村时，因年龄小，"身体又极怯弱，功课不限多寡"，贾雨村"十分省力"。按她自己的说法，进贾府时刚念了《四书》，后来才与贾氏姐妹一块读书，在读书数量上与宝钗实不可同日而语。她行酒令顺嘴说了一句"良辰美景奈何天"，就被宝钗揪住了小辫子：这是"禁书"里才有的东西。宝钗的内存大得可怕。

然而，林黛玉有自身的过人之处，她具备超人的悟性，能将书上读来的东西很快消化、吸收，并生发出全新的东西。不仅如此，她还另有一样天赋：特别会教。对作诗一窍不通的香菱，经她轻轻松松一调理，没几天的工夫，就入了门，能像模像样地写诗了。

香菱央黛玉教自己写诗，黛玉答："既要作诗，你就拜我作师……我虽不通，大略也还教得起你。"口气很是不小，可见是胸有成竹。

紧接着，黛玉又"口出狂言"："什么难事，也值得去学！不过是起承转合，当中承转是两副对子，平声对仄声，虚的对实的……"三言两语就把写诗那点儿事道破了。

能把原本简单的事说得很细很复杂是一种本事，比如宝钗，惜春准备画大观园长卷时，她给开了个用品单子，各类笔墨颜料用品在她嘴里有条不紊、滔滔不绝地道出，足足有四十五种之多！令听的人目瞪口呆，特别是她说还要"生

198

姜二两，酱半斤"时，被林黛玉调笑是要"炒颜色"吃，她解释道：姜和酱是要预先抹在粗色碟子上防止被火烤炸的。众人无不对她的学识渊博肃然起敬。

而林黛玉却能把原本看似很神秘高妙的东西轻而易举地拆解，深入浅出地讲解出来：作律诗这种繁难的事，她用常见的对联打比方，一下子就讲透了。

如果说，宝钗开单子，在有意无意间卖弄的是才学；黛玉教律诗，却在三言两语间显露了自己的见识。才、学、识三者中，最难得的当然是"识"，因为生发于心的真知灼见远比博闻强记的背诵要珍贵。

黛玉随后又说，如果有了"奇句"，连平仄虚实都不用对的。这句经验之谈顿时让正为此而"天天疑惑"的香菱醍醐灌顶。可见黛玉也是一位乐于分享、不会藏私的师傅。

给香菱上的第一课，黛玉就从作诗的根本出发，给香菱灌输了贵在立意和创新的创作理念。这让香菱从一开始就处在较高的境界上，少走了很多弯路，不用摸爬探索。黛玉纤手遥遥一指，杏花深处，乃是写诗的正经去处。

黛玉还给香菱留了课后作业：熟读王维、杜甫、李白的名诗，"肚子里先有了这三个人作了底子"。至于"陶渊明、应玚、谢、阮、庾、鲍等人的"诗，则是下一阶段的作业。无论学什么都要把基础打好，黛玉不是一股脑儿全塞给香菱，而是有步骤地教学，循序渐进地引导。

为了帮助香菱更有重点地学习揣摩，黛玉又专门把王维的诗集给了香菱："你只看有红圈的都是我选的，有一首念一首。"这又省了香菱许多力气。

在第一堂课结束时，林黛玉还不忘激励一下这位学生："你又是一个极聪敏伶俐的人，不用一年的工夫，不愁不是诗翁了！"

香菱果然大受鼓舞，废寝忘食地读完了，来换杜甫的诗集。黛玉却没有马上给她，而是先叫她说说读后感，并很有大师风范地说，"正要讲究讨论，方能长进"，鼓励她表达。香菱说了一两句读后感，黛玉觉得孺子可教，又进一步启发："你从何处见得？"香菱随即便滔滔不绝，谈了王维几处用词精准的诗句，连宝玉听了也说"可知'三昧'你已得了"。而黛玉并不满足于学生的收获，又把陶渊明的诗拿出来叫香菱看王维诗句的出处，让她知其然更知其所以然。

第二课结束，黛玉留的作业是写一首以月为题的诗，教学与实践结合，让香菱快速进入了实际操作阶段。

香菱写完后先让宝钗看，宝钗本来反对香菱学诗，不肯多插手，只说"不是这个作法"，便推给了黛玉。黛玉看了，中肯地说："意思却有，只是措辞不雅。"并指出了症结所在：你被杜诗缚住了。香菱本有些初学者的拘谨，而写诗恰恰要求放空心灵，出手才能轻灵洒脱。因此黛玉再次鼓励香菱放下包袱，把这首丢开，"只管放开胆子去作"，自由发挥。

在黛玉的鼓励下，香菱交出了第二首。黛玉给予肯定，说难为她能写成这样，只是"还不好……过于穿凿"。宝钗却注意到这首写跑题了，写成了"月色"。她俩的不同再一次彰显了出来：诗如人生，对待人生，黛玉重姿态，更看重意趣；而宝钗重规矩，会顾虑主题，她心里总习惯了设定一个框框，所以会看出跑没跑题。这是浪漫主义者与现实主义者的区别。

香菱同学经过一次次地修改和探索，终于交出了第三首，并得到了众人的高度评价："不但好，而且新巧有意趣。"皇天不负有心人，她终于成功了。

香菱能快速晋身诗人一族，林黛玉功不可没，除了诲人不倦的热忱外，她教得又省力又有章法：先"传道"，帮其树立正确的写诗理念；再"授业"，告之律诗的基本写法，写诗需要有一定的阅读量打底子，黛玉根据香菱的实际情况，有选择地为其量身打造了阶段性阅读计划，让她谈读后感检验阅读效果，鼓励她大胆创作；然后是"解惑"，疑难问题及时点拨，理解有误快速纠正，对她的不足辨证施治对症下药，又准又稳。正是黛玉方法得当才有了香菱的速成。

后来湘云接手，对香菱进行下一阶段的深造，却是不分昼夜地狂轰滥炸，也不管香菱能不能接受得了，什么"杜工部之沉郁，韦苏州之淡雅，温八叉之绮靡，李义山之隐僻"，教得缭乱不堪，毫无章法。这样一来，让本就不赞成把太多精力放在写诗上的宝钗，聒噪得受不了，一句话做出了总结："呆香菱之心苦，疯湘云之话多。"原来，好为人师容易，要当一个好老师却不是那么容易啊，相形之下，林黛玉真是一位天生的好老师。如果穿越到今天，黛玉从事教育培训速成班一类的行业，必定是一位业界牛人，会有大批的学生排着队流着泪要听她的课，而她也会赚到盆满钵满，不会再为吃几两燕窝而看人眼色了。

秋纹：庸人靠什么升迁

大观园里的女子，最令人反感的就是秋纹。

怡红院四个大丫头，她虽然身居末位，但也算是二等奴才了，搁如今，算是机构里重要领导身边的人，位置特殊一些。

宝玉房里的丫鬟花团锦簇，按理说排在最头等的四个，模样人品理应不差。袭人"贤"，晴雯"勇"（能干），麝月厚道，唯独秋纹例外，最好欺小弄权。在园子里碰见一个婆子提着一壶滚水，小丫头讨，自然不给：是给老太太泡茶的。秋纹登场："凭你是谁的，你不给？我管把老太太茶吊子倒了洗手。"颐指气使，好似自己比贾母都牛。

探春理家正在气头上，众人都不敢上前，秋纹来了，别人告诉她里边正吃着饭呢，等会儿。她笑道："我比不得你们，我那里等得。"便直上厅去。

如此张狂，无非仗着自己服务的主子略尊贵些，连带觉得自己都高人一等了。

小红不过因房中无人趁势给宝玉倒了杯茶，被她发现，就朝人家脸上狠狠吐了口唾沫，恶语相向："没脸的下流东西！正经叫你催水去，你说有事，倒叫我们去，你可等着这个巧宗儿。一里一里的，这不上来了。难道我们都跟不上你了？你也拿镜子照照，配递茶递水不配！"泼妇嘴脸，句句如针，最后小红果然不堪欺侮挤对，跳槽另觅去处了。

晴雯死后，见宝玉穿着晴雯做的红裤子，因麝月多叹了一句"人亡物在"，秋纹此时表现颇耐人寻味，她先是拉了麝月一把，

然后打岔笑赞宝玉衣服配色漂亮。这"拉一把"大有深意，是叫麝月别勾着宝玉想起晴雯。怎么着她与晴雯也共事过多年，如今同事暴死，她不哭反笑幸灾乐祸。

论理秋纹这样的人，行事不及袭人周全，待人不及麝月温厚，更别提相貌、针线、担当决断比不上晴雯。不但气量

狭小、嫉贤妒能，又好仗势欺人，才、貌、德俱无一长，竟也能跻身怡红院领导核心，她凭的是什么？

晴雯被撵后，宝玉哭着质问袭人："怎么人人的不是太太都知道，单挑不出你和麝月秋纹来？"一语道破天机：秋纹虽是样样上不得台面，但奈何她会跟人，会来事。

袭人是怡红院主管，又是她们的最高主管领导——王夫人的心腹。因此秋纹事事逢迎讨好袭人，不像晴雯，仗着自己有些才貌便不服袭人。所以同是对待太太赏赐的旧衣，晴雯不屑一顾，秋纹喜不自禁："那怕给这屋里的狗剩下的，我只领太太的恩典。"奴性媚态毕现，哪个主人不喜欢这样的奴才。及至知道自己无意间骂了袭人，连忙叫着"姐姐"赔不是，袭人焉能不识她为自己人，遇事又怎能不罩着她？至于她如何对待其他人，袭人没看到，也管不了那么多。领导都喜欢顺承自己的人，谁也不例外。

秋纹早早看准了袭人这支"潜力股"上级，紧密团结在以袭人为核心的小团体周围，因此袭人吃肉，她能分得一杯肉羹；袭人升迁，她就能连带着跟进。

这种活法看似省力，并不省心。她活得也累，需得时时眼观六路耳听八方，像防贼一样防着其他人，为一点小事小题大做，看她骂小红的那几句话，特别是"一里一里的，这不上来了"一句，正暴露出了她对自身地位的不安全感和焦虑。而小红俏丽聪敏，是个潜在的对手，秋纹不惜撕破脸皮打压，正是为了震慑下级，让她以后安分守己，莫在领导面前显弄。设若当时是袭人发现小红倒茶，顶多是嫌"屋里人都哪里去了，怎么没人照应"，也就算了。而秋纹实力不够，自然不自信。

晴雯排名在秋纹之前，样样比她出色，是宝玉最看重的人。袭人不用说，有晴雯在，宝玉也宠不到她秋纹，她对晴雯忌妒在所难免。晴雯一死，她焉得不乐？又少了一个比她高半格的上级，正好腾出编制，自己晋升有望。因此有人怀疑向王夫人告密以致抄检大观园的，不是袭人是秋纹，也不是没道理。

当然，秋纹那一套也有不灵的时候，她自己就说老太太不待见她，"不入他老人家的眼"。贾母喜欢的，是鸳鸯、晴雯这型的能干爽利人，是身子虽然做了奴才，内心却毫无奴性的磊落女子，纵有一点性格，但瑕不掩瑜。单这一点慧眼识人，就比王夫人强出太多。但可惜"千里马常有而伯乐不常有"，身在职场，不可能人人都有鸳鸯遇上贾母这样高水平领导的好运气。

所以，有才华的"晴雯们"因为个性太强而下场悲惨，庸俗龌龊的秋纹之流却因为识时务而得以生存保全甚而升迁，这种现象不只大观园才有。性格决定命运，远比才华重要。

206

偏偏只爱你

宝玉：可我偏偏只爱你

一

"我也知道我如今不好了，但只凭着怎么不好，万不敢在妹妹跟前有错处。便有一二分错处，你倒是或教导我，戒我下次，或骂我两句，打我两下，我都不灰心。谁知你总不理我，叫我摸不着头脑，少魂失魄，不知怎样才好。就便死了，也是个屈死鬼，任凭高僧高道忏悔也不能超生，还得你申明了缘故，我才得托生呢！"宝玉亦步亦趋地跟了林黛玉好长一段路，才终于得到了一个为自己申诉的机会。

他宁肯她同他哭闹拌嘴，甚至骂他打他都无所谓，最怕的，竟是不理他。这种卑微的求和，恐怕只有恋人之间才会有——不是太在乎，不发此语。

可黛玉偏偏最爱同他怄气。这一对痴情的儿女，忽而砸玉铰荷包地恼了，忽而又"黄鹰抓了鹞子的脚"地好了，不明就里的局外人，怎么能明白这其中隐晦曲折的心事？贾母为此都气哭了，说这两个孩子怎么这么不省心，就不能好好相处吗？老人家真是多虑了：没有足够的亲厚做底子，他们敢这么隔三岔五地折腾吗？

有一次吵到最后，两个人一不留神都露了真心，一个说：我为的是我的心。另一个说：我为的也是我的心。难道你就知你的心，不知我的心不成？

原来，他们拌嘴，拌的不是嘴，是心；他们闹别扭，闹的不是别扭，是感情。

有意思的是，每次闹完别扭，十有八九都是宝玉俯就赔不是，"打叠起千百样的款语温言来劝慰"，"好妹妹"要叫上几万声。饶是这样，林黛玉还不一定依呢，让人都有些看不过眼了。

大观园里的同龄少女中，黛玉不是最美，不是最温柔，也不是最会来事，她最瘦弱、最爱生气使小性子，也最清高孤傲，目下无尘。

生性也散漫。因为晚上失眠的缘故，她早上常常要睡到日上三竿。闺中女子多作女红，她倒好，一年工夫才做一个香袋，后来和宝玉一生气还给铰了。袭人曾在背后酸溜溜地说她的坏话：老太太怕她劳碌着了，大夫说要静养，谁还敢烦她干活啊？今年半年了，还没见人家拿过针线呢！

成天弱不禁风地咳呀咳，凤姐皱眉说她像盏纸糊的美人灯，风吹吹就坏了，只能小心翼翼地保养着。弱到才吃了一点子螃蟹，就"觉得心口微微的疼""须得热热的喝口烧酒"才行。当史湘云大雪天里冒着青烟烤鹿肉大快朵颐时，她只有站一旁干看的份儿，因为她体弱，吃了不消化。老人们都说"能吃是福"，能吃才能保证营养充足体能充沛，才有享受人生的资本。林黛玉缺的恰恰就是这份"福"。

不错，她是有一些过人的才华，可她周围的人也都不差啊，宝钗、湘云、妙玉、岫烟个个都身手不凡。联诗大会上，她第一个先抢不过湘云。诗作文章向来是见仁见智，她那些别致的思路立意，一向公道的李纨有时候也不太喜欢，嫌发声过悲，她自己也承认"伤于纤巧"。上元节省亲诗会，她的应景诗作就没入了主考官元春的眼，人家独独对宝钗青眼有加。

青春的大观园里乱花渐欲迷人眼，更何况还有一个如牡丹般艳冠群芳的薛宝钗，"品格端方，容貌丰美，人多谓黛玉所不及"，为人大度圆融，家底颇丰，又有金玉之说在前。给宝玉选妻，当然是宝钗的条件更优越。可恨宝玉，却心无旁骛目不斜视，独独只爱这个各色的林黛玉。

要不人家怎么说爱情没道理可讲呢？太理性的，多是为着婚姻，而不是为心。

二

然而，在红学界却有一些很"权威"的声音说：宝玉真正爱的并不是林黛玉，甚而干脆指名道姓地说，宝玉的最爱其实是史湘云。再说，对所有的女孩子都很体贴，何以见得最爱的一定就是林黛玉？

说难听点，他照顾女孩就像鸟会飞、鱼会游、母鸡会下蛋一样，都是天性。

湘云睡觉晾了胳膊，他会心疼得掖好被角；晴雯往门上贴字手冻僵了，他忙伸出手来帮着"渥"热；金钏儿给太太捶腿实在困得不行了，他会送上香雪润津丹；平儿挨了凤姐的打，他又是替凤姐道歉又是送温暖；即便八竿子打不着的尤氏二姐妹面前，来了生人

212

他也要挡在前面护着——的确，他似乎对谁都好，不只是对林黛玉。

可是，把这些好统统加起来，都抵不上对林黛玉的十分之一好。对其他人的好，是出于娘胎里带来的怜香惜玉的本能，顺风顺路顺水人情；而对黛玉的好，则是全心全意地付出。

这种付出细致、绵密，到了忘我的地步，渗透到了点点滴滴、丝丝缕缕当中。从她的衣食住行，到她的喜怒哀乐，他都体贴入微、感同身受。

他永远把她放到心尖尖上，总是别人没想到的，他都替她想到了。怕她冷。怡红院夜宴群芳时，他说：林妹妹怕冷。独独把她拉到靠板壁处坐着，又恐硌着，专门拿了个靠背给垫着。

怕她累。连她脸上搽的胭脂膏子他都要操心，上私塾前特意跑来嘱咐，一定要等他放学回来调制。

怕她病。这边刚吃完午饭，那边就绞尽脑汁地编出个小耗子的故事逗她笑，只是为了防她贪睡积了食，或者晚上走了困。 对她平日里吃的药，他更是十分用心，还撒娇耍赖地要母亲给他三百六十两银子的天价，给她配一副古怪离奇的灵药，其中有一味竟然是死人头上戴过的珍珠。

怕她伤心。知道她幼失双亲心内孤苦，总是变着法儿地哄她开心。宝钗给黛玉带了点南方特产，黛玉触物伤情，宝玉便千方百计转移她的注意力，挨着她坐下哄她开心，"一味的将些没要紧的话来厮混"。完了又强拉她出去散心。

也怕她伤心发散不出来。听说林妹妹在祭奠父母，他就晃荡一会儿再去。怕去早了，她碍于他在场，不能尽情释放悲伤；如果不去，又怕无人劝解，哭坏了身子。于是选好时机，"既不至使其过悲，哀痛稍申，亦不至抑郁致病"。

人前护着她也就罢了，人后他也绝不允许任何人说她的不是，当袭人借仕途经济之语褒钗贬黛时，他第一个跳出来替她辩解：林妹妹从不说这样的混账话，若说这话，我早和她生分了。

事无巨细地记挂着她。入住大观园时，黛玉想住潇湘馆，宝玉就一定要住在怡红院，因为怡红院离潇湘馆最近。

宫里端午节赏赐东西，宝钗和宝玉的一样多，这是元春的意思。宝玉一看自己的赏赐比林黛玉多，马上就叫人把多出来的东西送了过去。

被父亲痛打后养伤时，邢夫人派人给宝玉送了两样果子，他第一件事也是叫秋纹把这些东西分一半送给黛玉。

自己都起不来床了，心里却还惦念着她，舍不得她为他担心。派晴雯去看看林姑娘在干吗呢？"……他要问我，只说我好了。"晴雯说总不能"白眉赤眼"地去吧，先给个理由。他说就送几块旧帕子吧。晴雯不解，他对懵懂的晴雯胸有成竹地笑："你放心，他自然知道。"黛玉果然心有灵犀，一句话没多问就收下了，过后又暗暗惊心。在古时，送帕子有示爱之意，除了表示"横也思来竖也思"，还另有深意："我现在卧病在床不能过去陪你，赠你我贴身带过用过的旧帕子，沾染了我的气味与体温，如同我在你身边一样。"东方式的含蓄，却有压抑不住的热烈，才令黛玉神魂驰荡。

在第三十回，和黛玉闹别扭没过三天，就屁颠屁颠找上门来了，还贱兮兮地说："我便死了，魂也要一日来一百遭。"热烈程度不亚于"星爷"新电影《西游·降魔篇》里，唐三藏和段姑娘死别时的表白："我没有一天不想你。"

不知不觉间，黛玉已经成为宝玉生命中不可或缺的一部分，他不能想象没有她的日子。所以，当紫鹃试探他说，黛玉不用三两年，就要回苏州老家去了时，他才如被焦雷劈了一样，发了疯病，"眼也直了，手脚也冷了，话也不说了……掐着也不疼了，死了大半个了"，大半天才"嗳呀"一声哭出来，拉着紫鹃说要走连他也带着走；听到有姓林的来就以为是来接林妹妹的，混闹着"除了林妹妹，都不许姓林的"；指着柜子上的船模子硬说那是苏州来的船，还十分雷人地把船掐到了被子里，傻笑着说：这下就走不成了。

看到这里，有哪个红学家还敢指鹿为马地说：宝玉真爱的不是黛玉，而是另有其人？

冰冻三尺非一日之寒，宝玉对黛玉的这些感情，早有征兆。

还是在那一年林如海病危时，贾琏护送黛玉回了扬州。宝玉便孤单恓惶起来，和谁也不玩，到了晚上索然而睡。即使短暂的分离，也会让他的生活缺掉一个角。

当得知林如海的后事已处理完，一干人马昼夜兼程往回赶时，宝玉"只问得黛玉'平安'二字，馀者也就不在意了"。

待到黛玉回来，他又兴冲冲地把北静王送的鹡鸰香串取出，珍重转赠黛玉。因为这香串是御赐的，十分珍贵。没想到黛玉还不领情，嫌是臭男人拿过的，掷而不取。他也不恼，没趣地乖乖收了起来。

他身上佩戴的那些饰件，荷包扇套子之类的，因为是花了大工夫做的，异常精巧，常被小厮抢去，他从不在意。当黛玉误以为她做的荷包也让人抢去而生气时，他才从贴身的内衣里把那个荷包解下来，委屈地说："我那一回把你的东西给人了？"这种用心，除了在黛玉这里，在别人处再遍寻不着。

他的确是在用心地爱着她，不用再怀疑。这是宝玉最迷人之处。

一个人够不够爱你，肯不肯像宝玉这样的全情投入、全心付出，才是一个最严格的考验。别的，都是浮云。

三

无独有偶，这样的爱情模式，还出现在另一本西方名著《小

216

王子》中。

唯一不同的是，大观园的宝玉爱的是人，B-612小行星的小王子，爱的则是一株玫瑰，但他们的心路历程却惊人地相似。

宝黛初见，黛玉"闲静时如姣花照水，行动处似弱柳扶风"的娇弱气质，让习惯了被人照顾的宝玉平白生出了保护欲和怜惜心。自此与黛玉"同行同坐，同息同止""言和意顺，略无参商"。

连宝玉自己都说："当初姑娘来了，那不是我陪着玩笑？凭我心爱的，姑娘要，就拿去；我爱吃的，听见姑娘也爱吃，连忙干干净净收着等姑娘吃。一桌子吃饭，一床上睡觉。丫头们想不到的，我怕姑娘生气，我替丫头们想到了……"

在小王子遇见玫瑰前，也从来没见过复瓣的花儿。当看到玫瑰初绽，也颇有宝玉见"天上掉下个林妹妹"时的惊艳。他视她为这世界上独一无二的花，用心地照管它，给它浇水，除虫，怕风吹了它，还特意给它做了屏风和玻璃罩子，每天高度关注，小心翼翼得无以复加。

当他后来离开，不管走到哪里，他心里都再也放不下那朵有些做作的玫瑰。怕他不在的日子，玫瑰被风吹，被虫咬，甚至被想象中的绵羊啃食。哪怕有一天，他遇见了一整座的玫瑰园，里面有成千上万朵的玫瑰，明明每一朵都可以与他的那朵媲美，可他还是觉得：它最珍贵。

他说不出这是为什么。

一只睿智的狐狸给出了答案：是你为她所花费的时间，才使她变得如此珍贵。

"是你为她所花费的时间，才使她变得如此珍贵。"用这句话来解读宝玉为何如此深爱黛玉，也一语中的。

如果一定要问：宝钗跟林黛玉相比少什么？她少的，恐怕除了和宝玉的性情相投之外，最关键的，是一段与之共同成长的岁月。在那段岁月中，宝玉对黛玉，如同悉心照料一朵稀世玫瑰。正因了这些经年累月的积淀，倾注了太多的心血，在宝玉眼里，满目妙龄少女，才"皆未有稍及黛玉者"。

我们爱到最后，常常搞不明白，自己到底是爱着那个人，还是爱着自己的爱；分手时，我们是舍不得那个人，还是如同宝玉滴泪所言的那样："谁知我是白操了这个心，弄的有冤无处诉！"不甘心自己的付出就这样付之东流。

这是一个生生不息的循环：绵绵不绝地付出，终会有一天，由量变到质变，催生出爱；当习惯变成停不了的爱，便会益发无怨无悔地付出。那些失恋时痛不欲生的人，往往都曾爱得奋不顾身。

王蒙曾经在一次讲座中说：如果能和林黛玉这样的女子谈一场恋爱，死了都值。这夸张的话引来哄堂大笑。要知道，真心地给，从来不累。当爱着时，付出就是一种幸福，如果克制付出，就是在克制爱。

在《小王子》中，狐狸希望小王子驯化它，并解释说：驯化就是"建立联系"，"如果你驯化了我，我们将互相需要，你在我眼里将是这世界上独一无二的，我也将是你的唯一"。

小王子很有悟性，他说："我开始明白了，有一朵花儿——我想它一定是驯化了我。"

黛玉和宝玉之间，也存在这样一种相互"驯化"的关系：彼此已经是对方的唯一，别人再插不进去。即使看到宝钗雪白的手臂，宝玉起了想要摸一摸的冲动，但是很快就自觉约束了——如果它长到林妹妹身上才可以。

狐狸还说：对于被你驯化了的，你将永远负有责任。你要对你的玫瑰负责。

拿这个定律来解释宝玉何以对黛玉如此用心，也同样说得通：他把对她好，已经视作了自己的责任。

史湘云曾气哼哼地对宝玉说："这些没要紧的恶誓、散话、歪话，说给那些小性儿、行动爱恼的人、会辖治你的人听去！"这是明明白白在影射黛玉，对黛玉平日的那些做派，她早已十分看不惯。

可是，无论黛玉怎么"作"，她都是宝玉心上唯一的那朵玫瑰。他对她的一切缺点，都能甜蜜安然地担待，"从未将儿女私情略萦心上"的史大妹子，她怎么会懂？这原本就是人家两个人的事情。

安托万安排笔下的小王子在做了一次星际旅行后，才明了了爱的真谛，最后不惜舍弃肉身，用灵魂去寻找属于他的那朵玫瑰。这是法国人才会有的浪漫。而曹雪芹，却用东方人特有的细腻，安排宝玉一直守护在黛玉身边，一饭一蔬一暖一寒，关爱呵护从不离开。这位写情的高手，用一支伶伶瘦管，以金彩堆叠的富贵温柔乡做底子，愣是一笔一笔描画出了爱的原始本相：爱是给予，爱是付出——这世界上所有的爱，本质都一样。

妙玉：寂寞的爱情偷窥者

一

《红楼梦》里有个大观园，大观园里有个栊翠庵，栊翠庵里住着一位妙龄尼姑。

这尼姑年方十八，十分美丽，来自"上有天堂，下有苏杭"的苏州，"祖上也是读书仕宦之家"，颇有些出身。寻常尼姑的生活艰辛清苦，凡事都要亲力亲为才不枉"苦修"二字，但是这位尼姑身边却有两个嬷嬷一个丫头，统共三个人服侍她一个，过得小姐一般养尊处优。起了个极旖旎的法号：妙玉。

还有很关键的一条：她没剃度，是带发修行。剃度，即是要除去三千烦恼丝剃成光头，代表自己尘缘已了六根清净，妙玉却还留了一头漆黑长发。"云空未必空"，曹雪芹的这一安排很微妙，暗示妙玉虽然身在佛门，却心系凡尘。

果然，在第七十六回，妙玉在中秋夜给湘云和黛玉续诗时就说了一句："……失了咱们的闺阁面目……"注意，她对自己的身份，心里真正认同的是"闺阁"女儿，而非出家人。

在那一回，妙玉先是躲在暗处听诗，然后走出来评诗，最后干脆自己亲自上阵续诗。过程非常有趣，不妨场景还原一下：

中秋夜是万家团圆的时分，大观园里自然免不了要欢庆赏月吃喝玩乐，栊翠庵毕竟还是在园子里，丝竹之音欢笑之声声声可闻，那是属于俗世凡尘的温暖。而这些，身为尼姑的妙玉肯定是不能参

与的，但这不代表她不向往。心痒之下趁着夜黑风高，她一个人偷偷地从栊翠庵里溜了出来，一个人在园子里溜达，有着孩童般冒险破禁的小小刺激。也许，在她内心，还盼望着遇见什么人吧？比如说，宝玉？

也是凑巧，在凹晶馆处，正好是湘云和黛玉，两个和她年龄相仿的女孩在联诗，妙玉

便在山石后面驻足聆听，待听到两人联到高潮处，有妙句迸出"寒塘渡鹤影，冷月葬花魂"时，她终于按捺不住现身了。她这一出现不要紧，倒吓了那两人一跳，诧异地问她怎么到这儿来了？按规矩她是不应该在这里的。她也不似平日那么矜持，实话实说道："我听见你们大家赏月，又吹的好笛，我也出来玩赏这清池皓月。"随后，又意犹未尽邀请她们去她住处吃茶。此时，已是半夜了。

到了栊翠庵，伺候她的老嬷嬷们都睡了，小丫鬟在打盹，她可不管这些，把小丫鬟揪起来，"现去烹茶"。这时候有人叩门，是黛玉湘云的下人们找来了，引她们主子回去睡觉。妙玉仍不放人，"忙命小丫鬟引他们到那边去坐着歇息吃茶"。先把她们打发到一边，别搅了自己的雅兴，真是任性。然后"自取了笔砚纸墨出来，将方才的诗命他二人念着，遂从头写出来"。一个命令的"命"字道出了妙玉的不管不顾、迫不及待。林黛玉看出了她的异样，忍不住笑道："从来没见你这样高兴。"然后便力邀她续诗。妙玉略作推辞以后，终于技痒难耐，拿起笔"一挥而就"，创作激情高涨。

她的诗续得真是好，风格也与黛湘两人迥异，刻意扭转了前半首的凄楚颓败，情绪趋向上扬，视野也更广阔："振林千树鸟，啼谷一声猿。"声势英气，没有脂粉味，是真正的高手。湘黛二人皆佩服不已："可见我们天天是舍近而求远。现有这样诗仙在此，却天天去纸上谈兵。"妙玉对这溢美之词十分受用，她笑说：

"明日再润色"，现在都回去睡觉。这才算完。

"凸碧堂品笛感凄清，凹晶馆联诗悲寂寞。"此时的贾府运势，已由鲜花着锦转入渐次低回，人人都明白，却无力拯救，若眼睁睁面对挽不住的流水。虽是中秋佳节，却处处透着悲音，没有几个人高兴得起来。而在那夜，真正快乐的人恐怕要数妙玉了，因为她的才华终于有机会展现，个性更是在刹那间得以释放。

今夜，她不再是一个清心寡欲的尼姑，而是一个天真热情才华横溢的少女。

她在诗的末尾四句，先说"芳情只自遣，雅趣向谁言"，那是诉说平日心里积攒的孤寂；然后是"彻旦休云倦，烹茶更细论"，这是不想再压抑本真的热切，酒逢知己千杯少、不醉不归的感觉。

原来冷若冰霜、拒人于千里之外不过是她的面具，栊翠庵里的她：其实很寂寞。

二

妙玉还有两个特点：一是有些来历，很神秘；二是她很有点个性。

书里对妙玉的来历交代得并不十分清楚，她的名字第一次出现，是园子完工栊翠庵新建成时需要一名住持，通过林之孝家的之

224

口，向王夫人粗线条勾勒了一下她。

栊翠庵名为尼姑庵，看似独立，实则是一个名门望族身份地位的象征，是贾府的精神文化摆设。尼姑入住，名为修行，其实是依附。妙玉是个通透人，又是吃过亏的，她知道自己进人家园子里当尼姑的尴尬，便说：侯门公府，必以贵势压人，决意不去。可是反过来说，想进大观园里的栊翠庵，也不是随便是个尼姑都行的。和如今考察干部一样，要设立一个新部门，对部门干部的基本情况和履历，领导要做一个摸底考察，然后再决定用不用。王夫人相中了妙玉的出身和长相，跟挑一个质量上乘、造型优美、做工精巧的摆件差不多。她当场拍板决定录用，并让下个帖子去请，给足了妙玉面子。有了一纸代表诚意和尊重的聘书，妙玉这才点头进了栊翠庵。

关于妙玉的底细，还有一次是通过邢岫烟之口。说她来到此地是个性原因，"不合时宜，为权势所不容"，具体真相始末，岫烟十分隐晦。这倒和林之孝家的所言既吻合又有出入，据林之孝家的说：妙玉师父临终时告诫她"不宜回乡，将来自有你的造化"。可见后者是托词，前者才是真相。从这一层来看，妙玉漂泊离乡、在外出家，是有自己不得已的苦衷。栊翠庵，原是她的避难之所。

猜想妙玉对栊翠庵一定是又爱又恨的，因为它一面庇佑着她的安全，一面也困住了她的身心。

园子里有那么多同龄的女孩子，还有一个最懂女儿心的翩翩佳公子宝玉，他们可以任意说笑打闹，高兴了既可以风雅地吟诗作画，也可以豪放地喝酒行令，这些统统是她擅长的，却独独没有她的份，大好的青春虚掷在白日犹青的奁焰、夜半未烬的炉香里。不能加入，却忍不住关注。她时时注意着他们的一举一动，也留神哪些人可以做自己的朋友乃至知己。因此便好解释宝玉过生日她如何能得知，还特地送来生日祝福帖；喝体己茶不叫别人，单单挑中了最不俗的黛玉和宝钗。人在明处她在暗，她是一个寂寞的偷窥者。

她须得时时提醒自己的身份，在自律与本我之间摇摆，感性与理性常常互搏，心门时而打开时而紧锁，由此待人才会时而亲热异常时而清高冷漠。不了解她的人，很是看不惯她。第五十回，一向低调的李纨遣宝玉去向妙玉讨雪后红梅时竟当众说："可厌妙玉为人，我不理他。"而懂她的人，彼此不需多言。宝玉去要红梅花，她出手大方，挑了一枝上好的与他，"……这枝梅花只有二尺来高，旁有一横枝纵横而出，约有五六尺长，其间小枝分歧，或如蟠螭，或如僵蚓，或孤削如笔，或密聚如林，花吐胭脂，香欺兰蕙，各各称赏。"

宝玉做的应景诗"访妙玉乞红梅"中，有一句正是"不求大士瓶中露，为乞嫦娥槛外梅"。把她比作嫦娥，当然是夸她的清冷美丽；另有微妙一层，嫦娥是独居广寒宫的。

嫦娥是寂寞的代言人。

三

贾母带刘姥姥去栊翠庵逛，见院里花木繁盛，便笑道："到底是他们修行的人，没事常常修理，比别处越发好看。"贾母是明白人，明白人无意间说了大实话：凡是能把花木打理得好的，差不多都是闲人，忙人有那心思还没那工夫呢！

妙玉的日常生活就是这样了吧：除了诵诵经烧烧香，只好修理修理花木，研究研究茶道，来打发漫长无聊的时间，她最不缺的就是时间。也就是只有她，舌尖上才能品出用雪水和雨水泡的茶有什么不同，不怪林黛玉没见识（不厚道地说，说不定真就没啥不同）。这种功夫，同小龙女被困绝情谷底十六年、练就在蜜蜂翅膀上刻字的绝技同属一类：不是太过寂寞，是绝对修不成的。

寂寞得狠了，逢到机会宣泄，便会失了分寸。

"宝玉品茶"，其实是妙玉显摆。

先是炫富：她请宝、黛、钗三人品茶，全用的是古玩奇珍的茶具，哪一样都是国宝级文物。宝玉才开玩笑说给他喝茶的绿玉斗是俗器，妙玉道："这是俗器？不是我说狂话，只怕你家里未必找的出这么一个俗器来呢。"宝玉连忙改了口气奉承："俗话说'随乡入乡'，到了你这里，自然把那金玉珠宝一概贬为俗器了。"妙玉听如此说"十分欢喜"，经不住宝玉这一捧，便找了一个"九曲十环一百二十节蟠虬整雕竹根的一个大盉"出来——这和小孩子常常一个人在家没人和他玩，见好不容易来了人，便恨不得把自己的高级玩具都拿出来显摆一遍，是一样的情形。

再是炫技。"……这是五年前我在玄墓蟠香寺住着，收的梅花上的雪，共得了那一鬼脸青的花瓮一瓮，总舍不得吃，埋在地下，今年夏天才开了。我只吃过一回，这是第二回了。"妙玉如此不厌其烦地细细描述：五年前、蟠香寺、梅花上的雪、鬼脸青的花瓮、埋在地下、今年夏天才开……跟王熙凤对刘姥姥讲"茄鲞的做法"有一拼。用十几只鸡配的茄子到底好不好吃、埋在地下五年的梅花上的雪泡的茶水是不是真好喝，这些并不重要了，要紧的倒是那烦琐复杂的过程，卖弄的就是那点唬人的优越感，用姿态昭示自己的不俗品位（另外心里还有气，下面再说）。

三是耍酷。刘姥姥用了的成窑杯子，她嫌脏不要了。宝玉赔笑叫她做了顺水人情给了刘姥姥算了，她还"想了一想"才说：幸而这杯子不是她自己用过的，否则就是砸碎了也不给刘姥姥。至于把话说得那么极端吗？无非是为了彰显自己喜洁的个性罢了。宝玉也是个没成算的，临走还讨好地说等他们走了，他派几个人抬几桶水来给妙玉洗洗地，这么一来，妙玉就更来劲了，更上一层道："这更好了，只是你嘱咐他们，抬了水只搁在山门外墙根下，别进门来。"一副"世人皆浊我独清"，把洁癖表演到极致的样子。

她被寂寞压抑得实在太久了，有机会作秀，便难免太过。过犹不及。

四

妙玉对宝玉，有着一种特殊微妙的感情。

宝玉过生日，身在佛门的她还送了一张贺帖，用的竟是粉红色的信笺，够大胆，却在笺上自称"槛外人"。这很矛盾。

那一纸粉笺是在含蓄地表达欲说还休的心事。而"槛外人遥叩"，是对自己身份清醒的认知和对与宝玉之间距离的划定。掩不住的淡淡的惆怅，无奈的故作清高。

面对这张帖子，宝玉很为难，不知该用何种措辞回复。太疏，怕伤了她的心；太近，又怕唐突惹恼了她。

后来还是听了邢岫烟的话，回帖上自称"槛内人"。

只能是这样了吧？槛内槛外，两种人生，遥遥相望，却无交集。

发乎情，止乎礼；起于好感，止于欣赏。他们之间的感情，比朋友多，比恋人少，是最难界定的第三类感情，退一步不舍，进一步不能，只有小心翼翼地保持。

邢岫烟对宝玉的态度很能说明问题，她先是"只顾用眼上下

229

细细打量了半日，方笑道：'怪道俗语说的"闻名不如见面"'，又怪不得妙玉竟下这帖子给你，又怪不得上年竟给你那些梅花。既连他这样，少不得我告诉你原故——"以岫烟对妙玉的了解，她看出宝玉是妙玉的"那盘菜"，完全符合妙玉对梦中情人的想象。因此，岫烟才肯帮宝玉。

妙玉的日子因为极度冷清，很难不视宝玉为感情生活的唯一寄托；而他的人生却很热闹，所以只视她当佛门里的红颜知己。算来，还是妙玉付出得多。多到她处处要"此地无银三百两"地去掩饰。

自称"槛外人"无疑是一种掩饰；还有一处欲盖弥彰：上一秒钟还兴奋地请宝玉喝茶的她，下一秒钟就忽然变脸，"正色道：'你这遭吃的茶是托他两个福，独你来了，我是不给你吃的。'"宝玉也是个乖觉人，马上油嘴滑舌地回道："我深知道的，我也不领你的情，只谢他二人便是了。"妙玉还煞有介事地说："这话明白。"其实他是只知其一不知其二，只道妙玉是要避嫌，却不知女儿家曲折的心事。

吃茶的时候，她有自己的私心，故意把自己平日吃茶的绿玉斗给宝玉用，可见视他亲近（或者借此间接亲近）。可恨宝玉不解风情，大煞风景地说她不公平，给宝钗和黛玉用的是奇珍，给他用的却是俗器。

此一回回目是"贾宝玉品茶栊翠庵，刘姥姥醉卧怡红院"。

那日在栊翠庵品茶的人那么多，况第一个品茶的人又是贾母，若要论拟回目，莫若拟成"贾太君品茶栊翠庵，刘姥姥醉卧怡红院"（正好用上两个老太太的名字），才显对仗齐整。可是回目里偏只提宝玉，可见他才是品茶的主角。

可是真正的主角品了茶，却还嬉皮笑脸地说"我也不领你的情"，这叫奉茶的人情何以堪？

黛玉不早不晚，恰在此时随口问了一句这茶水是不是雨水，妙玉瞬间发飙，冷笑道："你这么个人，竟是大俗人，连水也尝不出来。""你怎么尝不出来？隔年蠲的雨水那有这样轻浮，如何吃得。"是啊，她心里正不自在呢，正好恼羞成怒，借机把火撒了出来，还用"俗人"二字打击了黛玉的自尊。本来是兴兴头头被邀来喝体己茶的，却莫名其妙地被给了难看，黛玉只好很郁闷地走了，心里一定想：妙姑娘发的这是哪门子火啊？

这一节在场的共有四个人，有意思的是，却只有三个人说话，一个人自始至终沉默，未发一语，不是别个，就是薛宝钗。宝钗人情练达心性深沉，把妙玉的那点小心思尽收眼底，因此她只冷眼旁观，或者抿嘴微笑。宝玉是真糊涂，黛玉是很无辜，宝钗不说话，是心如明镜却只做看客，绝不掺和。最受伤的是妙玉，而且还是"内伤"。

后来贾母他们要走，"妙玉亦不甚留，送出山门，回身便将门闭了。"这"回身便将门闭了"的举动实在失礼，是人在气头上的表现，可见她有多伤不起。

对了，宝玉当时是在大竹海内吃的茶，是"妙玉执壶，只向海内斟了约有一杯。宝玉细细吃了，果觉轻浮无比，赏赞不绝"。到底也没有接过她的茶杯吃茶。他对她并无那么深的用情。

这也是关于命运的暗示。她终究还是寂寞。

尤三姐：他们何曾倾心过

一

常常有人为柳湘莲和尤三姐的错过扼腕叹息，其实，发生在他们之间的感情戏，差不多是一场误会连连的闹剧，只是因为结局的悲壮，一个自刎一个出家，才平地拔高了他们的形象。

没能真的在一起，才是这二位的福气。

柳湘莲本是世家子弟，因父母都死得早，导致他无人管教，不好好读书，养成了一身放浪习气，"酷好耍枪舞棒，赌博吃酒，以至眠花卧柳，吹笛弹筝，无所不为"。是个有点文艺范儿的浪荡子。虽然混迹于富二代、官二代之中，底气却很虚，他自己都说："……我一贫如洗，家里是没的积聚，纵有几个钱来，随手就光

233

的……"他家业上的"一贫如洗",可不是贾芸那样的先天不足,而是生生被自己败光了的。对于女子来讲,这种人因为"素性爽侠,不拘细事",做朋友、蓝颜倒还不错,但选做丈夫却是件很冒险的事,想要过现世安稳的日子,柳湘莲还不如贾芸可靠。

柳湘莲还是个个性十分复杂的人。

外号"冷郎君"的他,样子应该很像古龙小说里的那些冷面剑客。长身玉立,容貌俊美,姿态从容,举止潇洒,平时神情冷峻,偶尔展颜一笑却能夺人魂魄。喜欢在戏台上扮小生,风花雪月你侬我侬;等卸了妆行走于江湖,便是怀里抱着一柄长剑,背光而立,他看得见你,你却看不清他。来无影去无踪,行踪诡异,似乎身上背负着什么不能说的秘密。

他跟宝玉的一段对话,特别值得玩味。

宝玉说:"……知道你天天萍踪浪迹,没个一定的去处。"湘莲道:"……眼前我还要出门去走走,外头逛个三年五载再回来。"宝玉听了,忙问道:"这是为何?"柳湘莲冷笑道:"你不知我的心事,等到跟前你自然知道。我如今要别过了。"后来，宝玉想了一想，道："……只是你要果真远行，必须先告诉我一声，千万别悄悄的去了。"说着便滴下泪来。柳湘莲道："自然要辞的。你只别和别人说就是。"说着便站起来要走，又道："你们进去，不必送我。"

对于自己的行踪，柳湘莲讳莫如深，却话里有话，曹雪芹将这一回的回目拟为"冷郎君惧祸走他乡"，乍看以为是打了薛蟠后怕报复才逃跑的，实际上人家早都跟宝玉告过别了，打人只是临时起意，以他后来一人赶走一伙强盗的功夫，才不会怕薛蟠呢。那么他出走的真正原因是什么？如果是"惧祸"，他惧的"祸"到底是什么？这不得不让人联想到曹雪芹想写却不敢写的东西——时局政治。

柳湘莲明明在第四十七回才第一次出场，书里却说薛蟠自上次见过之后已对他念念不忘，很明显之前那部分已被作者有意删除了。《红楼梦》像一个巨大的迷宫，在每一个岔路口，不同方向的探索都会把人引入不同的天地。这里就此打住，只说人性。

教训薛蟠算是柳湘莲的重头戏。薛蟠误将他认作风月子弟，乱发轻薄之语，他气得"火星乱迸，恨不得一拳打死"，但却能忍了又忍。到忍无可忍之时，他也没马上失控，而是"早生一计"，将薛蟠哄骗至无人的郊外好好修理了一回后才人间蒸发。此举足见他心思之缜密。但是当后来路遇薛蟠有难，他毅然出手相救，是侠义之举。

可是当贾琏说要发嫁小姨子，薛蟠要给他做媒时，他的态度就有点太随性了。他说：我本来是想要找一"绝色"的，既然你们说了，我就听你们的吧。贾琏说：我小姨子你见了就知道了，品貌天下第一。他一听"大喜"，想都不想就听从贾琏的提议，将家传宝剑做了定礼。讲义气的人爱犯这样的毛病，就是朋友说什么都信，但是放在婚姻大事上未免太草率。

果然，他回去一寻思，觉得不太对劲了。特地来找宝玉打听底细，当宝玉恭喜他找了个"古今绝色"时，他马上警觉起来：你怎么知道？宝玉说在东府里和尤三姐相处了一个多月，柳湘莲凭直觉断定，尤三姐必定与东府里有染："这事不好，断乎做不得了……"别了宝玉，一径去了贾琏的小公馆，死活要反悔，斩钉截铁，没有回寰。

冲动之下擅自定亲，冲动之下又非要退亲，将满怀幸福憧憬的三姐重重抛入万丈深渊。正是他的两次冲动，酿成了三姐的自杀惨剧。

二

长得漂亮的女孩子，不见得会拥有漂亮的人生，她们的人生

K线图常常是高开低走。

尤三姐就是如此。她爹死得早，她娘改嫁时，她和姐姐被当拖油瓶拖进尤家。当非亲大姐做了贾珍的填房后，出身小门小户的她们，瞬间就被宁国府的富贵奢侈迷住了眼。贾珍贾蓉父子垂涎于她们姐妹的美貌，耍了点寻常纨绔爷们儿泡妞的手腕，将没见过世面的她们轻轻松松哄骗上了手。外加她娘是个糊涂人，又嗜睡，成天迷迷瞪瞪睡不醒，对两个女儿疏于管教，令她们在自己眼皮子底下就和珍蓉父子陷于聚麀之乱。在男人面前，尤二姐温柔多情，尤三姐却是无耻老辣，"仗着自己风流标致，偏要打扮的出色"，还要做出"万人不及的淫情浪态"，以哄得男子们迷离颠倒为乐。

年少无知的她，虚荣、轻浮，误将放荡当魅力，享受着男人给予的物质、感官双重刺激，失贞的同时，更是坏了自己女儿家的名誉，还扬扬自得，浑然不觉。

姐妹俩已到了适婚年龄，却因艳名远播，有头有脸的正经人家没人下聘，而围在身边的全都是狂蜂浪蝶，为的是从她们身上舀取一杯情欲之羹。等她们明白过来，一切都晚了：无论走到哪里，胸前已烙着无形却耀眼的红字。"做一个女人要做得像一幅画，不要做一件衣裳，被男人试完了又试，却没人买，试残了旧了，五折抛售还有困难。"尤三姐如果能在此之前穿越来读一读亦舒的这段话就好了。

237

是什么时候意识到，自己已经被正统世界抛弃了？应该是在贾敬死后，姐姐尤氏将她们接入宁府看家那段时日。周围人们好奇而鄙视的目光，背后的窃窃私语与指指点点，她们不可能察觉不到。连她们家的丫头们都敢当面说："……吵嚷的那府里谁不知道，谁不背地里嚼舌说咱们这边乱帐。"

尤三姐最先觉醒。而那个真正唤醒她羞耻心的人，正是宝玉。

宝玉有别于她之前结识的所有污秽男子。他们贪恋的是她的美色，用她自己的话说就是花几个臭钱拿她当粉头取乐儿，是玩弄的态度。而同为男子的宝玉却给予她从未体验过的尊重。

宝玉很绅士。贾敬的葬礼上，他们很近地站在一起，和尚们进来绕棺，宝玉不顾别人说自己"不知礼""没眼色"，执意站在她们前面，替她们挡着和尚，怕脏和尚们的气味熏了她们。自己用过的茶碗，说什么也不再让她们用，说是自己用脏了的，叫婆子们快去洗了再拿来。

这就是区别了吧，当他们一心想要肮脏地占有她时，他却小心翼翼地维护她身为女儿的清洁。尤三姐是个有悟性的人，她终于发现，从前经历的那些男人，跟宝玉比起来，实在太龌龊恶心了。宝玉为她的世界打开了一扇窗子，让她呼吸到了男女之间清新友爱的气息，这气息无关情欲，没有目的，善意而美好。

当贾琏趁机来撩拨她们姐妹时，二姐十分有意，她却只淡淡

238

相对。从此刻起，她已经开始作别从前的自己。

当她离开宁府，回头痛定思痛，痛不欲生。

她变相地发泄着自己的悔恨：把所有罪责都推到别人身上，迁怒于那些勾引过并还继续亵玩她的人，痛骂他们诬骗了她们寡妇孤女。在家里更是没命地"作"：挑吃拣穿，打银要金，要珠子要宝石，吃肥鹅宰肥鸭，不高兴了就掀桌子踢板凳，衣服不如意就拿剪子剪碎，撕一条，骂一句。作践别人也是在作践自己。倪萍当年在《日子》里悔悟前情时说的一句话放在她这里也最恰当："我把肠子都悔青了。"

客观上说，尤二姐的出嫁也刺激到了她。贾琏明知尤二姐的历史，却能既往不咎，一心待之，实在出乎她的意料。最开始并不看好这段姻缘的她，后来也心悦诚服地承认姐姐得了"好处安身"。可是，她的归宿在哪里？

她一定是暗恋宝玉的。当兴儿卖力地演说荣宁两府主要人等时，她忽然笑问：你们家那宝玉，平日除了上学还干点啥？语气貌似漫不经心，实则是感兴趣地打探。她姐姐打趣她时，她低头不语。她的心思周围的人都看得出来，但兴儿说：宝玉已经有了黛玉，那是已定了的事。更何况以尤三姐的出身名声，一定没戏，对没希望的事，不如说自己根本就不稀罕："我们有姊妹十个，也嫁你弟兄十个不成。难道除了你家，天下就没了好男子了不成！"

239

她说了：她稀罕的，是柳湘莲。

柳湘莲，据她自己说她喜欢了人家五年，这说法根本就不通。试问这五年来，哪有一边已经有了心上人，一边却不停地与姐夫外甥鬼混乱来的？

三

为什么是柳湘莲？

他是她急于要同宝玉撇清的挡箭牌，是她灵光一现时忽然认定的情感备胎，也是从实际出发，将周围见过的男人仔细筛选一遍后得出的最佳人选。

他是真正的美男子，在舞台上惊鸿一瞥的风姿令她过目难忘。这和天后王菲的观点有点类似：既然要选，就选个帅点的。她和柳湘莲在这上面倒是不谋而合，都是"外貌协会"的。

她选他，还因为看低了他。她对他的认知，就是一个串客。串客，用今天的话说就是非专业演员。在古代，戏子是非常下贱的职业，业余戏子的地位也高不到哪儿去。她自忖自家门第也应与他相距不会太远，在她后来同尤二姐的谈话中也证实了这一点。

还有一点私心在里面：她自己已然失贞，在她的判断里，唱戏的优伶们也是在风月场所里摸爬滚打的人，"乌鸦不嫌老鸹黑"，柳湘莲不应该嫌弃她。

以自己目前的条件，攀高了遭人耻笑，低就了自己不甘，柳湘莲就如同为她这样失过足的绝代佳人量身定做的一样。

尤三姐一开始有几分赌气，但是后来话一出口，说着说着连自己都当真了："我们不是那心口两样的人，说什么是什么。若有了姓柳的来，我便嫁他……等他来了，嫁了他去，若一百年不来，我自己修行去了。"还摔了一根簪子起誓："一句不真，就如这簪子！"然后非礼不动，非礼不言起来。

这太不靠谱了。柳湘莲人在哪里？是死是活？娶没娶亲？她一概不知。却口口声声要等人家回来，非他不嫁。难道只要她肯，他就肯了？这不叫痴情，叫偏执。

那根玉簪子清脆的断裂声，好似是在为尤三姐的一厢情愿加油打气。

没想到，守株待兔，兔子真就撞到了树上。不久后的某一天，柳湘莲送来一双鸳鸯剑，他要她做他的新娘。这难道是上天看在她诚心改过的份上，送给她的一大奖赏？

喜出望外的她把剑挂在自己的绣房床上，每日凝望，"自笑终身有靠"。她沉浸在美梦中，盼着他身穿红袍将她迎娶回家，自此一心一意过活，将前尘不堪一笔勾销，只羡鸳鸯不羡仙。

原来，这不过是老天同她开的一个大玩笑，他并不是度她的人。

他终于来了，不过不是迎亲，而是来退亲。

"凡过去的，从不会真正过去。"命运终究是没放她一马，"出来混，迟早要还的"。

最后的一条重生之路被彻底切断。"哀莫大于心死"，她用柳湘莲的利剑，割断了自己的颈动脉。

四

放在今天看，女孩子有一点堕落的前尘过往，虽不光彩，却也并不算十恶不赦的事。如果在娱乐界，或许会增加她的可看性，只要洗心革面重新做人，她仍然可以成为励志偶像被粉丝膜拜，怪只怪尤三姐生错了年代。更何况，正经说起来他们素未交集，没有一点感情做底子，他为什么要做"接盘侠"，替她无耻淫奔的过往买单？这应该是大多数人的看法。在尤三姐死后，凤姐不是说柳湘莲"还算造化高，省了当那出名儿的忘八"。价值观永远跳不出所在时代。

想不到的是，尤三姐的自杀，竟然为她的身后人生迎来了转机。她被柳湘莲认作了"刚烈贤妻"，并为她终身不娶，出家了。

一双鸳鸯剑，尤三姐用雌剑斩断了生命，柳湘莲则用雄剑斩断了尘缘，将"万根烦恼丝一挥而尽"，貌似可悲可叹，可歌可泣。

但是，细读这一节会发现：柳湘莲出家，也纯粹是一时冲动，他根本就没搞清楚真相。尤三姐死了没一会儿，顶多半天工夫，他就跟着跛脚道士走了。

书里说，尤三姐死后柳湘莲抚棺大哭，出了门昏昏默默，才想刚刚发生的事情："原来尤三姐这样标致，又这等刚烈，自悔不及。"悔恨、愧疚、遗憾，攫住了他的心。

他曾经扬言要找一绝色女子为妻的行为，多少有点像"淘宝"，被"店家"贾琏一忽悠，他"大喜"，不论出身，也不问品行，直接用家传宝物做抵押，下了"单"。当他发现尤三姐和东府里关系密切历史可疑，便坚决"撤单"。尤三姐也是：你要"撤单"，我就当着你面销毁。柳二郎瞬间被震蒙了，本以为对方是二三手的滞销货，这一来，误以为自己错失了限量版奢侈品。不心疼后悔才怪。

这才是最讽刺的地方：他到最后也没搞清真正的尤三姐到底是什么样子，糊里糊涂出了家。

如果柳湘莲和尤三姐顺顺利利地成了亲，他们会幸福吗？"瞒得过初一瞒不过十五"，他们那个圈子里哪有秘密？尤三姐的过往迟早会被他知晓，就算她已经改过自新，他能忍受她生命中那不堪的一段吗？一定不会。他心性本自多疑高傲，没有贾琏那么温厚有度量。那么，等待尤三姐的将会是什么？是被一身功夫的他时时拳打脚踢？还是"冷面冷心"的家庭冷暴力？抑或，干脆是一纸休书，将她遣返娘家？

张爱玲曾经在《十八春》里说："死了倒也就完了，生命却是比死更可怕的，生命可以无限制地发展下去，变的更坏，更坏，比当初想象中最不堪的境界还要不堪。"这么看来，死，对于尤三姐来讲，真是最好的归宿。

"一死遮百丑"，死去的她，将永存于他的想象中，冰清玉洁，一尘不染，是他最贞洁的妻。

《红楼梦》只有半部，却常常会让人突发奇想：当冲动型的柳湘莲有一天得知，尤三姐并不是自己想象中的样子，她的确与"东府里"的爷们儿不干不净过，他会不会为自己的出家不值？一咬牙一顿足，找个机会就还俗了？

世界上最美的爱情，都是结婚未遂的。对于尤柳二人之间的情感纠葛来说，的确是相守不如怀念。拂去文字的表层镀光，细究他们的情感本质，会发现他们何曾真正地倾心过？不过是尘世中一对庸俗的男女，各怀心事，想借别人的力量拯救自己，最后却赔得血本无归而已。这么解读一点都不美，但悲催的是，这是真相。

薛蟠：假如我娶了林黛玉

薛蟠这个不学无术的家伙，酒席上行酒令唱曲儿，行得乌七八糟，令人笑破肚皮；胸无点墨，请宝玉吃难得的四样新鲜奇馐，除了用手比画着说"这么粗，这么长""这么大""这么长""这么大"，再不会用别的词来形容了；有一次破天荒地称赞一幅画："画得着实好""好得了不得"——却原来是春宫，还把作者唐寅念作了"庚黄"；唯一一次和艺术能沾点边的行为，就是在虎丘山上让人用泥捏了个小像，和他自己一模一样，博得他妹妹宝钗莞尔一笑。纨绔外表之下，用甄嬛体说就是：真真的一肚子草。

这个人每次出场，似乎是专门给人添笑料，做冤大头的，他的生活基调说白了就是吃喝嫖赌，倒也活得简单快乐。人在背后叫他"薛大傻子"，和他博览群书、通透从容的妹妹薛宝钗一比，差了十万八千里，让人怀疑他是不是小时候发过高烧，把脑子烧坏了。

他还有一个诨名"呆霸王"。"霸王"当然是说他横行霸道为所欲为，加上一个"呆"字，则是指他头脑简单、做事不计后果。为了香菱打死了冯渊，扬长而去。可是得手不到几日，就把香菱看得"马棚风"一般了，甚至于后来拳脚相加，大施家暴。

薛蟠感情粗糙得像毛坯墙，在他的辞典里，根本没有爱情这两个字，他对女人的态度就如同对衣服，穿脱自如，弃换随意，喜欢就占有，不喜欢就弃至墙角。不管对谁从不走心，是典型的用下半身思考的动物，要不然也不会被柳湘莲痛打。美貌温柔的香菱跟了他，实在是白瞎了，也只有夏金桂那样的泼妇，才降得住他一二分。

宝钗有一次开玩笑说把林黛玉许给他哥哥。薛姨妈说：连邢岫烟那样的贫寒女儿，我都怕你哥哥糟蹋了他，更别提林黛玉了，快算了吧。"知子莫若母"，她太知道自己儿子了，不带这么坑人的。

不妨假设一下，如果有一天真的造化弄人，林黛玉阴差阳错地嫁给了薛蟠，会是什么样的情状？她的命运会不会和香菱一样悲惨收场？有人会为她捏一把汗。其实，"悲"是一定的，"惨"倒不至于。因为黛玉与香菱这两个女子，原本就不是一个段位的。

从香菱的角度看薛蟠，是仰望；换了林黛玉看薛蟠，那就是俯视。香菱是薛蟠的妾，她与他的关系是依附；黛玉则是明媒正娶的正妻，她跟薛蟠，不论从哪方面来看，都称得上是下嫁。

首先，论门第。香菱是个打小就被人贩子拐卖了的孤儿，父母原籍一概不记得，像牲口一样被人转了好几次手。漂泊无依，身份低贱，像颗被风吹到哪儿算哪儿的草籽儿。而林黛玉的祖上却袭过四代列侯，"虽系钟鼎之家，却亦是书香之族"。父亲林如海是前科探花、兰台寺大夫，圣上钦点的巡盐御史；母亲贾敏是荣国府千金。黛玉的出身显赫高贵，与香菱有着云泥之别。虽说父母双亡，却有外祖母家撑腰，已后继乏力的薛家能娶到黛玉，已算是高攀，自是不敢怠慢。绝不会像香菱那样，被薛蟠当出气筒殴打以后，薛姨妈在伤心气恼之下，叫喊着要找个人牙子来，把她卖掉，"大家过太平日子"，令她有冤无处诉。门第观根深蒂固自古就有，有黛玉这样出身的太太，对薛蟠而言已是一个大大的虚荣，他再想犯浑，也得好好掂量着点儿。

　　其次，论外貌。据说香菱有点"东府里大奶奶的品格儿"，美貌堪比秦可卿，如非这样，也不会让薛蟠看上，为了她闹出人命官司来，在五官身材上应该是不逊于黛玉的。美固然是美，但在气质上是没法与黛玉相提并论的。"世外仙姝"林黛玉身上的那种冰清玉洁的仙气，连文艺青年宝玉都心醉神迷，在《红楼梦》里无人能出其右。薛蟠第一次见到林妹妹时，简直是惊若天人。他本来是担心香菱在混乱之中被人臊皮的，一抬眼却瞥到了林黛玉"风流婉转"，不由"酥倒在那里"。"风流婉转"这四个字，可不是人人

247

都当得起，它更多指的是人的气质，黛玉身上所特有的那种楚楚动人的娇弱，与不食人间烟火的灵气交织在一起，形成了一种特殊的吸引，是旁人无法复制、也复制不来的。

的确，薛蟠的生活中从来不缺美女，但是黛玉这样的女子他却从没见过。成天在风月场所打滚，他见得最多的，无非就是妓女云儿那样曲意逢迎百般献媚的。乍一见林黛玉，后者出尘脱俗的气场先是慑住了他。"物以稀为贵"，他在心里先入为主地将之奉为了神明，绝不敢随意唐突。

再次，论才华。薛蟠大字识不了一箩筐，更别提谈古论今、填词作诗了；林黛玉却是饱读诗书，才华过人。如果命运将这二位圈禁在一起，共同语言自然是没有的，精神上完全无法交流；但是，这种内涵上的差距，会让水平低的那一方自惭形秽，进而膜拜水平高的那一方。想象黛玉出口成章之时，薛蟠一定会不知所云，就像对牛弹琴，他哪里还有在呆香菱面前的优越感？只好傻笑着任由黛玉鄙视他了。

最后，说秉性。林黛玉性格的各色是公认的，忽而恼了，忽而哭了，忽而病了，忽而不理不睬了，面对这样一个易碎的水晶人儿，连最会哄女人的宝玉在她面前都常常一筹莫展，更何况薛蟠这样的大老粗？然而，对大多数男人而言，有点个性的女人才可爱，就像啃排骨一样，乐趣全在那点得来不易的过程里，这就是犯贱的人性。香菱之所以那么快失宠，就是因为太过温驯，幼时的坎坷经历令她的行动举止缩手缩脚，外加有点呆，让薛蟠早早吃定了她。倒是后来过门的夏金桂，反而凭着刁蛮的脾性拿捏住了薛蟠。说点题外话，二小姐迎春倘或少上一二分懦弱，也不会被孙绍祖虐待致死。欺软怕硬也是人的劣根性。

　　黛玉这种最让人轻不得重不得的小性子，也是薛蟠之流从未见识过的。不同于夏金桂的撒泼耍赖，更不同于香菱的逆来顺受，黛玉的小脾气恰似黄蓉的兰花拂穴手，轻轻一点，就将薛蟠这样的纸老虎制住了，浑身的蛮力使不出来，只有干瞪眼的份儿。他哪里还敢像对香菱那样拳脚相加，对夏金桂持刀欲杀的招数更是用不上了，在生气流泪的黛玉面前，恐怕只有抓耳挠腮、磕头作揖赔不是，却不知道自己错在哪儿的份儿了。黛玉还有两道护身符，就是宝钗的保驾护航和薛姨妈的偏袒疼爱。设若薛蟠惹了黛玉，薛姨妈定会这样狠狠骂薛蟠："如今娶了亲，眼见抱儿子了，还是这样胡闹。人家凤凰蛋似的，好容易养了这一个女儿，比花朵儿还轻巧，虽说是外孙女，老太太却看得比亲孙女还金贵。原是看在几家子亲戚的份上，才许了你做老婆。你不说收了心安分守己，一心一计和和气气过日子，反倒这样胡闹，折磨人家，这会子花钱吃药白糟心倒罢了。她自小身子骨就弱，倘或真气出个好歹来，怎么跟人家祖宗交代？"说着落下泪来——长此以往，薛蟠即使有理也会矮三分，地位江河日下,迟早也要沦为"床头跪"一族,恐怕比娶了夏金桂还惨,想想也挺可怜。

人只道薛蟠如若娶了林黛玉,是糟蹋了后者,的确,他配不上她。黛玉会活得很痛苦,其实薛蟠何尝不是活受罪,因为面对这样高不可攀的"仙女儿",薛大爷会变得很低很低,一直低到地缝里去。

北静王：我才是黛玉的真命天子

一

读《红楼梦》的人大概都会对这个情节记忆犹新：林黛玉从苏州葬父归来，宝玉忙不迭把前两天北静王水溶赠的鹡鸰香串拿出来"珍重"送她，可是林黛玉却掷而不取："什么臭男人拿过的！我不要他。"

这个节点其实是一个起点，林黛玉婚恋之路的起承转合就此启动。

转赠这样的事宝玉干了不止一回。二十八回，他和蒋玉菡相见恨晚，可是一转身，就把蒋玉菡赠他的汗巾子转赠给了袭人，袭人后来的结局是跟了蒋玉菡。曹雪芹既然会安排宝玉用一条汗巾子把蒋玉菡同袭人联系起来，那么让宝玉把水溶的一串珠子转赠黛玉绝非偶然。

水溶在第十五回出镜，只有几分钟却惊艳绝伦："头上戴着洁白簪缨银翅王帽，穿着江牙海水五爪坐龙白蟒袍，系着碧玉红鞓带，面如美玉，目似明星，真好秀丽人物。"气度不凡，言辞高妙，给了宝玉一串御赐珠子做见面礼。

在《红楼梦》里，但凡肯舍点笔墨描写外貌衣着的人物都不是凡品，水溶这么闪闪发光的人，怎么可能只是个打酱油的？这本书丢了后四十回，许多精彩的故事被截掉了尾巴，高鹗狗尾续貂终归不像，把水溶给写丢了。

曹雪芹用心良苦，从转赠串珠开始，已在把故事一点一点慢慢堆积。针对林黛玉不收串珠，脂砚斋在后面批道："略一点黛玉性情，赶忙收住，正留为后文地步。"思维缜密处处伏笔的老曹，从不写废话，每一个人的出场每一句话的道出都不会无缘无故。

关于水溶，曹雪芹一定会

浓墨重彩地写。

二

宝玉梦游太虚幻境时，一曲《枉凝眉》早已将黛玉的婚恋大概交代清楚了。

曹雪芹用十一首判词、十二支曲子对金陵十二钗的命运一一做了概述。其中，钗黛合用一首判词，但与之对应的曲子顺序纹丝不乱。钗黛判词第一句"可叹停机德"指德行出众的宝钗，第一首曲子《终身误》描述的正是宝钗嫁给宝玉，陷入貌合神离的婚姻；判词第二句"堪怜咏絮才"指黛玉，而对应的第二首曲子《枉凝眉》便是黛玉婚恋正传——"一个是阆苑仙葩，一个是美玉无瑕。若说没奇缘，今生偏又遇着他；若说有奇缘，如何心事终虚化？一个枉自嗟呀，一个空劳牵挂。一个是水中月，一个是镜中花。想眼中能有多少泪珠儿，怎经得秋流到冬尽，春流到夏！"弥漫着悲苦之气。

这首曲子吟唱的正是神瑛侍者和绛珠草的前世今生。前生，绛珠草受神瑛侍者灌溉之恩，后来修成女体人形，为了报恩，她说：我受了人家甘露之恩，可我并无此水可还。他要做人，我也去做人，用眼泪还他好了。这二位便一先一后投胎来到人间，绛珠仙子转世为林黛玉，等待机会还报神瑛侍者上一世的恩情。

传统认为曲子里写的正是宝玉和黛玉之间的事，换言之就是认为宝玉即神瑛侍者，这不通，因为宝玉根本不是"美玉"，"美玉"另有其人。第一回里说得很清楚：宝玉的前身就是一块女娲补天剩下来的石头，他苦苦央告僧道两个神仙帮他投一次胎，去富贵温柔乡里享受几年。那两位才作法把这块巨石真身幻成一块扇坠大小的玉石，正反面都刻上字来抬高他的身价，称呼他为"蠢物"。这块石头的故乡在大荒山青埂峰下，和仙界差了十万八千里。

第五回宝玉初次随警幻去太虚幻境时，几个仙姑还抱怨警幻：不是说去接绛珠妹子吗？怎么把这"浊物"接来了？和那两位僧道对他的称呼类似。如果他真是神瑛侍者，那几个仙姑见是故人来，怎么会那么嫌弃？

连高鹗都弄错了，在伪续的第一百一十六回，他写贾宝玉回到太虚幻境，仙姑们称宝玉为"神瑛侍者"。大错特错不说，还误导了后来者。

主角都搞错了，关系当然难以自圆其说，各种解释都似通非通，引出不少口水仗。专家们考证的、索隐的忙着各说各话，不断派发各种新的论断，连刘心武先生都加入进来，他认定了这曲子写的不是宝玉和黛玉，却认作是妙玉和湘云。

没搞清楚"美玉"是谁，难怪《红楼梦》后四十回大结局研究就此陷入迷宫，怎么都找不到出口。

三

最靠谱的研究也许应该是"以本为本"：认真读原著。书中种种其实都在不断暗示读者：北静王水溶才是真正的神瑛侍者转世，人家才是林黛玉的真命天子。

"枉凝眉"首句"一个是阆苑仙葩，一个是美玉无瑕"。明明白白所指这两个人正是来自该段风流公案。"仙葩"是绛珠草黛玉，"美玉"简称为"瑛"，正是绛珠草要报恩的神瑛侍者。在《红楼梦》里，唯一被用"美玉"两个字形容过的男子只有水溶，曹雪芹写他"面如美玉"，而水溶出身高贵，从外在至谈吐再至涵养，十分完美，称其为"美玉无瑕"名副其实。

"一个是水中月，一个是镜中花。"水溶的名字里恰好有"水"字；"月"很容易令人想到古诗"梨花院落溶溶月"。老曹喜欢借字或隐字，用"月"字代替了"溶"字，水中月就是"水溶"。"镜中花"指曾写诗以花自喻的林黛玉，又有后文"菱花镜中形容瘦"。水月镜花亦是指二人的姻缘难以长久。

这两个关键点，基本上的指向都是北静王水溶。

还有，黛玉住的潇湘馆院子里遍植翠竹，她又爱哭，探春便给她起了个雅号"潇湘妃子"——"潇湘"与"水"有关，"妃子"是只有嫁予王室的女人才能用的称号，连缀起来就是"水氏王爷的妃子"。而潇湘馆的原名偏偏叫"有凤来仪"，只有皇族的妃嫔才能称之为"凤"，所以脂砚斋在这里批："果然，妙在双关暗合。"

这样一来，探春掣花签时，众人笑道的"我们家已有了个王妃，难道你也是王妃不成"里所说的王妃就不是指元春（因为她是皇妃），而是暗指嫁给了北静王水溶的黛玉。

四

水溶和黛玉，他们婚后过得怎么样？

终身误，枉凝眉，光看这两个题目就知道是在感叹造化弄人：四个璧人，两对夫妻，阴差阳错地结合，误了终身，枉自凝眉。如同宝玉和宝钗一样，黛玉和北静王过得也并不幸福。

宝玉两次转赠物件时，当事人反应大不相同。袭人，虽不乐意系蒋玉菡的汗巾子，将之扔在箱子里，但毕竟没有拒绝。如同最后与蒋玉菡的结合，终归是从了。

而林黛玉，她连看都不看，一下扔出老远，坚决不沾手，这是在暗示她压根儿不会接受水溶。绝不媚俗的世外仙姝，管你是什么王爷，一律叫"臭男人"！不知道以水溶的涵养，若亲耳听到林美女说这句话，会是什么样的反应，是愠怒还是哑然失笑？

宝玉还向黛玉转赠过一次北静王的东西。天下大雨，宝玉头戴斗笠身穿蓑衣来找黛玉。黛玉说你怎么活像个渔翁？宝玉说：这是北静王送我的，下雨了他在家里也这么穿，要不我把这帽子送你戴？黛玉说：我才不要，要不成了渔婆了！说完又觉得不妥，"羞得脸飞红，便伏在桌上嗽个不止"。渔翁渔婆是夫妻，黛玉将自己与宝玉联系起来，才害羞不已。其实宝玉只是个冒牌的"渔翁"，他的这身行头是从"真渔翁"北静王那里得来的。

林黛玉与北静王从未谋面，但是命运已经将他俩丝丝缕缕地捆绑在了一起。

"若说没奇缘，今生偏又遇着他；若说有奇缘，如何心事终虚化"，这是慨叹缘分的奇妙，也是在质问感情的不可捉摸。是啊，世界这么大，为什么我们偏偏又再次相遇？既然遇都遇上了，为什么最终心愿却成空？——这就是水溶的困惑。

他们之间是怎样相处的？"一个枉自嗟呀，一个空劳牵挂"，"枉自嗟"的是林黛玉，因为在第六十三回中林黛玉掣的花签上题着一句旧诗"莫怨东风当自嗟"，与曲子上遥相呼应。黛玉嫁了水溶后成天长吁短叹，转世为人的绛珠仙子，在这一世已经爱上了贾宝玉，哪管他水溶"空劳牵挂"。

宝玉和蒋玉菡等人吃酒时，大家唱曲子助兴，每个人唱的都是自己心爱女子的模样。蒋玉菡爱的女子"天生成百媚娇"，即"柔媚娇俏"的袭人；而宝玉歌声中的女子却是愁眉不展："……睡不稳纱窗风雨黄昏后，忘不了新愁与旧愁，咽不下玉粒金莼噎满喉，照不见菱花镜里形容瘦。展不开的眉头，挨不明的更漏……"这分明就是林黛玉嫁给水溶以后的写照，虽然锦衣玉食却郁郁寡欢。宝玉的酒底用了一句古诗"雨打梨花深闭门"，正好与前文借用的故事"梨花院落溶溶月"在"梨花"上巧合。也许在水溶的王府府邸里，恰好栽植着梨树，林黛玉就住在梨花掩映的深深庭院里，将心与门一起深锁。曹雪芹心细如发，在书中埋伏了千丝万缕却纹丝不乱的伏笔，令人惊叹。

第七十六回，湘云和黛玉中秋联诗，湘云的上句是："药经灵兔捣"，黛玉"不语点头，半日随念道"，吐出了别有深意的一句："人向广寒奔。"广寒代指月亮，还是暗指水溶。在诗的最后两句，她们借联诗，各自联出了自己命运的收梢。

湘云吟："寒塘渡鹤影"，"鹤"即"只爱打扮成个小子的样"显得"鹤势螂形"的湘云，她在贫寒中苦挨过岁月。

黛玉吟："冷月葬花魂"，这一句与"枉凝眉"对应，月即"水中月"，花即"镜中花"。也就是说：她死后，是水溶安葬了她。或者是说，林黛玉死在水溶手里。

这样的结局，触目惊心，不忍卒读。

水溶其实开始是有王妃的，北静王妃还在七十一回出场过，来为贾母贺寿，还送了黛玉们几样见面礼。那么最可能的解释就是，黛玉就是水溶的继妃或者侧妃。

以水溶的人品，待黛玉不会不好，可惜黛玉嫁给他后，成天哭哭啼啼以泪洗面。《枉凝眉》中说："想眼中能有多少泪珠儿，怎经得秋流到冬尽，春流到夏！"这就应了绛珠所说用眼泪来偿还人家灌溉之恩的话。"欠命的，命已还；欠泪的，泪已尽。"他们的婚姻，以黛玉泪尽而亡收场，还真是一段孽缘。

五

那宝玉和黛玉的"木石前盟"从何而来？

在第三回宝黛初见时，黛玉开始还想："倒不见那蠢物也罢了。"（又提"蠢物"二字，可见并非偶然）待见到时，彼此都觉得十分眼熟，由此可见他们在上一世是有过交集的。

不妨还原一下旧时光景，当日这一僧一道听说神瑛侍者和绛珠仙草已在警幻案前挂了号，不日将下凡投胎，便也去警幻宫中讨个顺水人情，让她捎带着把这通灵顽石也一块投了。也就是在警幻宫中，这块顽石才得以与绛珠仙草初次见面，彼此十分投缘。在转世之前，他们定下了一个诺言，说好下凡投胎后还要在一起云云。"木石前盟"当由此而来，只是曹雪芹没来得及揭晓而已。

果然，上天安排他们做了表兄妹，后又得以相聚，朝夕相处，青梅竹马，耳鬓厮磨，遂日久生情，相爱至深。前世的绛珠仙子与神瑛侍者之间，那是不得不还的恩情；而今世的林黛玉与贾宝玉之间，却是结结实实的爱情。

可恨"分离聚合皆前定"，命运不为所动，没有因为他们生发了爱情而网开一面，依然按照原先的剧本一步步上演，北静王赠珠便是这不动声色的开端。这串珠子偏偏又叫"鹡鸰香珠"，鹡鸰是一种鸟，除了喻义兄弟外，另一种象征便是"爱情的使者"。

宝玉不会知道，他糊里糊涂间竟然向爱人传递他人信物，一而再地当媒人。而黛玉更不会知道，她嘴里的这个"臭男人"，正是她未来的夫婿。

当所有的结局尘埃落定，再回望来路，不免令人目瞪口呆，充满了荒诞感：黛玉和袭人，宝玉生命中最重要的两个女人，在冥冥中，竟由他自己的手，以一种雷同的象征手法，转交给了所结交的两个男人，这剧情狗血而残忍。

袭人跟了蒋玉菡后，小日子过得心满意足。可悲的是林黛玉，纵然已贵为王妃，却仍然放不下那个难成大器的贾宝玉，憔悴哭泣而死。曹雪芹如此洞悉爱情的特质：爱就是没道理可讲。真正爱上一个人的时候，你不会计较他的身份弱点和缺陷，你就是爱他，别人再好也无法代替——即使后者是曾有恩于你，公认的世间最好的男子，也不行。

秦可卿：给世界一个旖旎的背影

一

秦可卿是曹雪芹写得最纠结的一个人物。

写她时，他一定换过多种表情：迷醉地写，尴尬地写；微笑着写，哭泣着写；小心翼翼地写，豁出去了写……却怎么写都不对。他一会儿躲躲闪闪，欲言又止；一会儿指东打西，欲遮还露，叫人看着都替他累。当他终于决定痛快地写，等搁下笔抬起头，一想到世人的目光，他又不自在了，于是——撕了重写。就这样：写了撕，撕了写，到最后都没能交出一个成型的秦可卿。

因为作者的早殁和他写作态度上的不坦然，秦可卿这个人便成了一个云山雾罩的谜，引得后世人们费尽周折地猜测探轶。她的出身，到底是弃婴还是皇族；她的死亡，究竟是自杀还是生病致死；而她真正的死因，是迫于政治，还是人言可畏的伦理丑闻？

曹雪芹，他根本就是心里有鬼。

《红楼梦》曾被过度解读，以至一度陷入了考证、索隐的烂泥坑中。如果回归作品本身，尝试着从字里行间八卦一下人物关系，未尝不是一种更靠谱的方法。谁叫《红楼梦》这本书，用胡适的话说：本就是一部"带一点自传性质的小说"呢！

写小说的人，特别是写这种有点"自传性质"小说的人，写别人时大都理直气壮，关乎自己时，就算主人公已改名换姓，碰到不足为外人道的隐私过往时，任谁也会心虚吧？自传这种东西，虽是写自己的，到底也是要给别人看的，出于自我保护的人性心理，谁都做不到百分百的诚实。读自传正确的态度应该是：不可不信，更不可全信。

所以，明白了这一点，再来解读宝玉与可卿的关系，一切疑点均迎刃而解。

二

护花主人曾说"宝玉初试云雨情"那一段，"其实是'二试'，读者切勿被瞒过。"意思是：他的初试，应该是和秦可卿。

后世的读者们，对于宝秦二人之间的这桩迷案，分为两派各执一词，甲方觉得秦可卿只是宝玉的性幻想对象，越轨之事不大可能；乙方则认为没那么简单，他们之间必有事实，但苦于没有确凿证据。

真相到底是什么？

曹雪芹如果在天有灵，一定会躲在文字后面狡黠地笑：我不直说，让你们猜。

真相，就藏在字里行间。

在那个梅花盛开的初冬午后，宁府的会芳园里，人们喧笑赏花，品茶饮酒。而就在离此不远，一间香艳奢靡的卧房里，本来是去午睡的宝玉，在男女之事上开了蒙。

当这位风流袅娜的年长侄媳，殷勤地"展开了西子浣过的纱衾，移了红娘抱过的鸳枕"，让众奶母款款散了，只留袭人、媚人、晴雯、麝月四个小丫鬟为伴。吩咐小丫鬟们在廊檐下好好看着"猫儿狗儿打架"时，事情的走向便开始扑朔迷离起来。

后面发生的一连串事情，曹雪芹说了：那都是梦。

可是，梦里说了，警幻仙姑为了叫宝玉明白男女之事无非如此，说：把我妹妹送你，见识过了后还是好好读书上进吧，要知道，你肩负的家族担子还很重。而她妹妹的名字，不偏不倚就叫：可卿。

教习宝玉云雨之事的课程，系由警幻言传，可卿身教，这姐妹二人倒是分工明确。有没有这种可能：警幻姐妹二人的原型，原本就是同一人，是曹雪芹故意将之一分为二写成了两个人。这种创作手法并不新鲜。

而这个原型，不是别个，正是秦可卿。

警幻曾转述宁荣二公的话：我们家的确是富贵显赫，"虽历百年，奈运终数尽，不可挽回者"。秦可卿死后第一时间托梦给凤姐时，也说："我们家赫赫扬扬，已将百载"，要谨防乐极生悲。凤姐问有没有"永保无虞"的法子。秦氏冷笑：你真傻。荣辱复始这是客观规律，哪里是人力能为的？两相对比，就会发现警幻和秦可卿的观点惊人相似。不只如此，连说话的语气都如出一辙，警幻在同宝玉交谈时，面对提问也屡屡冷笑，态度居高临下。

创作从来都是主观的，再努力地涂抹，潜意识里的东西总会下意识地泄露。

三

　　秦可卿的判词里说："情天情海幻情身，情既相逢必主淫。"有人认为这是影射贾珍，其实，这更像是暗示秦可卿与宝玉之间的关系，说难听点，是在为宝玉开脱：男女两情相悦，必然会有肌肤之亲，这是很自然的事情嘛。后面两句："漫言不肖皆荣出，造衅开端实在宁。"这简直就是自我撇清了：流言四起，都说是荣国府某人的行为不端，其实才不是咧，都是他们宁国府人惹的事啦！这四句话的上方，是一个美人悬梁自尽的画像，酷似案发现场照片，而这四句话，仿若曹雪芹替宝玉起草的当庭辩护：她的死，真的和我无关。

　　在秦可卿的判曲里，曹雪芹也不忘再次强调："家事消亡首罪宁。"这些急不可待的指证，与他一贯悲悯的文风大相径庭。就算秦可卿之死贾珍脱不了干系，宝玉和秦可卿之间，真的是清白无染吗？

　　读《红楼梦》，谁都权威不过脂砚斋，且看这个问题她（他）怎么看。宝玉从太虚幻境的梦中被吓醒时，嘴里喊的是："可卿救我。"曹雪芹写的是，秦可卿听了，便纳闷："我的小名这里从没人知道的，他如何知道，在梦里叫出来？"在甲戌校本上的这

266

一句话里，脂砚斋就批注了两回。在"没人知道"后，脂砚斋说："'云龙作雨'，不知何为龙？何为云？何为雨？"指作者有意迷惑读者。在这句话后面，脂砚斋干脆批："作者瞒人处，亦是作者不瞒人处。妙妙，妙妙！"

看到这里，谁还能说：宝玉对秦可卿，只有意淫？

这种此地无银三百两的写法，在书里还有多处。

在第七回，焦大醉骂那一节，也是如此。焦大喝高了，对贾蓉说：你少在我面前充主子，把我逼急了，我就"红刀子进去白刀子出来"。很明显红白二字说反了，这是作者故意卖的破绽，是给之后那一句"唬的魂飞魄散"的话做铺垫："爬灰的爬灰，养小叔子的养小叔子"。醉汉说话颠三倒四，能把"白刀子进去红刀子出来"说成"红刀子进去白刀子出来"，当然也能把"养小叔叔"说成"养小叔子"。再说，若把秦可卿放在和贾珍持平的辈分上，宝玉可不正是她的"小叔子"？

紧接着，曹雪芹故技重施，又急着掩盖了一下，他安排宝玉很傻很天真地问凤姐儿：姐姐，什么叫"爬灰"？倒显得他很无辜似的。

秦可卿病了后，宝玉随凤姐去探视，看着面前这位憔悴的美人，不由忆起当日在这间卧房里发生的事，如"万箭攒心"，哭个不停，反倒要凤姐劝解，最后还是贾蓉把他带走了。个中滋味，恐怕只有宝秦二人自知吧?

秦可卿蹊跷骤死,宝玉闻之,"心中似戳了一刀的不忍,哇的一声,直奔出一口血来"。如果秦氏跟他没有特殊关系,就算他是个多情种,反应又何至于如此强烈?不说别的,书里因他而死的女子就有金钏儿、晴雯。金钏儿死后,他找了个地方撮土为香,随便拜了拜;与他朝夕相处的晴雯死了,他最关心的也不过是对方临终前喊的是谁。在全书中,能让他为之心碎吐血的人,只有秦可卿一个,黛玉还是后话。她占有着他心里独一无二的位置,只是"不可说,不可说,一说便是错"。于是他只能笑着对袭人掩饰:"不用忙,不相干,这是急火攻心,血不归经。"

看来,当日所谓的"太虚幻境"梦游只是托词,真实的经过应该是:风情万种的美丽少妇,给懵懂饥渴的美少年,手把手上了人生中销魂的第一课。刺激,美妙,不道德,隐秘而危险,令他想忘不能忘,想说不敢说。只是,他不知道,该给他们之间的关系,下一个怎样的定义?而对这个女人私生活的不检点,以及由此引发的悲剧收梢,他真的没想好怎样评判,只好借曲子说:"宿孽总因情"。

曹雪芹对秦可卿的感情有多复杂,写起她来就有多迟疑。

她香消玉殒,在今生的回忆里,只留给他一个旖旎的背影。

黛玉：我其实不好妒

人都说黛玉小心眼，好妒，其实很冤枉她。说到好妒，她及不上袭人的一半。可是后者落了个"贤人"之名，她却戴了个好妒的帽子。没办法，谁叫她不肯伪装。

只说几件事，就知道她到底好不好妒。

宝玉在清虚观张道士那里看见有一个赤金点翠的麒麟，和湘云佩戴的一样，连忙揣在怀里，又怕别人发现，"拿眼睛飘人""只见众人都倒不大理论，"惟有林黛玉瞅着他点头儿，似有赞叹之意"。明知道是宝玉偷了留给湘云的，这"点头儿""赞叹之意"哪里是好妒之人的做派？

晴雯死了，宝玉写了一篇祭文，刚泣涕读完，发现黛玉正在芙蓉花后静听，按理说，至少应该有些不悦，可是黛玉"满面含笑"，十分理解，还把原稿拿来，提了些修改意见。相比之下，袭人在晴雯将死，宝玉把晴雯比作海棠花时说："那晴雯是个什么东西……他纵好，也灭不过我的次序去……"不管她本意如何，这话实在太不厚道，不像她一贯的做派，实在是"妒"从心起的表现，和黛玉截然相反。

袭人因表忠心有功，一下子得了王夫人的信任，从此步步为营，在正房还未确定人选之时，自己先坐定了"花姨娘"的位子。第三十六回王夫人亲自嘱咐凤姐"以后凡事有赵姨娘周姨娘的，也有袭人的，只是袭人的这一分都从我的分例上匀出来"。这一回中黛玉出场了，她是和湘云来跟袭人道喜的。况且，黛玉早就和袭人半开玩笑地叫"好嫂子"了，袭人不让"混说"，黛玉却笑道："你说你是丫头，我只拿你当嫂子待。"可见，对封建社会家庭里固有的纳妾制度，她在心里已然是接受的。

黛玉从来没有限制过宝玉的日常交往，即使对"琪官"事件，也未听她对宝玉有过一句质问，在宝玉挨打之后只含泪叫他"改了吧"。其实这种事是经不起细寻思的，越寻思越恶心，否则贾政也不会气到差点把宝玉打死。她爱宝玉，一个性本喜洁的大家闺秀，爱到可以不计较宝玉的那些臭毛病。越过形式，她只想拥有宝玉的一颗真心，并希望能与之共度一生，获得幸福与安定，这个要求不过分。和宝玉因为张道士做媒之事吵闹，其实气的是张道士跟贾母拿宝玉当出气筒。吵闹，不过是他们爱情菜的芥末面而已，呛得流泪，自有其中真趣。

她真正忌讳的人也许只有一个，就是薛宝钗。宝钗的家世，宝钗的美貌，宝钗的品格，宝钗的才学，更有"金玉之说"，无不让她感到莫大的压力。宝钗，成了她心理的巨大阴影。

她知道自己赢不过宝钗，因为宝钗"不是一个人在战斗"，人家背景太强大了。在这场婚姻争夺战中，她的战友只有她外婆和她的丫鬟紫鹃，和宝钗的力量悬殊太大。她清楚宝玉的婚姻由不得他本人做主，可是又无可奈何，只好动不动发点小脾气宣泄一下。外人看不懂，只道她小心眼儿，可宝玉却甘之若饴，他懂：她只是"不放心"。

黛玉最经典的一句话，也许就是对宝玉说的："我很知道你心里有'妹妹'，但只是见了'姐姐'，就把'妹妹'忘了。"说穿了她的心事。

设若每个人处在黛玉的位置，黛玉的年纪，都不见得会比她做得好到哪儿去。

黛玉其实不好妒，她所为昭示了一点：在爱情里，我不一定非要做你的唯一，只要做你的第一。

宝玉：那一句温柔的"你放心"

宝玉和黛玉是一对欢喜冤家。

连老太太都说"不是冤家不聚头"，初次见面，宝玉就因为黛玉一句"想来那玉是一件罕物，岂能人人有的"，便把命根子狠狠掼到了地上，两人的初次见面竟然以哭闹收场。

以后的日子，更是大吵三六九，小吵天天有。湘云说黛玉长得像戏子，宝玉怕黛玉生气，给湘云使了个眼色，让林黛玉瞅见了，不依不饶，连门都不让他进，并说"你不比不笑，比人家比了笑了的还利害呢"！又质问他为什么给湘云使眼色，气得宝玉干瞪眼。张道士给宝玉提了一下亲，黛玉还没说什么，宝玉倒敏感得不得了，说"我白认得了你"。黛玉一急，也说了带刺的话，两人越吵越凶，最后宝玉又砸了自己的玉，"脸都气黄了，眼眉都变了"，黛玉哭得是脸红头胀，又是汗又是泪又是吐，都觉得对方还不如别人理解自己。此外还有"剪香袋""悟禅机"等等吵架事件，不一而足，总是不消停。

离不开又见不得。一日不见，如隔三秋。见了面又开始闹别扭，过后又后悔，然后和解，当然，一般情况下是宝玉主动求和。好不了两天，又因为一件小事再争吵，再生气，再后悔，再和解……周而复始，乐此不疲。

为什么吵？最了解他们的莫过于曹雪芹，他在书中说得很清楚：宝玉"早存了一段心事，只不好说出来，故每每或喜或怒，变尽法子暗中试探。那林黛玉偏生也是个有些痴病的，也每用假情试探。因你也将真心真意瞒了起来，只用假意，我也将真心真意瞒了起来，只用假意。如此两假相逢，终有一真。其间琐琐碎碎，难保不有口角之争。""两个人原本是一个心，但都多生了枝叶，反弄成两个心了。""求近之心，反弄成疏远之意。"

所有了不起的大作家，都是出色的心理学家。他们可以轻而易举地进入到人物的内心世界，细致入微地解读剖析他们。通常来讲，在爱情里，爱的一方总会变得卑微，从而患得患失。因为太想要了，怕自己承受不了得不到的痛苦，就会猜心思，猜来猜去，大家很辛苦。谁也不肯先亮底牌，却急于要看对方的底牌，争执便由此而起。

这种准恋人阶段的游戏，总是痛苦而甜蜜，也隐含着一种危

273

险性：两个人本想要在一条路上相遇，却因绕的弯子太多，结果走岔了，眼睁睁擦肩而过。

很多很多人，在触手可及的爱情面前，因为犹豫、怯懦、没完没了地猜测试探，把自己累到失去了自信，失去了最基本的判断力，在无法忍受自我的折磨之苦后，假装潇洒地轻轻转身离开，在此生的一别经年里，却频频回头，一生无法释怀……很多很多人。

年少的时候，不懂爱情；懂爱情的时候，已时过境迁，再谈也是刻舟求剑。

正值青春的宝玉和黛玉，也差一点错过心灵上的相遇。如果没有那个炎热的午间，他们也许就真的成了"一个枉自嗟呀，一个空劳牵挂"，也或者，他们还需要痛苦更长的时间。

那天，史大姑娘来了，一对金麒麟团圆了。林妹妹不放心，偷偷来勘查，却不想听到了一段对话，宝玉明明白白地对别人说只有林姑娘最懂他，让她又喜又惊，又悲又叹。喜的是宝玉果然是个知己；惊的是他竟不避嫌；叹的是既然我们互认知己，如何又有"金玉之说"；悲的是父母早逝，无人做主，又兼红颜薄命。越想越伤心，流泪而归。这时宝玉出来正好看见她，便追上她，对她说了至关重要的三个字。全书中宝黛爱情的转折，就从这里开始。

宝玉说："你放心。"

黛玉说："我不明白。"

宝玉叹道:"你果不明白这话?难道我素日在你身上的心都用错了?连你的意思若体贴不着,就难怪你天天为我生气了。"

黛玉说她还是不明白,宝玉说"好妹妹……果然不明白这话……""……你皆因总是不放心的原故,才弄了一身病。但凡宽慰些,这病也不得一日重似一日。"

黛玉听了,如"轰雷掣电",受到极大的震撼。两人相对无言,怔怔互望,彼此心里已然是一片澄明,此刻语言已成了多余。

直到黛玉走了半天,宝玉还在出神,把来送扇子的袭人当作她,一把拉住,又兀自诉说着:"好妹妹,我的这心事,从来也不敢说,今儿我大胆说出来,死也甘心!我为你也弄了一身的病在这里,又不敢告诉人,只好掩着。只等你的病好了,只怕我的病才得好呢。睡里梦里也忘不了你!"极端热烈却极度克制的爱情,是一种疾病,谁碰上了,只能是饱受煎熬。而唯一的良药,便是——表白。

表白是一种撕开心灵的坦诚相对,是绕够了圈子后决定不再躲闪的勇敢,是破釜沉舟置之死地而后生的放手一搏,直面对方,直截了当,直逼内心。给予对方的,是劈面而来的窒息,令人战栗的心悸,再然后,才是久久回味的幸福感。

"你放心",都市言情小说里大段大段的爱情告白,都抵不上这轻轻出口却重似千斤的三个字摄人心魄。这更像是一份字字千

275

钧的承诺：你放心，我的心里只有你；你放心，我不会辜负你；你放心，我要的人就是你，再没有别人。这三个字，对于正在感情中缺乏安全感的黛玉来说，是一剂对症的灵药。

宝玉本人，其实也有诸多劣迹，和秦钟、蒋玉菡之间有些不明不白，跟秦可卿的关系也有不少暧昧可疑之处，更不用说跟袭人早早就暗度陈仓，平日里还喜欢赖着吃丫头们嘴上的胭脂。然而那些行为大部分均是被青春期荷尔蒙催发的好奇和欲望。如果要问他的心，到底真爱谁？还是林黛玉。他的这一句"你放心"，清醒、靠谱，比之前他那些"化烟化灰当和尚"的赌咒发誓，甚至"……变个大忘八，等你明儿做了'一品夫人'病老归西的时候，我往你坟上替你驮一辈子的碑去"的疯话傻话，都动人、都给力。

和烈酒一样，很可能是夏日的高温让宝玉的头脑暂时短路。大毒日头底下，没有铺垫，没有渲染，就在电光石火的一念之间，他放下伪装，遵从了内心的声音，说出了对她的爱。倘或那天不是那么炎热难当，他们还要在彼此的心路上摸索多长时间？还有多少大大小小的架要吵？说了就说了，说了就好了。在那之后，他俩再没吵过架。

他们变得心心相印。黛玉不再耍小姐脾气，对宝玉体贴照顾。下雨了，把自己心爱的玻璃绣球灯拿出来让宝玉照路，宝玉觉得可惜，她却说东西算什么，人别淋坏了。贾政回家要检查宝玉的功课，怕宝玉分心不念书临期吃亏，"因此自己只装作不耐烦，把诗社便不起，也不以外事去勾引他"。十分贤惠懂事。探春、宝钗帮宝玉写小楷凑作业，还差五十篇，谁知黛玉的丫头紫鹃走来，递给宝玉一卷东西，是一色老油竹纸上临的钟王蝇头小楷，且是模仿自己的笔迹——林妹妹何等善解人意！凡在《红楼梦》三十二回之后，这样的事情非常之多。

即使对于别人，黛玉也表现出与以往大相径庭的宽容：和宝钗情同姐妹，互剖金兰语；视宝琴如同己妹，一点不忌妒她的美貌与受宠；受到湘云说她忌妒宝琴的误解，不急不恼；在栊翠庵里品茶，被妙玉故意给了难堪，攻击她是个"大俗人"，要搁往日，她不知该恼成什么样呢？而这一次，她忍了，没说什么，略坐一坐就告辞了，处理得相当得体。是不是可以这样说：在她心里，已经有了幸福的归宿，对于外界的刺激，她已能处之坦然。爱的力量多么强大。

这一切，皆源于那个蝉声喧聒的夏日午后，宝玉那一句温柔而坚定的"你放心"。当他们用表白终结了争吵，世界多么美好。

龄官：拧巴的姑娘到底要什么

一

看龄官，总会分分钟出戏，初看以为是在看琼瑶剧，再看这分明是玛丽苏韩剧，再往下看，戏路又变了，变虐情剧了，合上书看一下封面，是《红楼梦》没错啊……

她一个人的时候是琼瑶。龄官的长相，离国色天香尚有一段距离，但胜在我见犹怜："眉蹙春山，眼颦秋水，面薄腰纤，袅袅婷婷"，很有点黛玉的影子。琼瑶小说里的女主们，她们共有的特征是"眼睛明亮""眉目含情""纤腰盈盈一握"，小鸟依人令人顿生保护欲，龄官完全是琼瑶选角的那一挂。

她表达痴情的方式也十分琼瑶化。痴恋贾蔷，便跑到蔷薇花

278

架下，一边流着泪，一边用簪子在土里没完没了画"蔷"字，天降大雨都浑然不觉，可知她正在爱的煎熬中，五内俱焚无法化解，只好一遍一遍写对方的名字——爱到了骨头里，快疯了。

陌生人宝玉一开始还以为她是东施效颦，学黛玉葬花，心里很不爽。论艺术性，龄官划蔷自然无法与黛玉葬花相比，因为太直接；若是论感染力，龄官因为直接更胜一筹。她忘我投入，一笔一笔"划"下去，宝玉竟也跟着痴了，被催眠了，甚而起了想要替她分担一二的心思。

爱情是一种病，龄官已病入膏肓，像发烧四十度的病人，无法克制自己的呓语与错乱。

她爱的贾蔷，是何许人也？一个不务正业的宗室子弟。之前种种行为十分不堪，曾与贾蓉传绯闻传得沸沸扬扬；替凤姐整死贾瑞有他的份儿；第九回学堂里打群架也是他策划的，可恶之处在于他想收拾金荣却怕得罪薛蟠。于是自己不参与，借刀杀人调唆茗烟上，自己借机溜了，择了个干净。

279

但是遇上龄官，他就不一样了，仿佛一下子浪子回头，与先前判若两人。在龄官面前，少了素日的油嘴滑舌，龌龊阴狠，取而代之的是期期艾艾，手足无措，一场爱情将他从浪荡子弟变成了笨拙的、不得要领的暖男。

能令一个渣男洗心革面重新做人，足见龄官的魅力，那么，论个性，龄官又是个怎样的人呢？

她很难被驯服。本是贾府买来的用以娱乐消遣的戏子，而贾蔷除了是宁国府正派玄孙，还是"空降"的戏班管理者，他们之间的故事应该是霸道总裁和小白兔的路子才合理，但偏偏不是。第十八回元春省亲时点戏，因龄官唱得好，令她再唱两出。贾蔷自作主张点了两出，但龄官主意大，只唱自己拿手的《相约》《相骂》。明明不合时宜，可惜贾蔷拗不过，只好由她。也有酷酷的艺术家范儿，她在床上倒着，看宝玉进来她纹丝不动。

她也很难被取悦。贾蔷兴兴头头花了一两八钱银子买了个八哥讨她欢心，被她呛了一顿，吓得赶紧放了。她又质问贾蔷为什么不关心她的病，贾蔷慌得连忙出去请大夫。这个场景，连一旁的宝玉都觉得"自己站不住，便抽身走了"。

龄官与贾蔷怎么看都不是一样的人，怎么就好上了呢？或者，正因为不一样，才有致命的吸引力？自小墙头草一样见风使舵的贾蔷，当一个本应挂着奴才相的女孩子，清丽娇弱，不但戏唱得好，还自带一种清洁的傲气，日日看在眼里，难保不生出倾慕肃然之心。单看宝玉往她身边一坐，她马上站起便知：这不是一个随便的女孩。不排除贾蔷一开始有亵玩的心思，但是相处日久，龄官的自尊自爱反倒征服了他，他郑重地陷了进去。爱情就像一次救赎，令他脱胎换骨，再没了往日的轻浮醒齇嘴脸。

龄官给了女人一个启示：会说不，才会赢得尊重。

二

那么问题来了，龄官真正要的是什么？

她要平等和自由。真要命！

如果草草初看，会误以为龄官有公主病。看她那么喜怒无常地"作"，以为是贾蔷肯惯着的缘故，没人搭理她，她一个人"作"给谁看？就是因为贾蔷无条件宠溺，龄官才敢要大牌，才敢不买账，才敢那么任性，那么折腾。一句话：恃宠而骄。

细细品味，才发现不是这么回事。

且看她训斥贾蔷买八哥时说的话："你们家把好好的人弄了来，关在这牢坑里学这个劳什子还不算，你这会子又弄个雀儿来，也偏生干这个。你分明是弄了他来打趣形容我们……"她敏感，对自己是有钱人的玩物这个本质认得很清，所以很悲愤：你我都是人，为什么我们像货物一样被任意倒卖，像动物一样被圈禁，驯化好给你们消遣？这是在质疑社会制度的不公。

她又说："那雀儿虽不如人，他也有个老雀儿在窝里，你拿了他来弄这个劳什子也忍得……"勿论古今，悲悯是所有动物保护主义者的共性。龄官的家在南方，也许在她家中有年迈的父母，所以由鸟及人，感同身受。

原来，她的终极心声是：拒做奴才，回家与爹娘团聚。这不是要自由要平等是要什么？

庞大无情的社会体系面前，既得利益者们根本不会思考、在意这种质问，她撕心裂肺的呐喊微弱到忽略不计，即使有人听见了，也未必懂。龄官的觉醒，可贵又悲哀。

觉醒之后是绝望。

女人和男人的处理方式又有所不同。

龄官是小女子，她会把这种委屈愤懑表现在情绪上，一会儿哭一会儿笑，借不断挑剔贾蔷，来获取一种暂时的平衡。

贾蔷身为男人，他对龄官更多的是怜惜，还有没来由的愧疚，于是做小伏低，把她的一颦一笑都放在心上，变着法儿地要她开心，他是"把每天当成是末日来相爱"。

根本问题解决不了，所有示爱的雕虫小技都是隔靴搔痒。只有有了身份上的平等，他们的爱情才有出路。贾蔷虽是攀附者，但门第毕竟在那儿摆着，瘦死的骆驼比马大，他要娶的妻，再怎么也轮不上一个小戏子。但是他又还没有强大到能自己做主婚姻的程度，即使让龄官做妾也够呛。

面对横生出的爱情，他们不知道该拿它怎么办才好，只好那么得过且过又全心全意地虐着。

龄官一笔一笔地"划蔷"，除了深爱，还有幻灭。

"识分定情悟梨香院"，那一回，白描的虽然是贾蔷和龄官，其实项庄舞剑，意在宝玉。是说卑微渺小如龄蔷，让向来自我感觉良好的宝玉受了冷遇，瞬间悟到爱情只能是一对一，不是辐射状，更不是阳光普照式的博爱，从此打定主意一心一意对黛玉。龄蔷二人又不是主要人物，宝玉悟了，他们所担负的使命也就完成了。

于是，他们的爱情乃至命运没有了下文，龄官这个人从书中凭空蒸发了。

三

认真看，曹公还是留了两处线索的，只是两处线索指向完全不同。

"情深不寿，慧极必伤。"在三十六回跟贾蔷的对话中，龄官说自己已经在咯血了。咯血是肺痨的标志性症状，在古代，肺痨

283

康复的概率很小。这是线索一，龄官有病死的可能。

线索二在第五十八回。因太妃归天，圣旨下了限娱令，"凡有爵之家，一年内不得筵宴音乐"，贾府随大流，解散梨香院，要遣发这十二个女孩子，政策很宽待：愿意回家的回家，不愿意回的在园子里"转岗"做丫头。结果"所愿去者止四五人"，没有指名道姓。但留下的八个人皆有名有姓，龄官不在此列。如果龄官没死，贾府这只"鸟笼子"一打开，这只"愤青小鸟"，扑棱棱一展翅，飞回窝里找老鸟去才符合她一贯思乡的心思。

梨香院的戏子数量自始至终都保证在十二个人，缺了一个会马上补进一个同行当的，比如小旦蕊官就是小旦药官死了后补进来的。而龄官也正好是小旦，有不少朋友推测说，昆曲行当众多，十二个人的戏班子，不太可能设两个小旦，一定是龄官死了，补了药官，后来药官也死了，才有了蕊官——一年的工夫让一个岗位上前赴后继地死人，这种写法会不会有点太惊悚？至少想象力差点。也许龄官是按特殊人才引进的，和其他名字带草字头的戏子们不在一个档次呢。又或者，贾蔷拿龄官没办法，又不忍见气病而死，此前已经放走了龄官？

那爱情怎么办？"相濡以沫，不如相忘于江湖"。在无望的爱情与珍贵的自由之间二选一，取舍一目了然。龄官桀骜，不肯一辈子做奴才，她要自己做主的人生，贾蔷给不了，只能是"从此分两地，各自保平安"。

这样说来，贾蔷当时说了句"罢，罢，放了生，免免你的灾病"。放飞了雀儿，又多此一举拆了笼子，不正是暗示放回龄官以后贾府家破的结局？

曹雪芹还是心疼这个拧巴的姑娘，放了她一条生路。但为什么不把龄官的结局点出来呢？原因有三：第一，她对宝玉的点化已然完成，作者吝惜笔墨不提了或改来改去忘提了。第二，有意模糊了她。大观园多少人打破头想进来，如柳家的五儿。多少人进来了就不想出去，晴雯"一头碰死了也不出这门儿"，袭人"至死也不回去"。"甲之蜜糖乙之砒霜"，出挑的龄官却反其道而行之，多少让优越的宝玉没面子，所以才故意省略了她的名字。第三，不排除是为日后她和贾蔷重逢留下伏笔，那时贾蔷是落魄贵族，而她是自由平民，在他们终于"被"平等后，再倒叙当日龄官离府之事，更显得曲折跌宕有戏剧性……是不是有点想多了？

所以，最让人眼眶发热的结局是：龄官没有死，只是离开。这一次，她没甩水袖，没翘兰花指，也没施展娇啼婉转的嗓子，而是用决绝的背影唱了一出"青春作伴好还乡"。作别了令她刻骨铭心的梨香院，随着来接她的家人登上小舟，桃红柳绿中，顺水路一路南下，回姑苏城做自己的小家碧玉去了。

愿她返程愉快，余生被生活温柔对待。

处事篇

我想知道我是谁

贾政：一个父亲无处安放的焦虑

一

在《红楼梦》里，谁最难展颜一笑，总是心事重重，还动辄烦躁不安，永远一副"亚历山大"的模样？

如果用国际上通用的心理自评量表（SCL-90）在荣宁两府里做一次心理状况普查，进行一下各项指数排名的话，抑郁及人际敏感指数最高的可能是秦可卿，黛玉紧随其后；在敌对指数上位居榜首的是赵姨娘；成天日理万机的凤姐忙完家里忙宫里，焦虑指数偏高，但不是最高，最高的人是贾政。

描写说话人的表情时，曹雪芹最爱用的两个字是"笑道"。而贾政，只有在第十七回，大观园刚建好，他带团视察时心情不错，还屡屡"笑道"。除此之外，这两个字他基本上就用不着了，枉他在书里出场那么多回。即使为数不多的笑，也大致分为三种：冷笑，内心不满；盛怒之下被逗笑，纯属意外；拘谨地赔笑，只是表情，和内心无关。

荣国府史太君有两个儿子，老大贾赦好色，用平儿的话说就是：一把年纪了，还贪多嚼不烂，略微平头正脸的都不放过，连母亲的贴身丫头都敢觊觎，不成之后还放狠话。也好古玩，为了几把破扇子逼得石呆子家破人亡。这些授人以柄的事老二贾政可从来不干，道德之墙垒得比他哥高多了。

然而"人不可无癖"，没有爱好的人，无趣得可怕。贾政就是这样的人，下了班就是钻屋子里锁着眉头看书，在妻妾面前永远不苟言笑，在儿女面前更没有好脸色，特别是对宝玉，怎么看都不顺眼。对探春这个唯一能承欢膝下的女儿，全书中鲜见有正面交流，只听探春说眼里只有"老爷太太"，没听他说起这个女儿一言半语。远道而来投奔的林黛玉，初次登门拜见时他却去斋戒，初觉不近人情，再想想也不意外，人家对自家亲生女儿尚且不咋理睬，何况是个外甥女呢？

一个家，女人有个这样的丈夫，小孩子有个这样的长辈，真不啻是一种不幸。凡贾政在的地方，总透露着一种让人喘不过气来的压抑。第二十二回，一大家子人聚餐，因为他在场，大家都很拘束，连爱说话的湘云都缄口禁言。贾母见场子热不起来，就撺他离开。他也知道自己碍事，但是不甘心，就硬起头皮撒娇，赖着要猜个灯谜。这不猜还好，待一看见孩子们所写的灯谜，觉得个个都不吉利，心里很烦闷悲戚，回去后一晚上都翻来覆去没睡好。"进亦忧，退亦忧"真是何苦来的！他的焦虑已到了十分严重的地步。

二

何以焦虑？这还得从他的身世说起。

还是那句老话，《红楼梦》是本写实风格的书，许多人物都是从现实中移栽过来的，"真做假时假亦真"，结合人物原型，许多谜团便不攻自破。据专家考证，贾政的原型并非贾母的亲生儿子，他原本只不过是一个清寒的宗族子弟，贾母的亲生儿子早夭，他是后来过继过来的。身上担着人家这一门兴衰荣辱，一个移栽过来的孩子，不有压力才怪。

在元春省亲时，他含泪说自己："臣，草莽寒门，鸠群鸦属之中，岂意得征凤鸾之瑞……"第一句话就泄了底，毕竟是皇帝重臣，荣国公之后啊，再自贬，也犯不着说自己是"草莽寒门、鸠群鸦属"吧？这真是肺腑之言。后面一大堆的感恩表忠心，道出了自己的诚惶诚恐，总结起来是：我是哪辈子积了这么大德，该如何消受才好！
而在贾母面前，贾政也每每屏气凝声，恭敬有加，名为母子，实
如君臣。也是，没有血缘之亲，没有养育之恩，一个半路上过来
的继子，有何德何能，承袭着别人家的祖宗荣耀，享受着本应属
于别人的富贵荣华，心里难免不战战兢兢，腰杆多少会有些直不
起来。

　　他痛打宝玉时，贾母曾经这样说："你原来是和我说话！我
倒有话吩咐，只是可怜我一生没养个好儿子，却教我和谁说去！"
贾政听这话"不像"，"不像"就是令人太难堪，这分明就是说他
不是亲生，这话犹如当头一棒，他双膝一弯就跪了下来。贾母又冷
笑说："你也不必和我使性子赌气的。你的儿子，我也不该管你打
不打。我猜着你也厌烦我们娘儿们。不如我们赶早儿离了你，大家
干净！" 很明显，贾母将他划在了圈外，因为王夫人这个正妻是
贾母做主给贾政娶的。回过头又对王夫人说："你也不必哭了。如
今宝玉年纪小，你疼他，他将来长大成人，为官作宰的，也未必想
着你是他母亲了……"这简直就是在骂贾政是白眼狼。老太太真是
厉害，句句戳中贾政的软肋，这样一来，贾政由跪着变成叩头认罪
了："母亲如此说，贾政无立足之地。"

　　如果不知道原型之说，单看这一段对话，便觉得似有许多费
解之处。母子之间，何以忽然如此生分？再联系前面王夫人抱着宝

玉哭贾珠："若有你活着，便死一百个我也不管了。"便恍然大悟。打儿子事小，但是如果提升到让人家断后的高度，他的确是居心叵测，这样的罪名他贾政可负担不起。

每一个豪门宗族之家，外人看着亲敬有序，其实有许多心照不宣的秘密，这些秘密是一个家族的忌讳，人们从不提及。这不是虚伪，是名门望族一种特有的家教，靠着这种家教，一个家族才得以宁和维系，平稳延续生生不息。

倘一定要依原型给贾政立个传的话，传名应该叫作：一个继子的荣耀和隐痛。

三

从书中正文来看，贾政从小就是个刻苦勤奋的好学生，爷爷和爸爸都很喜欢他，"原欲以科甲出身的，不料代善临终时遗本一上，皇上因恤先臣……额外赐了这政老爹一个主事之衔，令其入部习学，如今现已升了员外郎了。"像个优等生铆足了劲准备冲刺名牌大学，忽然一天机缘巧合成了保送生。虽说是好事值得高兴，但是没在科考上大显身手，靠沾祖宗的光成就功名，这高兴仿佛也被打了折扣，成了今生的遗憾。

略加留意就会发现，贾政对贾雨村格外高看一眼，似乎以结交贾雨村为荣，直称其为"雨村"，十分亲昵。也是在大观园刚建好时，大家说要题点匾额，贾政说：拟得好的就用，觉得不合适的就把雨村请来，让他再拟。对贾雨村的水平十分敬服。

三十三回宝玉挨打之前见过贾雨村，还受了父亲一顿训斥，原因是贾雨村来了，喊宝玉相见，宝玉磨磨蹭蹭出来得晚，见了面又心不在焉，让贾政觉得失了礼数丢了面子，好像怕贾雨村介意似的。

看重贾雨村，恰是因为他看到了之前的另一个自己：家道贫寒，发奋图强考中进士，完成了飞黄腾达。贾雨村的人生轨迹，和他早先的设定不谋而合。如今贾雨村做到了，而他却与自己的科考梦擦肩而过。

父母会把自己未完成的梦想寄托在子女身上，作为自己人生的延续，这真是古今通用的中国特色。

可惜贾政的三个儿子，没有一个能替他圆梦。

贾珠应该是最像贾政，但可恨老天无情，二十岁就一命归西；贾政便把希望寄托在宝玉身上，没想到这个儿子聪明是聪明，却最抵触书本知识，讨厌八股文章仕途经济；贾环看起来还不如宝玉。眼见着自己老境将至，却后继无力，难免让人有一脚踩空之感。

在对宝玉的教育方式上，他的粗暴实际上体现了他内心的焦虑——唯恐"辱没了祖宗",那他的罪过就太大了。

四

孩子的教育是需要付出的。没有谁生下来就爱学习就上进，最关键的是耐心与引领，贾政对宝玉缺的恰恰就是这个。

他小的时候十分好学上进，是因为长辈教导有方，让他打小就有了人生目标。爷爷、父亲十分喜欢他，这其实就是一种精神鼓励，"好孩子是夸出来的"，此语非虚。老太太曾经质问他："……你说教训儿子是光宗耀祖，当初你父亲怎么教训你来！"他还以为自己一生下来就是个好学生呢！

他对衔玉而生的宝玉，一开始寄予过高的期望，容不得有一点和自己相左之处。最可笑的是，他拿"抓周"来判定宝玉的未来。抓周充其量就是个游戏，小婴儿抓取什么纯粹是无意识的，也许脂粉钗环红红绿绿，形状精致，才吸引了小宝玉的注意，说明他对色彩和形状很敏感，是个聪明孩子。然而众目睽睽之下，贾政觉得丢了自己的脸，便大怒："将来酒色之徒耳！"

在宝玉的成长中，贾政也是缺席的，成天忙于公务应酬，没有尽到一个父亲应尽的义务——引导与陪伴。宝玉由溺爱的祖母养大，成天在脂粉堆里打滚，怎么可能会有男子气？贾政便愈发看不顺眼，冷嘲热讽，动辄臭骂一顿，他自始至终都没有接纳这个儿子。导致宝玉见了他便如老鼠见了猫，除了怕之外，没有从本质上改变。

宝玉来请安，说是去上学，贾政冷笑道："你如果再提'上学'两个字，连我也羞死了。依我的话，你竟顽你的去是正理。仔细站脏了我这地，靠脏了我的门！"不借机勉励反恶语相向。让人不得不怀疑，大概曹雪芹幼时就有一个这样的父亲，在他成人之后，那种伤害也终生难忘。

宝玉题匾额时，也拟了几个像模像样的，但贾政就是吝于夸奖。宝玉想走他不让走，说他是想偷懒。这倒罢了，走着走着扭头道：还没逛够啊你！让宝玉很是无所适从。

第二十三回，他前一分钟还看宝玉"神彩飘逸，秀色夺人"，把素日嫌恶之心减了八九分。几句话不到，忽然一声断喝："作业的畜生，还不出去！"翻脸比翻书还快。此类例子不胜枚举。这种做派，怎么可能教出一个优秀的孩子？

"子不教，父之过。"教育不得法，也是一大过失。

他用粗暴来宣泄自己的焦虑，掩饰自己的脆弱。然而，宝玉正一路朝叛逆的方向狂奔而去，紧随其后的是贾环。

连处在深宫的元春都为之担心，屡屡带信出来说："千万好生扶养，不严不能成器，过严恐生不虞……"但是，来不及了，在第七十五回，贾政自己亲口说宝玉和贾环二人是"一起下流货"。

又说："妙在古人中有'二难'，你两个也可以称'二难'了。只是你两个的'难'字，却是作难以教训之"难"字讲才好。"在教育子女的问题上，他流露出深深的无助。

终于，他的焦虑到了临界点，好几件事攒到了一起，令他爆发崩溃。先是忠顺王府派人来府里找琪官，宝玉在外面居然包起了戏子！从中又掺杂了政治，挑弄的竟是忠顺王与北静王之间的关系，这是贾政最惊惧的。紧接着是金钏儿投井事件，被贾环添油加醋地演绎了一番，不由得贾政急火攻心，恨不得打死宝玉，一了百了。

人人都看到了宝玉的痛，而贾政打完宝玉，他老泪纵横，元气大伤，一个失败父亲的痛有谁能看到？

《红楼梦》里面什么都有，包含了人生一切况味。贾政的痛，是天下诸多父母共有的无奈之痛——望子成龙却教导无方。他那无处安放的焦虑，在几百年后的今天，仍在我们身边蔓延。天下为人父母者，当以贾政为戒。

贾琏：不是完人是好人

一

贾琏在《红楼梦》第十六回才正面出场，风尘仆仆送林黛玉回扬州葬父归来，途中又听说元春封妃，星夜兼程往家赶。

回家未歇片刻，与凤姐简短寒暄，便关切地问起别后家中诸事；一面又好生款待自己幼时的奶妈，这期间又不断有人来汇报请示。他实在是累了，便传于二门上，有事一律明天再说。第二天一大早，又开始召集众人选地方，绘图纸，挑选施工队伍，开始筹措起家里盖造省亲别院的事来，忙得脚不点地。

不难看出，此时的他，已算得上荣国府的顶梁柱了，与他媳妇凤姐一道，成为荣国府日益崛起成熟的中坚力量，再外带一个聪慧过人的侍妾平儿，他们这个小家已经俨然是荣国府的权力核心。

凤姐再高调能干，也只能在那几十亩地的荣国府里发号施令。对外的一切事物，正经还是需要一个爷们儿来承当，而如今的荣国府，用冷子兴的话说是"一代不如一代"了，实在挑不出一个太像样的男人来。

长一辈的贾赦贾政：贾赦自私、责任心差；贾政木讷、书呆子气。盖大观园时便可看出，贾赦"只在家高卧"，不好好出力；贾政"不惯于俗务"，说白了就是弄不来。这二位铁定指望不上。

同一辈的有贾珠、宝玉、贾环。贾珠早夭；抓周时抓取脂粉钗环的宝玉，在心理上一直不肯断奶，一门心思放在风花雪月上，断不是可造之才；贾环是庶出倒罢了，关键是根本上不得台盘。

下一辈的贾兰，倒是有些志气，只可惜是个黄口小儿。

"矮子里面选将军"，这样，荣国府的管理重任，便只好落到了已成家、又捐了官的老大贾琏肩上。贾琏的天资，正经说可能还不如贾芸，但是领头羊就是这样练成的：造就一个人，只需多给他一些机会。

于是，建造大观园时，荣国府这边也就只有贾琏出面，等到元春省完亲，小和尚道士们的安置又由贾政交给了他；再后来，贾芹、贾芸他们求差事，都来找他——原来，贾琏分管的竟是人力资源，权力还不小呢。

同时，身为荣国府长孙，他还担负着承欢膝下的重任，正月十五贾母看戏，他要预备下大簸箩的钱，只等老祖宗一高兴喊一声"赏"，便忙命小厮们赶快撒钱，满台子钱响，贾母大悦。清明时，他要备下年例祭祀，带领弟弟侄子们去往铁槛寺祭柩烧纸，颇有长兄叔伯之范。贾府规矩大，第六十四回，他从外面回来，宝玉先赶紧给他跪下，口中却是给贾母、王夫人请安：特殊时刻，他还要代长辈们受拜。

对外的各种官场应酬更不必说了，单应付宫里头的太监们，就够他受的。今儿是周太监短了一千两，明儿是夏太监看上一所房子来"借"二百两，他虽烦不胜烦，也还要打起精神应对。

荣国府生齿日繁，不能俭省，外人看着豪奢无比，内里财务也时有青黄不接。关键时刻，贾琏还得觍着脸求贾母的贴身丫头鸳鸯，让她倒腾出点老祖宗的宝贝救急。又是给沏进贡的新茶，又是左一句右一句地叫"姐姐"，什么"宁撞金钟一下，不打破鼓三千"的阿谀奉承之语都用上了。一个仪表堂堂的华贵公子，对着一个有点实权的年轻女仆献媚，场面委实滑稽，贾琏真是能屈能伸，鸳鸯也算是见过大场面的，愣让贾琏忽悠晕了。

更有趣的是，这竟是贾琏凤姐两口子一块儿提前捏估好的：同是女人，又和鸳鸯相熟，凤姐不去求，倒让贾琏去求。鸳鸯一个年轻的女儿家，面对帅哥主子做小伏低，很难说出拒绝的话来，这是利用了异性相吸的原理。话说贾琏容易吗？说难听点，为了府里那点公事，连男色公关都用上了。

二

贾琏的管理才能，与凤姐一比，顿显失色，"倒退了一射之地"。

凤姐行事果决，贾琏则是得过且过，办事有点"肉"，总是拖泥带水的。他的奶妈赵嬷嬷给儿子求差事，再四地求了几遍，他嘴上答应，却一直没办。赵嬷嬷气得说他"燥屎"。凤姐得知后，一应揽了下来："妈妈你放心，两个奶哥哥都交给我。"

贾芸求差事时，也是一开始求的贾琏，因贾琏迟迟不办，最后转而求了凤姐："求叔叔这事，婶子休提，我昨儿正后悔呢。早知这样，我竟一起头求婶子，这会子也早完了。谁承望叔叔竟不能的。"

也许是每天在外奔波应酬已经很累了，对家里的事贾琏抓大放小，不得不管的管一管，可管可不管的就放手了。所以在一些诸如此类的小事上，便听凭凤姐做了主，这样一来，手里的权力不知不觉被凤姐蚕食了不少，以至后来府里人纷纷跑票，连自己的奴才都被凤姐的奴才欺负。

论起杀伐决断甚至玩弄权术，他的确不是凤姐的对手。但是，

301

若论起人品，贾琏能甩凤姐好几条街。

贾琏仁善，是个心软的人。旺儿家的借凤姐的强势逼娶彩霞时，贾琏曾特意交代："……虽然他们必依，然这事也不可霸道了。"不像凤姐，根本不拿奴才当人看。

他父亲贾赦要他去强买石呆子的古扇，他好言相商，奈何石呆子执意不卖。结果是贾雨村为了献媚，便设法讹诈石呆子拖欠官银，抄家强抢来了。贾赦质问他："人家怎么弄了来？"他只说了一句："为这点子小事，弄得人坑家败业，也不算什么能为！"说这句话的后果是：被贾赦毒打一顿，脸都打破了。足见这是一个有道德底线的人，跟凤姐"不信什么是阴司地狱报应"，为了三千两银子，活活逼死守备公子和张小姐一对苦命鸳鸯的做法一比，高下立分。

在家里如此，在外面的朋友圈子里，他也是个出了名的好好先生，从不挑三窝四，喜欢息事宁人成人之美。柳湘莲痛打薛蟠之后，他还忙着帮助和解，是个厚道热心肠的老大哥。

在男尊女卑的古代，贾琏身上最可贵的品格是没有半点大男子主义。面对妻子的高调嚣张，他丝毫没有不悦之意。他欣赏凤姐的才干，容忍她的个性，在她当着外人的面伶牙俐齿地拿他开涮时，例如："……我们看着是'外人'，你却看着'内人'一样呢。！"表面揶揄实则贬低，他只会讪笑着一语不发。同是已婚妇女，邢夫人对贾赦言听计从，王夫人对贾政毕恭毕敬，尤氏对贾珍逆来顺受。与这几位相比，凤姐遇上贾琏，实在幸福太多了。

贾琏唯一不逊于凤姐的，便是他的精于世故。

凤姐也世故，但她觉得全世界只有自己最聪明，谁也别想在她面前弄鬼，不给别人留脸。贾蓉贾蔷置办乐器行头时，想拿官中的钱贿赂他们。面对同样的献媚，凤姐是骂："别放你娘的屁！我的东西还没处撂呢，希罕你们鬼鬼祟祟的？"而贾琏则是善意规劝："你别兴头。才学着办事，倒先学会了这把戏……"

因为懂得，所以慈悲。贾府一脉的其他子侄们，或为生存或为利益，争先恐后前来依附。面对他们时，他的态度随和宽容，从无居高临下的傲视。他们在他面前耍小聪明玩小手段，他心如明镜能看破，又点到为止地说破，还能照顾到对方的面子。懂世故而不弄世故，是做人一种难得的境界。

当宝玉口无遮拦地说要认比他大的贾芸做儿子，贾芸便顺杆爬着说：我父亲没了，这几年没人照顾，您若是愿意认我做干儿子，那是我的造化。这时，一旁的贾琏便对宝玉笑道："你听见了？认儿子不是好开交的呢。"话里有话，意即：你别以为你占了便宜，其实是上了人家的套了。说着一笑便进去了，这个举止既潇洒又练达，一个成熟男子的迷人魅力尽显无遗，相形之下，怡红公子宝玉显得又傻又二。怪不得鸳鸯买贾琏的账，却看不上宝玉，什么"宝玉宝金宝银宝天王宝皇帝"，她统统不稀罕！鸳鸯是个有头脑的姑娘，又在贾母身边历练，眼光自然比一般女孩子高，在她心里，一个不谙世事不知天高地厚的小男生，怎么能跟深谙世情的熟男比？

三

贾琏最让人诟病的，是他的风流成性。他父亲贾赦就是个好色之徒，都一把年纪了，对女人还"贪多嚼不烂""略平头正脸的"都不放过。有研究说，好色的基因是会遗传的，贾琏很可能就是遗传了乃父之风。（好在他只遗传了他的好色，没有遗传他的缺德）更何况，古代观念对男子的好色相当宽容，连贾母劝解泼醋的凤姐时都说："什么要紧的事！小孩子们年轻，馋嘴猫儿似的，那里保得住不这么着。从小儿世人都打这么过的……"

但是凤姐哪里肯依，围追堵截，像防贼一样防着他，却仍然是防不胜防。孩子出花儿，他就找清俊的小厮出火。大白天的，趁着凤姐庆祝生日，贾琏就敢把鲍二家的往家里带，后来鲍二家的上吊自杀后，鲍二新娶了多姑娘，他又和多姑娘缠上了，气得87版电视剧《红楼梦》里的邢夫人说：怎么就和鲍二家的干上了？贾敬出殡几日，他竟然又趁机勾搭上了尤二姐，并偷娶进门，另立小公馆。说他好色一点也不委屈他。

然而好色与好色也有不同。

孙绍祖好色，恶狼一样，合宅的丫头媳妇都让他强行淫遍；薛蟠好色，为了香菱就打死冯渊强抢而去，其实就是霸占。而贾琏，但凡是和他好的女人，都是你情我愿、两情相悦的。他从不强人所难。比如和尤二姐之初，他开始本也有意于尤三姐，但三姐对他不理不睬，他也不恼，转而锁定了尤二姐，从此成就了一段孽缘。

尤二姐，是贾琏生命中最难忘怀的一个女人，也是他心头一道碰都不能碰的伤疤。

她标致美貌、善解人意，从不违拗贾琏，有着凤姐身上最缺乏的温顺和贤惠。可以这么说，凡贾琏从凤姐那里得不到的温存和乐趣，在她这里，都有了。贾琏从尤二姐这里，才真正体验到了家的温暖和夫妻之乐。和这里一比，荣国府里的那个家，太像个办公场所了。

他是真心喜欢尤二姐：许她锦衣玉食，许她花好月圆，许她现实安稳。然而，到头来他却一样没能做到。

尤二姐被凤姐哄进荣府，在物质精神上被双重折磨，吃不饱饭，没完没了地凌辱添堵，有苦说不出。还惨遭庸医打掉了腹中胎儿，失去了最后一点活下去的勇气，最后吞金自杀。而这一切，贾琏自始至终都蒙在鼓里，"见了凤姐贤良，也便不留心"。

等到惨剧酿成，一切都太迟了。他搂尸大哭："奶奶，你死的不明，都是我坑了你！"正是他的大意害了尤二姐。身为一个男人，没能保护好自己的女人，的确是失职。

可是，自始至终，二姐都没有对他流露过一点怨意。因为正是贾琏给了她最难得的宽容，最珍贵的尊重。二姐是有"前科"的人，尤其是古代，作风问题更是大问题。"若论起温柔和顺，凡事必商必议，不敢恃才自专，实较凤姐高十倍；若论标致，言谈行事，也胜五分。虽然如今改过，但已经失了脚，有了一个'淫'字，凭他有甚好处也不算了。"但贾琏说："谁人无错，知过必改就好。"这种度量可不是人人都有。

跟了贾琏后，尤二姐曾羞惭地哭着说：我知道你不是愚人，我那些丑事你一定知道……贾琏却一笑而过："你且放心，我不是拈酸吃醋之辈。前事我已尽知，你也不必惊慌……"打开天窗说亮话，畅畅快快卸去了尤二姐的心理重负，十足男人气概。

尤二姐说得对，他不是愚人，只是宅心仁厚而已。

而这一点，身为正妻的凤姐却不知道，她太看低了自己的老公，一味将之当傻子哄。善良的人，总是不愿意将别人想得太坏。这是善良人的共性，也是善良人的软肋。贾琏将凤姐视为最亲的人而未加防备，只道她要强凌厉些，却不料如此狠毒。他并不了解她。

和如今那些被斥为不思上进的官二代富二代一样，贾琏也胸无大志，他们不需要上进，因为祖上早已完成了原始积累，该有的都有了，"没有伞的孩子才会努力奔跑"，贾琏们只需要做的便是享受人生。有必须做的事时，打起精神应付一下，其余的日子纸醉金迷骄婢侈童，恣意散漫地过便是，这就是贾琏们要的美好生活。然而前有鲍二家的上吊，搞得灰头土脸；后有尤二姐吞金，让他痛彻心扉。这个喜好声色、试图从肉欲中寻求一点做人快乐的男子，却因此屡屡尝到困惑、无助甚至痛苦。

　　凤姐对尤二姐所施的毒计，贾琏一开始并不能确定，只是心存怀疑。但是依曹公草蛇灰线的写法，安排旺儿留张华一条命绝不是偶然。到最后东窗事发，真相大白，贾琏势必不会善罢甘休，因为这挑战了他的底线。别忘了他当初的重誓："我忽略了，终久对出来，我替你报仇。"当决裂的时刻到来，凤姐被休势成必然，"机关算尽太聪明，反算了卿卿性命"。贾琏发了狠，一点都不好玩。

　　贾琏不是完人，他身上有许多普通男人的劣根性，好色、有惰性，还有一点后知后觉……细数起来，毛病还真不少，然而在本质上讲，他算是一个地地道道的好人。再说世界上本来就没有完人，做个好人同样值得嘉许，因为"聪明是一种天赋，善良则是一种选择"。贾琏与凤姐原本就不是一条道上的人，他们的人生观相去太远。倒是平儿，与贾琏在做人上，有很多地方不谋而合。当凤姐连尤二姐的烧埋银子都不肯出，平儿却偷塞给贾琏一包二百两的碎银子时，这两人在精神上才第一次相遇，蓦然回首间，才发现原是同路。所以最后平儿被扶正，一点也不奇怪。去了凤姐得了平儿，贾琏才算过上了舒心日子，也算是好人有好报吧！

贾环：世界，你欠我一个拥抱

一

《红楼梦》第二十三回写，贾政一抬眼，看到了面前站的宝玉，"神彩飘逸，秀色夺人"，又看了看旁边站的贾环，"人物委琐，举止荒疏"。"不怕不识货，就怕货比货"，于是就把平日讨厌宝玉的心情减轻了八九分。这逻辑满分。

都是贾政亲生的儿子，一个是高富帅，一个是屌丝男，如此大的差异，让人不禁要质问一下造物主的居心。且慢，再看曹公分述两人的用词，"夺人"对"委琐"，"飘逸"对"荒疏"，曹公所比的，并不全是长相，他重点描述的，是气质——宝玉阳光自信，贾环自卑抽巴。

相貌是天生的，而气质多半是后天环境浸淫的结果。贾环的抽巴自卑上不得台面，得归咎于他在荣国府的成长环境。

贾环是庶出的公子，也是主子，但是在荣国府他几乎找不到当主子的感觉，反而处处低人一等，有时还不如得势的奴才。这都是拜他的亲人们所赐。

元春省亲时，对宝玉格外疼惜，抱着他不撒手，哭成了泪人，这可以理解，她与宝玉是一母同胞，宝玉小时候又是她带的，她多疼他也是人之常情。但是，她后面的一些做法就让人觉得有些过分了，特别是对贾环而言。

元春特别擅长的，是用赐礼这样的政治手段来表态。端午赐礼，她就是用多出两样东西来将宝钗与黛玉区分开来。这次也是一样，她先是赐了宝玉和贾兰一些所谓的"琼酥金脍"，就是宫廷点心，但是没有赐给正在卧病的贾环。随后的赐物分量更是意味深长。

女眷里老太太最多，邢王二夫人次之，众姐妹再次一等，宝钗、黛玉虽是亲戚，但是却同迎、探、惜三春一视同仁。看来是按辈分高低赐的，还好理解。

对男丁的赏赐就让人搞不懂了：宝玉的和姐妹们一样，侄子贾兰次一等，贾环的赏赐呢？竟在最末一等，和贾珍、贾琏、贾蓉他们一样。

这种厚薄界定太自相矛盾。从血缘上论，贾环是元春同父异母的弟弟，按父系社会的标准，兄弟姊妹如果是同一个父亲就算亲生，即使不能与宝玉相提并论，再怎么也轮不到与各色堂兄弟堂侄子们撮堆儿去。

如果说是按嫡庶划分，那探春也是庶出，她的礼物怎么又和宝玉是一个档次？元春连探春的生日都记得，生日头一天就派太监送来礼物。这又该怎么解释？

或者是明清礼教咱们不懂？但不管出于何种原因——是元春的好恶还是规矩礼法，都可以解读为贾环不被元春视为自己的家生兄弟。

只这一份具象征意义的赐物，贾环就被轻巧划在了手足同胞的圈外。

后来元宵节元春在宫里猜灯谜，贾环也写了一个递进去，写得的确是粗陋了些："大哥有角只八个，二哥有角只两根。大哥只在床上坐，二哥爱在房上蹲。"元春的反应不像她平时雍容大度的风格，她直接让太监传话出来："三爷说的这个不通，娘娘也没猜，叫我带回问三爷是个什么。"连猜都懒得猜就退回来了，传话中有居高临下的嘲讽，冰冷得不耐烦。猜个灯谜应景做个游戏而已，是有多看不上这个幼小的弟弟，非得变相地当众羞辱他，让众人"大发一笑"。太监还煞有介事地记下来带了回去。本来就不自在的贾环，自尊心能不受创？羞愤之情只有自己回去慢慢消化了。

元春又传旨出来，叫宝玉和众姊妹进大观园去住，连最小的贾兰都随母亲住进了稻香村，单单把贾环挡在槛外，仿佛是在提醒众人：贾环只是个等外的主子。

二

要命的是，贾环本人也不是省油的灯。

只要是贾环出场，必定没什么好事，不是拿蜡油烫伤宝玉的脸，就是进谗言让贾政把宝玉打个半死，好像他天生就是个坏胚子，活该他不招人待见。

贾宝玉手握话语权，他说贾环这么做全是因"恨"，准确点是嫉恨。如果和他站在一起，当然会生出读者式的势利，认为贾环可恶。可是，如果读者能设身处地站在贾环的角度，就会觉得既然都是政老爷的儿子，虽说嫡庶有别，但何至于待遇差别如此之大，大得已超出了人的耐受程度，不恨才怪。

老祖宗贾母不喜欢贾环，从来都不拿眼皮子夹他一下，有好东西从来没赏过他，连去庙里打醮都不带他玩，唯一注意他的一次是说他的诗写得不好。

宝玉母子与贾环母子有着天然的利益竞争关系，王夫人厌死了贾环。在他烫伤了宝玉后，王夫人把赵姨娘叫来痛骂时，说贾环是"黑心不知道理下流种子"，这句话杀伤力破表，不对事对人，是对一个少年生命最彻底的否定。

王熙凤不跟着姑妈欺负他们母子就不错了，更何谈帮衬。贾环最怕的人就是王熙凤。

连他的亲姐姐探春也不搭理他，人家只给宝玉做鞋。

园子里各种兄弟姊妹成群结队，今天作诗明天游玩，但是他们从来不带他。

连丫头们都敢戏弄他，拿茉莉粉打发他说是蔷薇硝。

在这个世界里，父亲贾政应该是他依靠的大树吧？有一次，贾政曾跟赵姨娘谈起，自己已经看中了两个丫头，"一个与宝玉，一个给环儿"，可见在心中对两个儿子大致是一视同仁的。然而，贾政在家里却总是缺席的。

那些不喜欢贾环的人们，全都众星捧月地围着宝玉转，没人拿正眼瞧他。他想要引起人们注意，却往往自取其辱，像个"燎毛的小冻猫子"（凤姐语），在人群里钻进钻出只是让人徒生厌烦而已。

时时受到不公正对待，处处碰壁无人接纳，他的心怎会不磕碰得伤痕累累？

有一天，忽然太阳从西边出来，嫡母王夫人让他帮忙抄经。书里写，他坐在那儿一会儿要东一会儿要西，故意拿腔拿调使唤丫鬟们，烦人中透着滑稽和心酸，是好不容易有机会嘚瑟一次、趁机体验一下做头等主子感觉的孩童心性。

他唯一的小伙伴是侄子贾兰，两人年龄相去不远，都不得宠，在这个家里是彼此唯一的朋友。贾兰家教甚好，也从不嫌弃他，他叔侄俩经常同出同入，便有一种同病相怜的亲厚。有一次去探望邢夫人，宝玉也在，前者拉着宝玉不让走，却对他俩下了逐客令。邢夫人都做得如此露骨，其他人的势利也可想而知，在这样的成长环境里，日积月累，人要不扭曲不变态那才是奇迹。

家人的冷漠与歧视是恨的种子，一颗颗长进贾环的心壤，再用时间做发酵的肥料，直到这颗心灵全被恨的杂草覆盖。持有这样一颗心灵的人，你叫他如何阳光闪耀地微笑，如何用善意的目光打量人间，如何从容自信地面对自己的人生？再加上他见识短浅的母亲赵姨娘，也怀着一腔不平愤懑，很容易地就将他引向了狭隘的心路，贾政看他"人物委琐，举止荒疏"实在是相由心生的结果。

三

等到成人以后，回忆起少年时的荣国府，宝玉和贾环的感觉必定有所不同，于前者是爱与温暖的港湾，于后者是充满了不愉快回忆的地界。如果让贾环重新选择自己的出身，说不定他宁肯降生在关系简单的平民百姓家中敞亮成长，也不肯栖身于侯门公府做个三等公民，那种记忆太苦涩。

自古做官的官箴都讲究"民不服吾能而服吾公"，认为想要安定民心，公平公正才最重要。而荣国府的当权者兼长辈们，却喜欢以嫡庶及一己喜好来对待子嗣，从不掩饰自己的偏心。一把手的行为底下的人会不自主效仿，也跟着拜高踩低，衍生出许多不平之事。贾赦中秋节就讲了一个长辈偏心的故事讥讽贾母，表达自己受冷落的不满。因了同是天涯沦落人的惺惺相惜，贾赦公开力挺贾环，拍着后者的头大加赞赏，说他的诗有侯门气概："……将来这世袭的前程定跑不了你袭呢。"这个"神人"竟是全书中唯一正面鼓励过贾环的人。

如果那些追捧宝玉的手，肯在指缝间漏下一点点光给在角落里的贾环，必会照亮他心里的阴暗。可惜，没有人觉察，更无人自省，那些琐碎的、只可意会不可言传的伤害，成了一根又一根的稻草，将他对自己的认知渐渐压向尘埃。所以蒋勋在谈到贾环时说：卑微者没有被安抚的心酝酿了强大的报复……卑微者的反扑，常常会不计后果，具有很强的毁灭性。

他要报复，首当其冲便是宝玉。他认为自己今天所受的种种不公排挤，都是因宝玉而起，是宝玉多吃多占了他该得的资源。拿蜡油去烫瞎宝玉的眼睛，可不就是因宝玉骚扰纠缠他的丫鬟彩霞？妒恨使他心理扭曲，泯灭了手足之情，一次次想要置宝玉于死地。

之后看不到的四十回，在激变的人生境遇里，贾环和宝玉这一对兄弟之间的情感会走向何方，贾环对宝玉又会做出何等行为，让人都不敢多想。每个孩子降生之时本都是纯洁的天使，却因为成长环境的畸形，别人对他的不善激发出了他内心的丑恶，变异成了魔鬼。

回到第二十回，贾环和宝钗的丫头莺儿赌钱起了争执，宝钗喝止莺儿，莺儿不服，嘟囔着说宝玉可大方了，从不这样。听到拿他和宝玉比，贾环说道："我拿什么比宝玉呢。你们怕他，都和他好，都欺负我不是太太养的。"说着便哭了。也只有在"素习看他亦如宝玉"的宝钗面前，他才能放下逞凶的伪装，哭出心中积压的委屈，那撇嘴伤心的表情如在眼前，眼泪一颗颗砸在读者的心上，让人心生不忍，禁不住想要上前用拥抱去安慰这个孩子。

他身处的世界所亏欠他的，可不正是这样一个温暖的拥抱？

贾环不是书中主角，然而《红楼梦》就是这样一本良心书，它不会绕开失意者的无奈心酸，只叫卖主角们的风花雪月。它像一部纪录片，不配一句旁白，只负责将世态炎凉的本相一帧一帧跟拍，留下影像。让后世读者开卷对照现实，掩卷扪心自问：如果我遇上贾环，将心比心，会如何对待？又如果，我正好不幸成为贾环，又如何在弱势时保全尊严乃至卧薪尝胆。一部经典作品的卓越之处，就在于书中有关于人性的东西，永远都在，不会过时，等后来的有心者反思。

贾雨村："装"是人生的必修课

一

"身后有馀忘缩手，眼前无路想回头。"官场吃了瘪沦为家庭教师的贾雨村，站在智通寺破破烂烂的门前，仰头读着这一副对联。作为一个有点经历的人，他立即意识到"这两句话，文虽浅近，其意则深"。他甚至有点自作多情地想：门里的人，说不定也像我一样栽过点跟头，才有感而发。

他走进了那扇寺门，却只看到一个耳聋齿落的老僧在煮粥，昏聩而答非所问。"寻隐者不遇"，他心浮气躁而出，到酒馆找酒喝。仿佛是命运的安排，在这偏僻野店，他竟遇到了故人冷子兴，觥筹之间，指给了他一条东山再起的捷径，从此为自己开启了一段

317

新的人生旅程。

在此之前，贾雨村的人生路跌宕起伏，走得辛苦。

出身是没落的读书仕宦人家，父母什么家底也没给他留下，连人丁也衰丧到了"一人吃饱全家不饿"的境地。不得已栖身于葫芦庙内卖字为生，打算攒足路费进京赶考。这就是贾雨村的人生起点，比范进强不了多少，人家范进还有个屠夫老丈人，等老泰山高兴了还能去蹭几吊子猪肉吃呢。

贾雨村能蹭谁？只能蹭葫芦庙隔壁的甄士隐。蹭茶蹭酒蹭银子。也不全是蹭，是甄士隐乐意相赠。

因为他看好他，认定他"必非久困之人"。一开始的贾雨村并不猥琐，虽是穷儒，但待人彬彬有礼、不卑不亢，没有酸腐气；见识不凡，侃侃而谈，又有出口成章的文采；虽衣衫褴褛但男子气十足，没有好衣服却是个好"衣架"，外带剑眉星目，直鼻权腮，有一股奇特的吸引力，甄家丫鬟娇杏就是被他的相貌堂堂所吸引，撷花之余不禁频频回头打量他。这个"虽无十分姿色"却仪容不俗，眉目清明的姑娘，杏花一般温润的明亮目光，让怀才不遇的贾雨村心头升起一股柔情。没有阳光的时候，以阳光的幻想度日，娇杏的回眸激发出了雨村彪悍的想象力，他一厢情愿认她做了自己难时的红颜知己。

拿着甄士隐赞助的银子进京，他不负已望考中了进士，以为

318

自己"一路从泥泞走到了美景",终于可以扬眉吐气。哪知官场复杂,这个不知深浅的新手,因为恃才傲物得罪了上下一圈人,草根出身没有后台撑腰,屁股还没坐热就被赶下了官椅,生生要沦为一个茶余饭后的官场笑话了。

二

但是贾雨村注定让那些人大失所望,书上写他"心中虽十分惭恨,却面上全无一点怨色,仍是嘻笑自若"。交接过后,他安排好家人,自己担风袖月,游览天下去了,兀自留给围观者们一个潇洒的背影。

单这种姿态,就令人不敢小觑。他不是真的超脱,十年寒窗辛苦打拼来的功名,一夜之间化为泡影,不在乎不恨不后悔是假的。人人都知道他是在"装",然而却不想他能"装"得这么好。

"装"是一种功力,谁的人生中没有走麦城的时刻,恰恰这样的时刻,最能看出一个人的修为。硬撑也好,虚伪也罢,失意者不吐失意语,倒霉者不露倒霉相,即便是强颜欢笑,也比那些遇事抱怨、申诉或者虚弱成一摊烂泥的人多了一层尊严。不给好事者嚼舌头的谈资,也不给胜利者太淋漓的快感,让对手也微尝一点挫败感。更重要的是,这种"装"也是一种暗示,即:我,没那么容易被击垮。

319

人生总是需要一点演技。就当成是演戏吧，脚心里明明踩进了颗钉子疼得锥心，人却还站在舞台上，大幕未落，灯光尚明，看客们没散，有人还等着要喝倒彩。这时候，"好演员"会咬紧牙关，唱念做打一样不落，踩好最后一个鼓点，再优雅从容地谢幕。当大幕落下，是一瘸一拐走回后台还是坐地号啕大哭，纯粹是自己的事，犯不上让别人看到。贾雨村就是这样的"演员"，人倒架不倒，该"装"的时候"装"，"装"出了点骨气和大气。

三

尚是布衣时，贾雨村还有一次"装"，也令人刮目相看。

当他吟出"天上一轮才捧出，人间万姓仰头看"的句子，甄士隐击掌叫绝，说凭这首诗"飞腾之兆已见"，并向他祝贺。他趁机说出自己没有盘缠进京赶考，早就想帮他的甄士隐，连忙拿出银子和衣服送他。搁平常人，不知得感激涕零成什么样了，但是贾雨村不，他收了东西，"不过略谢一语，并不介意，仍是吃酒谈笑"。颇有不拘小节的名士范儿。其实他哪里是"不介意"，他介意得很！看后文就知道。甄士隐心实，要好人做到底送佛送到西，除了帮他择个上路的吉日，第二天又去找他，要给他在京城找个不花钱的住处，哪想他拿了钱连夜就跑路了，只留下话："总以事理为要，不

320

及面辞了。"可见他心急成什么样，原来是万事俱备，只欠盘缠。之前的"不介意"，只是装淡定而已，心里早就欣喜若狂了。

脂批贾雨村是曹操式的人物，说的就是他的城府。设若他受人施舍便不能免俗地作揖打躬，该是何等煞风景，莫说甄士隐，便是读者也要替他尴尬心酸。以前看姜文曾经评论过某女星，说"她能把一件尴尬的事弄得不尴尬"，应是指对方见招拆招不露痕迹的化解能力，可见有些天赋是与生俱来的，聪明人的聪明古今通用。

"装"在贾雨村这里还另有一层，就是装纳。贾雨村是个心里装得下事的人，也是一个装得下人的人。

当年娇杏的三次回眸，成了贾雨村人生晦暗记忆中的一抹亮色。就算几年后，他红袍加身，坐在大轿子里招摇过市，也能在匆匆一瞥的须臾之间，将娇杏从人流里离析出来，可见的确是有几分真心。此时的背景音乐不该响起李健的歌吗？"只是因为在人群中多看了你一眼，再也没能忘掉你容颜，梦想着偶然能有一天再相见，从此我开始孤单思念"。

还等什么呢，他如今不再是卑微的暗恋者，已有资格说要她，娇杏当晚就被一顶小轿抬进了洞房，懵懵懂懂做了知府老爷的二夫人。曹雪芹写，在街上重逢的那天娇杏正在买线，分明是在调侃他们二人"千里姻缘一线牵"。书里说："雨村欢喜，自不必说，乃封百金赠封肃，外谢甄家娘子许多物事"，洞房花烛夜，金榜题名时，贾雨村真是人生赢家，看得读者也不禁要替他欢喜起来。蒋介石当年娶陈洁如，新婚之夜却兀自傻笑，说平生三大夙愿，第一便是娶陈洁如为妻，如今实现，怎能不笑？与贾雨村此刻情景倒有几分神似。

能想象吗？最初的贾雨村，竟然是个情种呢。可惜人生总难两全，情场得意官场就失意，不久就孤身漂泊在江湖。

四

经冷子兴一提点，落魄中的贾雨村方知自己原来守着一座人脉资源金矿，求了东家林如海写信举荐，又护送学生林黛玉一路进京，与荣国府搭上了"同宗"关系，贾政帮他轻松补了个缺。

从此，贾雨村深刻体会到了官场上关系与背景的重要性，尝到甜头的他奉"护官符"为圭臬，再次踏上了仕途。一开始他还没那么自如，替薛蟠包庇杀人案，特别是知道香菱还是恩人甄士隐之女时，在门子面前，他还要稍稍"装"一下，虽然事儿做得不地道，事后也没忘了修书一封向王家讨好，但是嘴里却还说着不妥，做出一种不愿昧良心却不得不昧良心的挣扎姿态。

这案子仿佛是一次历练，令贾雨村一下打通了任督二脉，渐渐放胆上了道，开始赤裸裸攀附巴结权贵。到后来甚至为着贾赦喜欢，强占古扇害得石呆子家破人亡，把道德底线降至地平线以下，在官场扎下根蓬勃生长。此时的他食髓知味，连"装"都懒得"装"了，令人厌恶又忌惮。

官场如同走钢丝，玩的是平衡，左边是自我，右边是权力。贾雨村上一次栽在官场是因为太自我；而这一次矫枉过正，为了权力丢了自我，眼看着又走偏了。温厚练达如贾琏，断定贾雨村"他那官儿也未必保得长"，看出他执念太深，做事太绝，权力场风云诡谲瞬息万变，岂是他一个草根出身能参透的，就凭他这种做派，早晚要出事。

贾政带领众儒在大观园拟各处楹联时，说让大家先拟，拟得合适的就用，拟得不妥的，留给贾雨村来拟。也只有这种时候，读者才能依稀忆起贾雨村最初卓尔不群的样子。他的人生故事，已彻底沦为《官场现形记》的章节，和大观园的主旋律极不和谐，曹雪芹再没为他多费笔墨。

但是贾雨村这个人物，不会像宝玉的丫鬟媚人一样被曹雪芹写丢。他在结尾处一定会再出现，因为他有他的特殊地位。一部鸿篇巨制，一个浩浩荡荡的家族荣衰故事，却选择了甄士隐与贾雨村两个贾府之外的小人物来开启，自有作者的用意，尤其是贾雨村，既是旁观者，也是相关者，他与贾府有着千丝万缕的联系。当初，跛足道人的一曲《好了歌》让甄士隐迷途知返，而贾雨村尚在万丈红尘中上下求索，他还没到悟的时候。在看不到的后四十回，理应会让甄贾二人重逢，一起来为《红楼梦》收梢，全书的结构才算圆满无缺。

当他们再见，各自会对人生有更深刻的感慨才对吧？名利富贵就像物理学上的能量守恒，永远都在，但是流转不定，不会为谁轻易停驻。世人忙碌一场，方知道都是"为人作嫁"，大家玩的是同一个击鼓传花的大型游戏。

一部没落贵族的回忆录，表面上"怀金悼玉"，实则充满了"谁解其中味"的哲学味道。着意书写盛时的鲜花着锦，无非是为了映衬结尾的悲凉颓败，它苦口婆心要传述的，乃是人生的虚无。不管是谁，苦心攫取的一切，最终都会如水中写字，了无痕迹。

智通寺门前的那副有关"缩手""回头"的醒世对联，早被在执迷中的贾雨村忘到了脑后，他不可能缩手，更不愿再回头，他需要在忘乎所以之时，再重跌一跤，才会摸着摔疼的屁股幡然醒悟，与甄士隐殊途同归。蓦然回首，才会想起冥冥之中上苍其实提醒过他的：智通寺的老僧煮粥如同一场行为艺术，暗示他功名不过是黄粱一梦，而那副对子，则是命运一早就等在他再次出发的路口，特意向他亮起的有形忠告。

这一次，贾雨村还会再"装"吗？应该是不会了，苦海无边，他打算掉头上岸。

秦可卿：你的药方儿在说话

一

秦可卿，她是一个被符号化了的人。

一提到她，读者们恐怕满脑子都是她的美貌袅娜和风流韵事。

关于她的神秘身世，有心人们颇多探轶。倒是她的个性，很少有人去关注。

人们忽略了，仅凭美貌，如何能赢得两府上下所有人心，以至在她死后，人人悲号痛哭。长辈想她的孝顺，平辈想她的和睦亲密，小辈想她的慈爱，连下人仆从们，都想她"怜贫惜贱，慈老爱幼之恩"，可见她为人处世之周全妥帖。

她的才干也是首屈一指的。否则成不了老人精贾母"重孙媳中第一个得意之人"，成不了眼高于顶的凤姐惺惺相惜的闺蜜，她托梦给凤姐的那一段嘱托与提点，其见识已远在凤姐之上。

这无疑是一个美貌与聪明并举的女子。兼具了宝钗的明媚鲜妍与黛玉的风流袅娜之美，情商见识都是一流。除了众所周知的那点桃色事件外，如果一定要说她的缺点，那就是她太过聪明。

聪明的人都敏感。别人看不出的她看得出，别人觉不到的她觉得到，她的心像一架高清摄像机，什么也瞒不过她去。最善于揣摩别人的心思，知道给别人搭台阶，留后路，说话办事稳妥恭谨，讨人喜欢。秦可卿正是如此为人，所以才得到了阖府人心。

敏感的人都心重。她的感受太细腻丰富，他人的一个眼神，随口而出的一句话，该在乎不该在乎的，她都在乎。如果秦氏的身世真的大有来头，因故寄身贾府心中便难免郁郁。人们若对她有些微的不恭，她会无限放大；而反过来，对她小心翼翼地体贴照顾，也会成为她的负担。她病了后，凤姐来看时，她说：你们一大家子人没有不疼我的，没有不和我好的，可是看样子我是没机会报答你们了。言下十分过意不去，真是"进亦忧退亦忧，然则何时而乐耶"？

心重的人，都不容易健康快乐。他们在乎的东西太多，内耗严重，时间一长，身心俱疲。一件小事都会成为压倒骆驼的最后一根稻草。秦可卿，用今天的话说，是典型的"高敏感完美型人格"，这样的人活得累，在别人眼里光芒万丈，而内心早已不堪重负。人前戴着面具强颜欢笑，人后独处时郁郁寡欢。她病了后，婆婆尤氏曾这样评价她："虽则见了人有说有笑，会行事儿，他可心细，心又重，不拘听见个什么话儿，都要度量个三日五夜才罢。这病就是打这个秉性上头思虑出来的……"

二

果然，给她看病的张友士也证实了这一点。

她的脉息"左寸沉数，左关沉伏；右寸细而无力，右关需而无神"，相对应的心肝脾肺均需调治。另外他还发现，秦氏得了失眠症。张友士不愧是名医："据我看这脉息：大奶奶是个心性高强聪明不过的人；聪明忒过，则不如意事常有；不如意事常有，则思虑太过。此病是忧虑伤脾，肝木忒旺，经血所以不能按时而至。"身体的病常常与情绪息息相关，好医生都懂这个道理，古今概莫能外。

张友士给出的方子是"益气养荣补脾和肝汤"，一共十四味药，两种药引。红学家刘心武曾经说这方子里有几种药名暗藏玄机，连缀起来似乎是向秦可卿传达自杀命令信息。其实，此方是在用于治疗气血两虚的成方"八珍汤"的基础上，又加入疏肝理气的香附米、醋柴胡和延胡索，补气的黄芪、补肾的怀山药及补血的真阿胶，更妙的是阿胶特别注明用"蛤粉炒"，而蛤粉是用来收敛肺气的，今人已不多用。十分周全，是个好方子。就病论病，这些药一样样看来，倒是十分对症。药物配伍浑然一体，没有任何相反相克之处。脉相、症状、用药完全吻合，环环相扣，并不牵强。

张友士临走时说：这病也不是一天两天得的了，吃了这药也要看医缘了。听起来高深，其实就是说"心病难医"。

秦可卿也深知这一点，她自己说：哪怕是神仙来了，治得了病治不了命。其内心十分悲观脆弱。

她的敏感多思，比黛玉尤甚。那么，对于感情的依赖，也应该比旁人严重。所以，她和贾珍之间的感情，也不仅仅只是床笫之欢那么简单。单看她死后，贾珍毫不遮掩的悲痛，"恨不能代秦氏之死"的不管不顾，就知道，这对男女是结结实实真爱过的。可惜不伦之恋终究难有栖身之地，秦可卿唯有以死了结这段孽缘。

焦大醉骂那次，书里已经明说焦大"越发连贾珍都说出来"了，可是大家的反应很奇怪，连贾蓉都能装作没听见。当时，秦可卿也在场，当焦大粗暴地撕下了她和贾珍的遮羞布时，她发现大家保持着奇怪的缄默，这比焦大骂出来的话更要命。原来，自己与公公的丑事，早已不是什么秘密……最要面子的秦可卿，那种惊恐程度，应该不低于某女星知道自己的艳照被公开的一刹那吧。

她很快就病了。连婆婆尤氏都说："他这个病得的也奇。"紧接着不久又发生了一件雪上加霜的事，弟弟秦钟在学堂里挨了打受了气，又将夹杂着的不干不净的话，都如数告诉了她。这又一次触动了她的心病，又恼又气，干脆连饭都吃不下去了。

至少在字面上，她的病因与此类事情有关。再有其他更深层次的原因，"前人之述备矣"，不做赘述。秦可卿的判词里用得最多的字是"情"字，这个"情"即私情。虽然大书特书她生病的全过程，她的原装死法，应该是私情被撞破后羞愤自缢。

三

秦可卿在第五回才出场，到了第十三回开头，已经是演出谢幕了。身在十二钗之列，她的篇幅委实太少，然而就是这区区几回文字，曹雪芹在时间交代上也前后矛盾，让人云里雾里：第五至十回已是入冬，第八回里天气还下了雪。到了第十一回，园子里反是"黄花满地……清流激湍……红叶翩翩，西风……莺啼"，莫名其妙倒退成了秋天，凤姐嘴里也说："如今才九月半……"可见关于秦可卿的正传，原本就不是成稿，她的故事漏洞连连，难以自圆其说，一以贯之的倒是她紧绷敏感的个性。

她要强到什么地步？贾敬寿辰时见她没来，最了解她的凤姐，就知道她病得不轻："我说他不是十分支持不住，今日这样的日子，再也不肯不扎挣着上来。"尤氏才说其实她上次出来参加聚会就是强撑着来的。秦可卿是只要有一分气力，也不肯失了礼数叫人议论的人。

生病期间，请来各家名医走马灯似的，三四个人倒着班一天四五趟地诊脉，秦可卿要坐起来见大夫，便一日换四五遍衣裳，十分讲究，内室的衣服绝不见外客，不露一丝邋遢相。引得尤氏心疼，贾珍更别提了："这孩子也糊涂，何必脱脱换换的，倘再着了凉，更添一层病，那还了得？"

一直到最后，她"脸上身上的肉全瘦干了"，已经到了灯枯油尽的地步，还跟前来探望的凤姐说："婶子回老太太、太太放心罢。昨日老太太赏的那枣泥馅的山药糕，我倒吃了两块，倒像克化的动似的。"这说不定是个善意的谎言，那么黏腻的东西，她怎么可能有胃口吃？即使吃了，恐怕也是为了不拂好意而已。她永远会顾及对方的感受，克己悦人。

以秦可卿的这种个性，即使不自缢，也难长寿，她最终会被自己的聪明内耗致死。"情深不寿，慧极必伤"，说的就是这一类人，她们顶着"聪明"的名号行走于世间，却过于依赖外界给予的感情，太在意别人眼里的自己，凡事要完美，不接受人生旅程中些微的破损，永远悲观。即使锦衣玉食仆妇成群，也难有快乐可言。这哪里是聪明，充其量是庸人自扰的聪明。

真正的聪明，是看得开，想得开，放得下，过得去。真正的聪明人，达观、睿智、不娇气、有历练，知道人生苦短，及时开怀，难得糊涂最好。如果这种境界达不到，为着自己打算，宁可笨一点，迟钝一点，做个乐呵呵的傻大姐，秦可卿式的聪明，还是免了吧。

宝钗：被命运亏待的"白富美"

一

曹雪芹偏心，写初见林黛玉的模样时他用的是工笔"画"法，眉眼气质全部细细描摹，极尽耐心；而写宝钗他的手法就成了写意，只说"肌骨莹润，举止娴雅"就完了。

然而宝钗太美，美到让人想绕都绕不过去。小厮们在院里远远望一眼宝钗，连大气都不敢出，唯恐"气暖了，吹化了"这"雪堆出来的"表小姐。掣花签时宝钗掣出牡丹花，上书"艳冠群芳"，众人都笑道："你也原配牡丹花。"她美到什么级别，想想就意会了。

这样的"女神"偏喜欢素颜出镜，打扮上也走简约素净路线，

332

除了脖子上那把象征护身符的金锁，浑身上下再无半点装饰。美而不矜，美而不自知，美而不以为意，是美的最高境界。"淡极始知花更艳"，这句出自她手的诗，宛若自身写照。

美貌加身，更难得的是饱览群书，才华骄人，文艺理论一流，和黛玉在诗作上各有千秋，交相辉映；知书达理，宽厚慷慨，待人接物上上下下无一不妥，深得人心。无论哪一样，统统无可挑剔，湘云受不了黛玉的刻薄，便搬出宝钗来说："指出一个人来，你敢挑他，我就伏你。"弄得黛玉悻悻然。真是三百六十度无死角的优质偶像。

宝钗身上有一处悬而未解的迷案。天真娇憨的莺儿有一次跟宝玉悄悄说：我家姑娘身上有几样世人都没有的好处，你可不许说出去。正打算说，宝钗就进来了，他俩就此打住，曹雪芹卖了个大关子。想来是在宝玉与宝钗成婚后方能知道的隐私，只可惜后四十回遗失不见，这个谜底再未揭开，实在令一干有八卦之心的读者憾极生恨。

送黛玉燕窝养生，赠湘云螃蟹助她做东，分土特产时连赵姨娘都有份，金钏儿死后她贡献出自己的新衣做寿衣——许多人把这些作为她"有心计"的证据来揣测，说她靠这些小恩小惠拉拢人心——要知道，情商高和心地仁厚并不矛盾，一个心眼好的人，睿智不应成为质疑她的由头，谁规定的善良必须与幼稚为伍，而通透必须为奸诈托底?

洞悉人性是宝钗做人的一大利器，也是她不轻易伤人及引火烧身的法宝。刘姥姥来大观园时为博老太太欢心出尽洋相，自我作践"食量大似牛"，大家笑做一团，曹雪芹一共写了十几个人的笑态，宝钗也在场，但是只有她没笑，这个早熟的少女，若是笑，也是眼含悲悯地微笑，她明了刘姥姥的不易。

在栊翠庵品茶时，妙玉行动言语之间，全是对宝玉那点欲说还休的小心思，宝钗将自己化身为空气，一语不发，让人都忘了她的存在。事实证明宝姑娘沉默是金，黛玉就不识相，顺嘴问了句"这也是旧年的雨水"，招来一顿抢白。

二

当然，宝钗也有偶尔虚伪使坏的时候，比如宝琴写了十首怀古诗，后两首正是取材于禁书《西厢记》和《牡丹亭》。众人都称赞，只有她先说：前面八首都是史书上有的，后面这两首我没听说过。也不管陷宝琴于何种境地了，一句话先将自己择了个干净！呵呵，她忘了自己当初是怎么劝林黛玉的吗？"你当我是谁，我也是个淘气的……诸如这些'西厢''琵琶'以及'元人百种'，无所不有。他们是偷背着我们看，我们却也偷背着他们看。后来大人知道了……"黛玉立即会意,知道宝钗是"此地无银三百两",便马上说她"胶柱鼓瑟,矫揉造作":少来了,就算没看过书,难道戏也没听过吗?探春李纨也帮着宝琴说话,宝钗"方罢了",可真能装啊!

宝钗最令人诟病的是她曾经嫁祸于黛玉。平日人前总端着架子,一副稳重模样。却不料在园子里偶遇一对翩跹起舞的大蝴蝶,勾牵出了被封存的少女本性,拿着扇子一路追扑,累得香汗淋漓娇喘吁吁,样子性感旖旎,宛若一段欢快袅娜的单人舞。至滴翠亭边,恰好听到了红玉与贾芸私相授受的秘密,被发现时马上高喊一声"颦儿",一边说林黛玉刚才就在这里,一边狡黠地笑着"金蝉脱壳"而去。

为什么她急中生智间叫的不是别人,偏是黛玉?这绝不是随便抓包,而是故意为之,必须要澄清的是:她此举并非有意陷害黛玉,她要修理的对象是红玉。林黛玉的聪明刻薄有目共睹,一般人不敢轻易惹,宝钗正是利用出名难搞的黛玉来吓唬这些"奸淫狗盗……心机都不错"的人,同时又撇清了自己。红玉果然中招,说林姑娘"嘴里又爱刻薄人,心里又细",万一说出去怎么办?她紧张坏了。

三

可以想见，如果宝钗身为男子，以她的学识才华考取功名并非难事，或者依仗家底为自己捐个前程也未尝不可。像她这种人，跻身官场绝对可以混得风生水起，情商高，为人好，又懂得藏愚守拙不招人烦，关键时刻还会借刀杀人，官场"潜力绩优股"的条件她都具备，将来一定大有所为。即使前两样都不成，再不济，薛家的产业毕竟那么大，守好祖宗基业也没问题吧——可惜，性别是她的软肋，她错生了女儿身。

明明有着出众的管理天分，却没有机会走上前台，堂堂正正管理家族事业，只能躲在幕后，替她那不靠谱的哥哥暗自操心，适时提醒。第六十七回，薛姨妈对薛蟠说："……你妹妹才说，你也回家半个多月了，想货物也该发完了，同你去的伙计们，也该摆桌酒给他们道道乏才是。人家陪着你走了二三千里的路程，受了四五个月的辛苦，而且在路上又替你担了多少的惊怕沉重。"薛蟠忙说还是妹妹想得周到，照着去做了。

协助探春理家时，她思虑周全，提醒一心大刀阔斧改革的探春，要警惕"幸于始者怠于终，缮其辞者嗜其利"。并预见到了大观园奴才队伍在结构调整与转型后，必会因分配问题导致的不和谐，用"小惠全大体"的方法提前做出防范。后又对众人谆谆教诲，先是说自己身为亲戚，本来不该管贾家的事，但是王夫人反复找她帮忙，自己再不管显得不近人情；再晓之以理说如果管不好，不但我没脸见姨妈，你们也没脸，身为老员工一定要自重，别让后辈们作践；最后又说我今天替你们争取来利益，你们要懂得珍惜感恩才对。一番话说得在理得体，软中有硬，众人无不拜服，就差对她山呼万岁了。

宝钗头脑清醒，原则性强，最明智之举，是让自己的人远离利益，因为远离利益就是远离是非。她一口回绝了让莺儿娘公开参与园子里花草的承包，严守亲戚身份，绝不会因蝇头小利授人以柄。鉴于莺儿娘拾掇花草的业务能力在那儿摆着，再没有人比她强，宝钗才想了一个折中的好办法，就是让贾家自己的奴才、莺儿娘的好姐妹叶妈去承包蘅芜苑花草，这样免得落人口实连自己也被人小看，也间接发挥了莺儿娘的才能，于公于私都有益处，一石三鸟，十分妥帖。

四

空有满腹经纶和超人情商，却因性别之限无法施展，唯一能拔高命运的便只剩下嫁人。然而，命运不因她的优秀美好而优待她，人生渐次沦为一连串的妥协。选秀失败，标准一降再降，成为落魄贾家的宝二奶奶。

宝钗嫁给宝玉，有点像《飘》里的媚兰遇上艾希礼，除了做妻子，还得亦师亦母。宝玉孩子气，不务实，拒绝长大，他那些吟风弄月的花拳绣腿，在冷酷无情的现实面前毫无用处。现实角度看，他还真配不上她。

人生观不是说变就变得了的，他与她背道而驰，她再俯下身子屈就也没用，既不同向，何以同心？你可以躺在他的枕边，但你永远进不了他心里："纵然是齐眉举案，到底意难平。"他承认，这世上数你最完美，但他就是对你没感觉。他心里，永远怀念着那个毛病一大堆、却能让他心头一颤一颤的小女生林黛玉。

宝玉与黛玉没有能在一起固然是爱情悲剧，宝钗又何尝不无辜？卷入一桩姐弟婚，临危受命摊上和自己在心理上完全不对等、还对前情念念不忘的小男人，莫名其妙把自己的一生赔了进去，脖子里金锁上刻的那句"不离不弃，芳龄永继"，本是个美好的希冀，现在反倒成了一个沉甸甸的嘲讽。

翻遍全书，也许唯一能配上她的男子只有一个——北静王水溶。儒雅持重，谦谨低调，虽然出场只有几分钟，但寥寥数语间，能看出他与宝钗精神对等，三观一致，是一对天成佳偶。他一眼就看出了贾家在教育宝玉上的漏洞，拿自己现身说法叫他们要引以为戒。只有这样"天王偶像级"的人物才能配上宝钗,如果,曹雪芹能安排宝钗嫁给水溶,那该是多功德无量的一件事啊!然而世间事竟是这般阴差阳错,宝钗与宝玉,只能谱写一曲"终身误"。

抱怨的话从不会流自宝钗的唇齿之间,面对每况愈下的人生困境,她不会像探春那样哭诉身为女性的不甘无奈:"我但凡是个男人,可以出得去,我必早走了,立一番事业,那时自有我一番道理。偏我是女孩儿家,一句多话也没有我乱说的。"而是用自己早先修炼好的处变不惊和提前储存好的世俗智慧,与诡异莫测的生活沉着地见招拆招。努力把控着,尽可能让命运的航船平稳行驶,向前,向前。

赵姨娘：我想知道我是谁

没人喜欢赵姨娘。

因为她说话倒三不着两，一张嘴就讨人嫌；为老不尊，竟然跟小戏子们动手打架；心术不正，背地里用巫蛊之术差点要了宝玉和凤姐的命；为人粗俗，一张嘴就是粗话脏话；教子无方，把公子哥儿贾环教得也猥琐粗鄙；更别提成天撒泼胡闹，惹得人人鄙弃。

赵姨娘的毛病，随便扫扫就是一箩筐。偏偏这样的人，竟然登堂入室做了荣国府的姨娘。

她没什么来历，前身只是个丫头，能成为姨娘是走了狗屎运。

大户人家的公子少爷，为了家族利益着想，娶正房太太大都要挑门第挑出身乃至正出庶出，门槛高条框多，自然竞争者就少；而姨娘则不同，对小老婆的出身门第没有太高要求，这就导致狼多肉少，竞争激烈。丫头想成为姨娘，得天时地利人和都占了，过五关斩六将才可以成为最后的胜利者。

首先，要美。王夫人推荐袭人做姨娘时曾说："虽说贤妻美妾……"

一个"虽说"，透露出了豪门选妾，漂亮是第一要务。

其次，除了长相，秉性温良也是小老婆的必备条件，袭人、平儿就是范本。如果一个女孩子只有美貌，个性却很惹人厌，也不会在考虑之列。

还有，在那样拥堵的人群里，没有一点过人的心机是走不上前台的。小红那么机敏，在宝玉房里待了几年，愣是做了隐形透明人，皆因他身边的人"伶牙利爪"防备森严。所以，还要够聪明，善于抓住机会。

一条条对照，赵姨娘的成功便显得匪夷所思。她出场时，两个孩子都已成人，先不说实际年龄几何，照曹雪芹的眼光看，已然是个老女人了，懒得描述，所以面貌不详。

提起她的素日为人，大家都皱眉。心计更是不敢恭维，经常干一些搬起石头砸自己脚的事。宝玉被她下蛊陷害，命悬一线，她一不知道装样子假哭假慈悲，二不会干脆躲一旁偷乐，而是猴急地劝老太太赶紧给宝玉穿上寿衣，打发他上路，被贾母怒骂，碰了一鼻子灰，称她为"愚妾"，倒也不冤枉她。

荣国府百里挑一挑出来的姨娘，竟如此另类不堪，真是吊诡。

二

当初是谁选的她？

赵姨娘的奴才身份是世袭的，她家几代人都供职于贾府。所以后来她兄弟亡故，申请发放亲属丧葬补助时，贾府按例将她划在"家里的"这一拨姨娘里，比"外头的"少给二十两银子。作为贾府的"土著"，在人们的眼皮子底下长大，作为候选，一个群众考察就会露馅。

选妾，有点像给正室配备副职。选定之前必须要询问正室的意见，而正室要考虑的，则是这位未来的"副职"和自己个性的匹配程度，例如凤姐就选定了平儿，宝钗早早看好了袭人；婆婆的看法更为关键，婆婆是旧时家里主内的一把手，这样的大事必须要由她拍板，更何况是贾母这样的老人精。

很显然，贾母和王夫人对赵姨娘的态度，分明是十分不待见十分看不起。王夫人从没有给过她一副好脸子，动辄臭骂一顿；贾母在全书里也只和她正面接触过一次，怒骂外加吐她一脸唾沫。种种迹象表明，她不会是她们看上的人选。

这样一来，赵姨娘的上位便显得很蹊跷。那就剩下了最后一种可能：非正常途径。

曹雪芹写她时，对她的外貌未着一字，然而她晋升的最大资本，恰恰就是她的外貌。

探春，俊眼修眉，顾盼神飞，人送外号"玫瑰花"，极言其美。别忘了，探春正是赵姨娘的女儿。

最标致的晴雯被王夫人冤死，真正原因是太像年轻时的她。王夫人一见俏丽的晴雯，立时勾起"往事"："我一生最嫌这样的人。"

赵姨娘的美貌毋庸置疑，只是曹雪芹厌其为人，不肯正写，读者很容易将之想象成一个丑陋的女人。

"用美的思想取悦人，和用美的身体取悦人，其实也无多大区别。" 美貌就是生产力，赵姨娘当年就是用自己的美丽，迷惑了贾政。

她一开始可能只是伺候贾政的丫头，生得美，会打扮，爱卖弄，外带有一点刁刁的小脾气，在一群温驯的女孩子里，就显得十分出挑，引起了贾政的注意。又美又各色的女孩子，往往会有一种奇异的风情，她们性格上的缺陷，要等到人老珠黄以后，才会显得格外刺眼。

和贾政的事情，她兴许使过一点小手段，也许没有，只是借着贾政有意，便"顺杆爬"抓住了机会。不管真相如何，反正在王夫人和贾母眼里，不是贾政占有了她，而是她勾引了贾政。

有没有这样一种可能？她和贾政先暗度了陈仓，将生米做成熟饭，甚至怀上了贾政的骨肉，让讲规矩爱面子的荣国府不得已接纳了她。

贾母骂她时，用了"混账老婆"这样极端的侮辱性字眼；王夫人因为贾环推蜡灯烫了宝玉的脸，也把她叫来臭骂，说她"养出这样黑心不知道理下流种子"，这些话句句都有所指。王夫人还因此留下了病根，一看到和赵姨娘有几分相像的晴雯，便想起往事，如临大敌，自怨说："这几年我越发精神短了，照顾不到。这样妖精似的东西竟没看见……"当真是"一朝被蛇咬，十年怕井绳"。在袭人谈到让宝玉搬出园子住时，王夫人第一反应是："宝玉难道和谁作怪了不成？"高度敏感。袭人说出"君子防不然"一席话时，点中了王夫人的死穴，她脱口而出："我的儿"，近乎感激涕零了："我就把他交给你了……保全了他，就是保全了我。"能提到这样的高度上来，一定不是平白无故的，誓死要保住宝玉这块最后的阵地，绝不让他同跟前的丫头们有染。是不是赵姨娘同贾政干过的丑事，给她留下了浓暗的心理阴影？

三

贾政最小的两个孩子，探春、贾环都是赵姨娘所生。这暗示政老爷有了赵姨娘后，王夫人就失宠了，空有妻子之名而无妻子之实。

贾政与王夫人对话，语气、表情都是公事公办的样子，内容除了家族管理日常事务，再无其他。袭人劝王夫人时曾说：如果宝玉出了事，"太太也难见老爷"，意思是没法交代。可见贾政与王夫人关系疏离已不是秘密，只剩下了责任分工。

而贾政和赵姨娘就不同了，琐碎之间透着不动声色的家常温馨。第七十二回，赵姨娘求贾政把彩霞给贾环，贾政不允，说再等两年，赵姨娘说人家宝玉早都有了二年了，你还不知道？贾政问谁给的？赵姨娘刚要说话，外面一声响动，吓一大跳。写到这儿这一回就结束了。下一回一开始，就说那一声响动原来是窗户没扣好掉下来发出的响声，赵姨娘骂了丫头几句，带领丫头们关好窗户，回来伺候贾政睡了。上一回结尾的话题貌似拦腰截断。

这一节，老曹处理得特艺术特高妙，像戏曲电影中的大团圆结尾，男女主角携手就寝，往大红的帐子里一钻，镜头锁定在放下帐子的流苏上，银幕上随即旋出个雪亮的"完"字。这样的结尾很东方，是在含蓄地告诉你：这个"完"字其实是不能说的开始。果然，不一会儿，就有"卧底"小鹊儿跑来给宝玉报信：我们姨奶奶在老爷面前如此如此说了你，你可要小心啦。——前面截断的话题续接上了，赵姨娘借着床笫之便给贾政吹了枕头风。是老曹没明说。

贾政，就是"假正经"的谐音。别看他表面上满口仁义道学仕途经济，然而在王夫人的端庄与赵姨娘的妖骚之间，他性爱的天平还是偏向了后者，关上房门，他一样是个好色的男人。

以王夫人大家闺秀的身份，自然是不屑与赵姨娘争宠的。为了化解失爱的痛苦，她开始吃斋念佛。古往今来，成千上万被丈夫冷落的女人，在经过痛苦沉淀之后，从心寒到心死，都去信了佛，以寻求内心的平静。

至少在讨老爷喜欢这一点上，赵姨娘是占了上风。既得宠，肚子又争气，生了一双儿女，特别是有了贾环这个儿子，她更是有了指望了，做梦都得笑醒吧？

可惜她猜得出开头，却猜不出结局，从为人妾侍的那一天起，便注定了她一生的悲凉基调。

四

豪门望族的小妾们，主不主，仆不仆，是最为尴尬的一个群体。

妾便是"怯"，需要仰人鼻息，小心翼翼看正室的脸色；妾也是"窃"，永远偷偷摸摸上不得台面，见不得光；妾更是"且"，得过且过，凡事忍让方能平安到老。

在隆重正式的场合，见不到姨娘们的身影，她们是没资格参加的，只能躲在自己的小楼里独自寂寞。欢笑丝竹之声破窗而来，一墙之隔，俨然两个世界。

即便是家宴，没有正室的允许，侍妾也不能入席。宁国府中秋赏月，贾珍自己关起门来设宴，因为要行令，尤氏才叫侍妾们入席，她们才"下面一溜坐下，猜枚划拳，饮了一回"。

露脸的场合没她们的份儿，没有面子，里子也不怎么样。除了每月二两银子的分例，她们再无其他收入。赵姨娘因要粘双鞋，却连块像样的缎子面都没有，在一堆"零碎绸缎湾角"里挑挑拣拣，向管她讨要的马道婆"叹口气"说道："你瞧瞧那里头，还有那一块是成样的？成了样的东西，也不能到我手里来！有的没的都在这里，你不嫌，就挑两块子去。"十分寒酸。堂堂贾府，号称"白玉为堂金作马"，不知道的，以为里面的女人们定是穿金戴银吃香喝辣不短钱花，谁能想到一个姨娘竟会如此拮据。

后面提到的一件小事才真正点到问题的真髓。赵姨娘问马道婆前日送的五百钱给药王上供了没有？马道婆说上了。赵姨娘又一次"叹口气"道："阿弥陀佛！我手里但凡从容些，也时常的上个供，只是心有馀力量不足。"在此处三十字开外，贾母刚刚让马道婆在佛前替宝玉点了个海灯祈福，一天五斤油，此外，还吩咐今后每逢宝玉出门，都得拿上几串钱，专门施舍僧道穷苦人。原来，并不是没有钱，是看给谁花。

大家图好玩凑份子给凤姐过生日，凤姐使坏，叫贾母也拉上赵周两位姨娘。别人或是随即就报了数，或是"不多时"就拿了银子来，只有去找赵周两位姨娘的丫头"半日"才回来，估计是她们为出多少很是商量了半天：多了出不起，少了怕得罪人。最后还是决定出二两银子，这是她们一个月的工资。还是尤氏做好人，私下做主还了她们，她们却不敢收，尤氏说：你们可怜见的哪里有这些闲钱？不要怕，我替你们做主。两人"千恩万谢的方收了"。

尤氏在主子奶奶里，算是心善心软的，她知道姨娘们生存的不易，称她们为"苦瓠子"，叫凤姐不要欺负她们。苦瓠子，一种葫芦科瓜类蔬菜，结瓜过程中瓜藤受损，结的瓠瓜苦不堪言，正像极了这些姨娘的生活：没钱，没地位，不被尊重，直不起腰杆，苦巴巴地在夹缝里生存忍受，无声无息度过自己的一生，直至老死。

大多数的姨娘都是这么过来的，例如周姨娘，沉默无声，在整部书里连一句对白都没有，第三十五回，给贾母"打帘子，立靠背，铺褥子"，与众婆娘丫头一道干下人的活。

探春曾对屡屡生事的赵姨娘说："你瞧周姨娘，怎不见人欺他，他也不寻人去……"

在高鹗的伪续里，破例给周姨娘安排了一次心声，赵姨娘死后，周姨娘"心里苦楚"，想："做偏房侧室的下场头不过如此！况他还有儿子的，我将来死起来还不知怎样呢！"哭得十分悲切。

答案就在这里，她们处事一个低调一个高调的根本原因是：周姨娘没有孩子，而赵姨娘却儿女双全，觉得自己是有功之臣，大家必须对她另眼相看。

可惜理想丰满，现实骨感，主观不能改变世界。

大家认可她的儿女是主子，却将她这位主子的生身母亲仍然视为奴才。芳官同她争吵时，说她俩其实就是"梅香拜把子——都是奴几"，气得她扇了芳官两个耳刮子，引来一阵群殴；她教训贾环，小她一辈的凤姐在窗外听到，说贾环"他现是主子，不好了，横竖有教导他的人，与你什么相干"！且不论她教导儿子是对是错，直接就剥夺了她管教儿子的权利，挑明了说：你是奴才你不配。她要亲女儿探春拉扯拉扯她，女儿却说：谁家姑娘们拉扯奴才了？

她不服，想为自己争取尊重，但是尊重这东西，不是靠撒泼哭闹就能得来的，需要智慧，这种东西她也没有。于是，她每一次出场都是气势汹汹，每一次都闹到鸡飞狗跳，每一次到最后都是铩羽而归，沦为别人的笑柄，直至最后"墙倒众人推……有了事都就赖他"。

赵姨娘也不是完全不知好歹，对于别人给予的一星半点温暖，她都心存感激。宝钗给大观园里众人分发礼物时顺便给了她一份，就这点从指缝里漏下的尊重，令她爱不释手，拿着跑到王夫人面前炫耀加卖好，结果碰了一鼻子灰；贾府里的丫头们向来也看不起他们母子，只有彩霞倒和他们合得来，她便想将彩霞给贾环做小，即使这一点愿望，最后也落了空。凤姐做主，将彩霞霸道地配给了旺儿家不成器的儿子。

那些愚蠢粗陋的言行，是因为"耳朵又软，心里又没有计算"；那些阴鄙极端的手段，源于内心长期的压抑失衡；而她嘴里所谓的怕被人摆布，本质上其实是反抗。"物不平则鸣"，可恨之人亦有可怜之处，要同情她，她有她的悲哀。

五

貌似她靠得上的人有三个：她的丈夫、女儿和儿子。他们应该是她在这个世上最亲的人。

首先是贾政。王安忆的《长恨歌》里曾对大家庭男人对小妾的态度做过经典总结，很符合贾政对赵姨娘的态度："宠归宠，爱归爱，却不越规矩半步，上下长幼，主次尊卑，各得其份。"贾政是荣国府的一家之长、道德楷模，自然更要讲规矩，对妻和妾的界定是"桥归桥，路归路"，在待遇权力的分配给予上根本不会模糊界限。

更何况以赵姨娘的见识谈吐，也很难登得大雅之堂。她的优势全在内室，出了门她什么都不是。贾政在官场往来之余，案牍劳形之后，需要换换脑子松弛神经、发泄欲望，赵姨娘当是首选，王夫人太端着了，在她面前他放松不了。赵姨娘这样的女人当然不会被他太看重。

第二个是女儿探春，这个女儿聪明能干，可惜坚决与她划清了界限。赵姨娘喜欢以亲娘自居，探春的眼里却"只有老爷太太，其他的一概不管"，并不拿她当盘菜。

赵姨娘巴巴地跟探春讲亲情，对方却只跟她讲规矩。探春给宝玉精工细做了一双鞋，赵姨娘说"正经兄弟，鞋搭拉袜搭拉的"不管，却给外人做，人家回她却是我想给谁做给谁做，你管不着；她抱怨探春攒钱给宝玉使，为什么不给环儿使，人家都懒得解释一下"就出来往太太跟前去了"；赵姨娘刚说"你舅舅死了"，人家探春说"谁是我舅舅？我舅舅年下才升了九省检点，那里又跑出一个舅舅来？"压根就不认，她本还想让探春将来照看照看自己娘家的愿望，兜头被泼上了一瓢凉水。"儿不嫌母丑"这句话不适用于探春。

第三个是她的儿子贾环，这个孩子是她自己一手带大的，她被人看不起，这个孩子也被人看不起，和她是一条绳上的蚂蚱。

推算探春给宝玉做鞋的时间，应该同她粘鞋的时间基本上相去不远，曹公将这两件事小小呼应了一下，看来她当时是在给贾环做鞋，在一堆碎头巴脑的边角料里拼凑鞋面子，那神情专注而心酸。每逢贾环在外受了委屈，她都像被踩了尾巴的猫一样又跳又叫。对贾环，骂归骂，啐归啐，教训得虽然不得法，然而她终归是这个世界上最疼他的人。

其实贾环才是她在这个世上唯一的指望。情况同她有点相似的李纨，金陵名宦国子监祭酒之女，就懂得韬光养晦，不问闲事，一心一意教导贾兰，到最后金榜题名时，便是出头日。如果赵姨娘能有这样的见识，且暗暗忍耐上几年，教育引导贾环上进好学，焉知来日扬眉吐气，不比游手好闲的宝玉有出息？只可惜，她的见识低下，不懂得为自己和儿子规划，只一味在小事上斤斤计较，在无用处用强，把贾环教得猥琐阴暗，白白耽搁了大好时光。母亲的素质决定了孩子的未来。

六

赵姨娘活得痛苦纠结的原因在于，一直没搞清自己是谁，内心期许与外界待遇落差太大，便总觉得整个世界都亏欠她、欺负她。姨娘的本质，是主子的性奴隶兼生育工具，生养得出主子，自己却永远成不了主子。

身份如同一道玻璃天花板，她被牢牢踩在另一个世界的脚下，近在咫尺却永难到达，再上蹿下跳也没用。

人要活得好，必须与周围环境和谐相处，需要审时度势，找准自己的位置。形势永远比人强，改变能改变的，改变不了当忍则忍。赵姨娘没弄懂这个道理，所以，她一辈子都在愤愤不平，一辈子饱受伤害，一辈子灰头土脸。

她说自己是在"熬"："我这屋里熬油似的熬了这么大年纪"；别人替她宽心时也说"熬"："你只管放心，将来熬的环哥儿大了……"熬的滋味不好受，但是熬的方法也有很多种，你可以平心静气地熬，熬至尘埃落定；可以卧薪尝胆地熬，熬到苦尽甘来；也可以满腹怨怼地熬，熬得灯枯油干。怎样选择，全在自己，心态决定着人生走向。

熬，熬，熬着熬着，她就老了——回望来路，她可还记得最初的自己，在最美的年华，娇媚如一朵含苞待放的花朵，一颦一笑摄人心魄；手脚利落，口齿伶俐，怀揣着美好的憧憬，从赵家女儿晋身成为赵姨娘，掀开了人生新的一页。然而谁能料到看似一手的好牌，却被她七零八落打成这个样子？性格与际遇是命运的两轨，岁月将她篡改得面目全非。

赵姨娘在贾府的姨娘队伍里，是个特例。更多的豪门姨娘们，如同落满灰尘的摆设，散落在深宅大院的犄角旮旯里，沉默、隐忍、循规蹈矩。不过，如果有一只灵敏的耳朵，在万籁沉睡的夜里，挨个贴在她们的房门上，一定能听到一些怨毒的诅咒正从某个门后，从某个整日紧闭的嘴唇里爬出来，令听者不寒而栗。这诅咒，便是她们对这不公平世界的小小回敬。

王善保家的：小人更要懂分寸

一

提起王善保家的，一部分读者估计会忍不住咬下牙：这老太婆忒坏了，美丽的晴雯就折在她手里。另一部分读者则要拍手称快，为探春打她的那一耳光。

剩下的一部分读者，恐怕会冷笑了：杀敌八百，自损一千。要不是她自告奋勇抄检大观园，她外孙女司棋也不会被抄检出来赶出园子，她自己更不至于被整得灰溜溜，再难立足。王善保家的，取谐音，真是"善有善报，恶有恶报"。

古人云：方寸若好，吉地自得。方寸指心，意思是心地好自有立足之地。这句话有道理，但不绝对，岂不知还有人说"人善被人欺"呢。人在世上混，以为靠高尚的道德就能换取生存空间是天真的一厢情愿。现实冷硬，单靠方寸活，迟早要在挫折面前失了方寸，痛苦地问十万个为什么。

不能只要方寸，还要有分寸。分寸感是生存第一感，把握得好万水千山总能逢凶化吉；把握得差处处磕碰时时郁闷，要是还不安分，玩不好就会自取其辱。王善保家的就是败在了自己的分寸感上。

人人都会有自己不喜欢甚至讨厌的人，但未必个个都要置于死地而后快。遇到自己看不顺眼的人，做个点头之交即可，道行浅的可以选择扭过脸去，免得面部表情泄露了情绪。对人宽容一下又不会死。王善保家的不，她把锋芒毕露的晴雯视作头号公敌，借王夫人之手屈死之而后快。其实她和晴雯有什么仇？不就是嫌"丫鬟们不大趋奉他，他心里大不自在，要寻他们的故事又寻不着，恰好生出这事来，以为得了把柄"，一个年老女人对年轻女人天然的忌妒，资源流失者对资源持有者嘚瑟劲儿的看不顺眼，虽说哪有朝霞怕晚霞，但是晚霞瞅准时机发挥一下余热，寸劲儿用得准，也很可怕。

晴雯平日的行事路数虽看着花哨扎眼，但是她没有根基，也不懂得跟人站队，孤零零一个人耍，当然不堪一击。王善保家的暗算一招得手，便得了"绿巨人妄想症"，以为自己不白给，接下来昏招迭出。

抄检大观园是她一力撺掇的，自告奋勇对王夫人说"只交与奴才"，还提出了"攻其不备"的行动方案，她拿站一旁的当家少奶奶凤姐当透明吗？就是出点子也该凤姐出，哪里就轮得上你一个老奴了？虽然碍于王夫人面子，凤姐勉强赞同了她的方案，心里对她实在是不感冒。

当夜抄检，很明显，凤姐根本不出力，从头到尾在敷衍。进宝玉房里她只管喝茶，到了黛玉处所她坐在床头安抚，按住黛玉不许起来，到了探春处是赔笑不迭，到了惜春处发现可疑证据还帮忙打马虎眼——处处"放水"处处撇清。这些人与她一样都是主子，打狗还要看主人，她并不想得罪大家，可知其世故精明，人情通达。

与此同时，王善保家的在做什么呢？她以不整出事来不罢休的节奏，鞠躬尽瘁死而后已地翻检，连林黛玉都不放过，以在潇湘馆翻出宝玉的东西为功。宝玉和黛玉是老太太心尖上的一对宝贝疙瘩，荣国府头等主子，况且他俩自小一处长大，东西互放也是寻常。有点常识和头脑的人，不会随便动黛玉。紫鹃有涵养，不会像晴雯那般掀箱，只笑着给出了一番合理解释。幸好当时黛玉尚躺在床上无从知晓，否则以黛玉的敏感透明，怎受得了这盆污水，气恼之下不知得生出多少事端，多吃多少副药，想想都后怕。

王善保家的此时已骑虎难下，大概自认为"箭在弦上不得不发"，空手而回没法交代。于是，接着查，查到探春那儿。

二

探春那里命众丫鬟秉烛开门而待，早就剑拔弩张。她还是个护犊子的：你们搜我的东西可以，但不许搜我的丫头的！谁还敢真搜她？凤姐向探春赔笑说软话，平儿丰儿不翻反是帮着"关的关，收的收"。同去的还有王夫人陪房周瑞家的，也忙着打圆场收兵撤退。

这时候，王善保家的竟然蠢到上前去掀探春的衣服，显摆说："连姑娘身上我都翻了，果然没有什么。"三姑娘结结实实一个嘴巴子，将她打回原形：你就是一个奴才，狗仗人势，敢来欺负主子？

惜春房里，再没见她作耗，应该是那一巴掌给得还没回过神来。

到了迎春房里时，她不翻反倒要护了，因为这屋子的大丫鬟正是她外孙女司棋。恰因如此，凤姐偏不肯轻易放过，想必冷眼看她越俎代庖作威作福，早忍了一路了。周瑞家的更是，明明自己才是王夫人的人，王善保家的只是邢夫人的人，偏要在自家的地盘上反客为主瞎搅和，心里焉得不恼？在整人上，凤姐天赋超群，周瑞家的经验丰富，二人双剑合璧，王善保家的哪是对手？只见她们配合默契，凌厉出手，一把揪出了司棋私订终身的铁证，对着她姥娘一通恶心。王善保家的气愧之下，自己打自己的嘴巴子，说自己是"现世现报"，心酸又可笑。

在一个群体中每个人都有自己的心理领地，不容僭越，王善保家的不懂这个道理，没有自知之明，犯了大忌。

气势汹汹出发的大抄检，最后竟变成了铩羽而归。回去后，邢夫人嫌她多事，又打了她几个嘴巴子。

探春打完了自己打，自己打完了邢夫人打，抄检事件始末，竟是以王善保家的挨嘴巴子为主线的，这画面太"美"，不忍卒视。

一夜之间她变成了落水狗，连门都没脸出了。司棋被撵出去后，自杀了，冥冥之中仿佛是在替外婆抵消冤杀晴雯的罪孽。"始作俑者，其无后乎"，不给别人留活路的结果是自己也无后路。

世界仿佛安静了。

三

自食其果。对内白发人送黑发人，痛失外孙女；对外丢了自己在荣府的生存空间。没人知道，后来的后来，王善保家的晚景是怎么度过的，凄不凄凉？说起她，都像是在说一个积年笑话。

春草年年绿，这样的人总是野火烧不尽。走了王善保家的，还有李善保家的，张善保家的——只要有人的地方就会有政治，有政治的地方就有政治高人、投机主义者和小丑之类的各色人等。

王善保家的，其实就是体制内资深猥琐小人物的一个样本。

他们一生庸庸碌碌却心有不甘，越老就越着急，总想整出点动静来对自己所剩无多的人生有点交代。但好像运气上总是偏偏差那么一点儿，每临机遇总是功亏一篑，屡屡被命运闪一下腰，天长日久，心理失衡变态。

他们自相矛盾，既装腔作势又敏感。一面自诩见多识广喜欢被人吹捧，一面又唯恐别人不拿他当回事儿，斤斤计较于他人对自己的态度，但凡一点不周便要耿耿于怀。也许往日风头正劲过一小阵子，但时过境迁，别人都忘了，只有他自己还惦记着那一点虚荣的残渣。

他们心胸狭窄睚眦必报。哪怕一丝不遂他心，脆弱的自尊心会无限放大，不遗余力寻地求报复的机会，好像不让对方知道自己的厉害就不罢休。自身力量不足，便借力打力，靠告密与污蔑，煽动当权者做自己的刽子手。一旦得手，幸福感爆棚。

他们目光短浅自作聪明，满心都是算计。忌妒心重，见不得别人比他好，即使八竿子打不着，他也要伸出腿来绊一下。很难真正静心做事，无法被委以重任。但因成天像小丑一样上蹿下跳不消停，也能获得一点话语权，为自己谋根轻飘飘的鸡毛令箭。

可令人错愕的是，当他们登上来之不易的舞台时，总会演得一地狗血，盖因一得意就兜不住，成事不足败事有余，露出了平庸龌龊的本来面目。

他们成在能折腾上，败在太能折腾上，还是那句话，差就差在那点儿分寸感上。

分寸感其实是一种品质，它涵盖了清醒自察与适可而止，是涵养与智慧的合成品。它的珍贵之处在于，即便不能保证人生路途一帆风顺，却也因懂得进退得宜出入上下，能为自己保留一份尊严与从容，在拥堵纷扰的人群中找到一个适合于自己的位置，舒舒服服待着。

分寸感这东西有人与生俱来，有人需要在历练中慢慢习得，有人穷尽一生却难以悟之，每每将自己置于尴尬境遇，可怜又可悲。王善保家的就是利令智昏，失了分寸，一念之差万劫不复，才成为一个可怜又可悲的反面教材。

处事真经《论语》里经常寥寥数语却字字烁金地向世人普及分寸感，比如"事君数，斯辱矣；朋友数，斯疏矣"，比如"忠告而善道之，不可则止，毋自辱焉"，比如"不在其位，不谋其政"，比如"不可与言而与之言，失言"——你看，君子都要"君子"得有分寸，小人更要"小人"得有分寸才是，否则一锹一锹给别人挖出来的坑，搞不好到最后成了自己的坟墓。

不要和大观园里的婆子们说话

一

第五十八回，芳官的干娘，迫不及待要替芳官给宝玉吹汤："他不老成，仔细打了碗，让我吹罢。"边说边抢，却被晴雯喝道："出去！你让他砸了碗，也轮不到你吹。你什么空儿跑到这里槅子来了？还不出去。"一边又骂小丫头们不告诉她规矩，小丫头们也趁势一边骂一边推，把她赶了出去。出来后又遭同伴奚落："嫂子也没用镜子照一照，就进去了。"羞得那婆子又恨又气，只得忍耐下去。

此时，里面却是另一番光景。芳官吹了几口，宝玉笑道："好了，仔细伤了气。你尝一口，可好了？"

同是服侍，一边是上赶着却遭羞辱，一边是懵懵懂懂还被软

362

语呵护，怕累着。其实书里尝过宝玉饭菜的不止芳官一个，白玉钏就被宝玉连哄带骗尝过莲叶羹，袭人晴雯们更不用说，早都习以为常了。这是她们才有的特权。

女人老一点，别提尝，就连给主子吹汤的资格都没了。在男性为主导的世界里，女人的青春美貌是筹码，当岁月被一点点拿走，女人自然要贬值。宝玉既是男性，又是主子，他的价值取向决定了职场阶层。因此，婆子们要识趣，要尽快转换角色，明日黄花要主动让出舞台，给那些正在盛开的四月蔷薇。

这是只可意会不可言传的职场潜规则，没道理可讲，芳官的干娘不遵守，自取其辱，在别人眼里也是活该，只有忍下去。

也有不忍的。身份特殊一些的，比如宝玉的奶妈李嬷嬷，不拿自己当外人，时不时进入怡红院找茬，仗着宝玉吃过她的奶，倚老卖老摆老资格，唠唠叨叨把宝玉饮食起居功课一并过问，俨然一副长辈的样子。奈何人家宝玉早烦她了，因为一碗三四次才能泡出色的枫露茶，他有事出去没顾上喝，李嬷嬷来了，她要喝谁敢不给？那不是找骂吗！宝玉回来后知道了，便大发雷霆，迁怒于当值丫头茜雪。茜雪无辜，愣是因此被撵出贾府开除了公职，可见宝玉对李嬷嬷的厌恶程度。对这一点李嬷嬷也并不是不知道，但是她实在气不过自己当年的阵地被占领，不甘心就此退出历史舞台，便时不时弄出点动静来显示自己的主权：宝玉留给晴雯的豆腐皮包子，她偏要拿走给自己孙子吃；宝玉留给袭人的酥酪，发狠一气吃完，还口出狂言："别说我吃了一碗牛奶，就是再比这个值钱的，也是应该的。难道待袭人比我还重？难道他不想想怎么长大了？我的血变的奶，吃的长这么大，如今我吃他一碗牛奶，他就生气了？我偏吃了，看怎么样！你们看袭人不知怎样，那是我手里调理出来的毛丫头，什么阿物儿！"

她以一个退居二线"老干部"的身份，专拿现任的部门负责人袭人开刀，指着病榻上的袭人破口大骂："忘了本的小娼妇！我抬举起你来，这会子我来了，你大模大样的躺在炕上，见我来也不理一理。一心只想妆狐媚子哄宝玉，哄的宝玉不理我，听你们的话。你不过是几两臭银子买来的毛丫头，这屋里你就作耗，如何使得！好不好拉出去配一个小子，看你还妖精似的哄宝玉不哄！"话语里充满了一个阶级对另一个阶级刻骨的妒恨。回过头又一把鼻涕一把泪地数落宝玉："你只护着那起狐狸，那里认得我了……把你奶了这么大，到如今吃不着奶了，把我丢在一旁，逞着丫头们要我的强。"好不伤心。

二

不是所有的婆子都能像李嬷嬷那样，有机会有权利哭喊着宣泄一番的，更多的只能是憋着一口恶气。年轻的丫头们风头日盛，婆子们不甘心自己的群体被边缘化，沦落为底层一族，成为衬托光鲜亮丽角色们的褪色背景，不免大力打压或奋起反抗。"不是东风压倒西风，就是西风压倒东风"，斗争就此纷起：芳官的干娘和芳官因为洗头顺序争吵；司棋和柳家的因为一碗炖鸡蛋大动干戈，带领一班小丫头砸了场子；在夏婆子撺掇下，没脑子的赵姨娘更是和小戏子们打起了群架—— 一时间鸡飞狗跳。五十五回往后，大观园里就没消停过，两派势力此消彼长，总的说来，丫头们一方处于上风。

婆子们伤不起，淤积了满腔说不出的尴尬忌妒恨。在磕磕碰碰中，与年轻丫头们之间的矛盾，终于到了爆发的一天。

抄检大观园，表面上是王夫人要整风肃纪以正视听，实则是婆子们对年少轻狂的少女们一次心照不宣的集体报复，王夫人是被利用了。山雨欲来风满楼，四面八方地埋伏下。特别是那些出挑的、不懂得藏锋的，更是首当其冲的受害者。

所以才有王善保家的趁绣春囊之事借机献计要抄检，矛头直指丫头群体："这些女孩子们一个个倒像受了封诰似的，他们就成了千金小姐。闹下天来，谁敢哼一声儿。" 更是指名道姓把晴雯树为头号反面典型："……太太不知道，一个宝玉屋里的晴雯，那丫头仗着他生的模样儿比别人标致些，又生了一张巧嘴，天天打

365

扮的像个西施的样子，在人跟前能说惯道，掐尖要强。一句话不投机，他就立起两个骚眼睛来骂人，妖妖趫趫，大不成个体统。"最后果然借王夫人之手屈死了晴雯。

所以当周瑞家的奉命撵司棋出园子时，才会如此这般道："你如今不是副小姐了，若不听话，我就打得你……"贾宝玉看到这一幕，说："奇怪，奇怪，怎么这些人只一嫁了汉子，染了男人的气味，就这样混帐起来，比男人更可杀了！"他不明白：这不是嫁不嫁汉子的问题，是老女人们自身资本流失之后，对现有资源占有者的泄愤。

女人之间的仇恨一旦生发，比男人更难节制。

当然，任何革命都不会是一帆风顺的，话说抄检那晚，她们就遇见了厉害人物，贾探春。三小姐何等精明，一眼就看出这场抄检的实质是一次自相残杀，说准确点是旧人对新人的一次大规模血洗。作为一院之主，她绝不会让自己的丫头成为这场内斗的牺牲品，于是就冷笑着说自己的丫头们若是贼，自己就是"窝主"，并放出话来："我的东西倒许你们搜阅，要想搜我的丫头，这却不能。"然后，她从家族管理者的高度指出了这种行为隐含的危险性："……可知这样大族人家，若从外头杀来，一时是杀不死的，这是古人曾说的'百足之虫，死而不僵'，必须先从家里自杀自灭起来，才能一败涂地！"最后，她赏了王善保家的一记响

366

亮的耳光，十分解恨。同样是小姐，迎春和惜春就没有这等魄力担当，她们的丫头司棋和入画就未能在这次"整风运动"中幸免。可见能跟上一个叫得响打得硬的领导，下属不知少受多少窝囊气，特别是关键时刻的庇护，更有起死回生的作用。司棋和侍书的命运，从此就走向了不同。

抛开这点不遂，本次抄检差不多算是婆子们的一场完胜，一口气拔掉了多颗眼中钉，灭了敌方威风，长了自家志气，虽然赢的姿态着实难看。那些一度嘴尖性大的丫头们下场悲惨，丢差事的丢差事，丢性命的丢性命，特别是"红楼"第一美丫鬟，始终没搞明白是谁害她，为什么要害她？天真的少女临死都不服。

三

切勿小看了婆子们，她们的劣势在于年老，而优势也在这个"老"上。因为老，她们有多年积攒下来的人脉，大抵都多少有一些根基和后台，掌握着关键时刻在领导面前的进言权，正所谓"一句话能成事，一句话能坏事"。譬如王善保家的、周瑞家的就属此列，她们是两位太太的陪房，前者瞅机会就给晴雯"下了蛆"；因为老，阅历就多，斗争经验毕竟丰富，给人使绊子的花招就多，譬如马道婆，还宝玉寄名的干娘呢，照样给他下蛊陷害；因为老，老皮老脸百无禁忌，春燕娘骂春燕的那些脏话，也亏曹老好意思写出来；因为老，便会势利地看人下菜，东府的尤氏算是正儿八经的主子奶奶，门房婆子们照样不把她放在眼里。也正因为婆子们老了，一面是体内日益短缺的荷尔蒙，一面是新人的轻盈靓丽，免不了会生出忌妒心与气不愤，年轻人若不知深浅一味招摇，一个不小心就会惹恼了她们，甚至都不需要真正去得罪她们，只要让她们看起来不顺眼，顺便给点颜色那也是寻常，更别提敢和她们公然叫板了，那几个倒霉孩子就是活生生血淋淋的例子。

　　大观园既是职场，就有职场的生存法则，不允许太自我太个性。越是重点培养对象就越要低调内敛，尾巴千万要藏好，不可太招摇引人注意，否则迟早会有人出来收拾你，白白断送了自家大好前程。职场也是气场——身在职场总不免受气。不受气就不是职场，在职场一点气都不肯受的人，迟早混不下去。新人要受老人的气，那也是职场潜规则之一。

四

　　对婆子们，识时务者都懂得敬而远之避其锋芒，如果躲不开，牢记五个字：温良恭俭让。李嬷嬷把袭人骂成那样，袭人都不敢还嘴，还反过来劝说宝玉："……时常我劝你，别为我们得罪人，你只顾一时为我们那样，他们都记在心里，遇着坎儿，说的好说不好听，大家什么意思。"这正是明白人的做法，忍得一时之气，换得往后安宁。凤姐管家厉害吧，见李嬷嬷这么闹，也不会去正面弹压，还得好言相劝，一面哄着说"我家里烧的滚热的野鸡，快来跟我吃酒去"，一面煞有介事吩咐丰儿"替你李奶奶拿着拐棍子，擦眼泪的手帕子"，跟演小品似的，身后的观众笑倒一片。聪明人不惹老女人。

连凤姐算上，对底下的婆子们心里也是十分忌惮的，她本人就吃过婆子的亏，被邢夫人当众嘲讽那节，就是拜费婆子所赐。平儿曾挖心挖肺地对媳妇婆子们说："你们素日那眼里没人，心术利害，我这几年难道还不知道？二奶奶若是略差一点儿的，早被你们这些奶奶治倒了。饶这么着，得一点儿空儿，还要难他一难，好几次没落了你们的口声。""他利害，你们都怕他，惟我知道他心里也就不算不怕你们呢……"任何时候，职场都应步步当心，压力不仅来自上级，也会来自老资格的下级，难怪几年下来，凤姐会累得气血两亏。

大观园的婆子们，谁遇上了谁倒霉，有朝一日碰上了，千万记得要小心应对。

大观园里没公厕？

　　贾府为迎接元春省亲，大肆铺张盖省亲别墅，银子花得和流水一般，终于建成了。园子里包罗万象，有山有水，有花有树，有石有泉，有依山而建的凸碧堂，有临水而起的凹晶馆，有香草迷迷的蘅芜苑，有凤尾森森的潇湘馆，有回归田园的稻香村，也有蕉绿棠红的怡红院——元妃赐名"大观园"。农妇刘姥姥说："我们乡下人过年，买张画贴墙上，想着画儿里的是假的，谁知到这园子里一逛，比画儿还强十倍。"

　　每次看到这里，我就心向往之。可是后来我发现了一个怪现象：大观园里好像没公厕？

　　二十七回，红玉替凤姐办完事来回话，在山坡上找不到凤姐，见"司棋从山洞里出来，站着系裙子"，便上去问她见二奶奶了没有。看样子司棋是刚"方便"完，在山洞里！山明水秀的园子里，以为那一个个姿态各异的山洞是曲径通幽处，没想到里面却藏污纳垢。难道里面有马桶？不过即使有，想想也够那什么的……

在《红楼梦》里，从山洞里出来系裙子的不止司棋一个，细细看书，还会发现其他人……

七十一回，鸳鸯就是在微月半天时在园子里走，想要小解，下甬路，寻微草，行至石后，却不想遇到了热恋越礼的司棋和他表哥！这就是"鸳鸯女无意遇鸳鸯"，在找地方"方便"的时候碰上的！真够尴尬的。

看来这种陋习连《红楼梦》里水做的女儿也不例外！可是，好像也不能怪大家，园子那么大，公厕又少，内急难忍，大家只好随意了！

书上写的临时解决问题的女儿都是丫头，还好不是小姐，这当然跟自身修养有关，或者作者也不想太破坏小姐们的形象。试想，书里倘若有这样的句子：黛玉正往回走时，忽见对面假山山洞里，宝钗正系着裙子出来，忙站下，笑问：姐姐好！宝钗边整理衣衫边笑道：颦儿一向可好？我正打量去看你呢！不想却在这里遇上了！哈哈，真受不了！开个玩笑。

小姐倒是没有，公子可就不顾那么多了。五十四回贾宝玉也是，走到山石后面撩衣小解，麝月秋纹还不忘提醒他"仔细风吹了肚子"。

好像只有刘姥姥肚子疼的时候，被人指引着去东北角上的茅厕了。

真是的，又不是搞基础建设缺钱，干吗不多建几个公厕？

跋：落笔不言，风华自现

　　三年多前，一个萧瑟的深秋，我忽然收到一位陌生作者投来的写秋纹的文章。作为一本通俗历史类杂志的编辑，看到那流畅又饱含故事的第一句，我就意识到：遇到大家了。

　　给普通读者看的文史解析文章不好写，深了太学究气，没人愿意翻开第二页，浅了隔靴搔痒，合上杂志一无所得，正了未免让人看得不过瘾，歪了又有哗众取宠之嫌。而百合这篇解读《红楼梦》中怡红院大丫鬟的文章却写得有故事细节，有场景分析，深入浅出，亦庄亦谐，让人读得欲罢不能。欣喜之余，立刻交上去，主编立刻用了。

　　年底，又收到一篇妙文，看标题就让人"笑得打跌"：《大观园里没有公厕？》。笑归笑，之前却从来没有哪位红学大师关注过这个重要而细微的点，不禁为百合同学的观察力暗暗叫好。于是再次立刻交上去，立刻用了。

接下来是《不要和大观园的婆子们说话》，满满的现实感，妥妥的前车之鉴——宝玉为什么那么讨厌婆子，把她们叫作死鱼眼珠子？这就是标准答案。

经过这三篇的熏陶，期待百合同学的新作已经成为我编辑生活的日常心情。然而接下来的这篇仍然把这种持续的期待升级成了热切的渴望：她写了妙玉。她写妙玉的身份认同问题，写她的纠结，写她的宣泄，最后，她写道："这也是关于命运的暗示。妙玉终究还是寂寞的。"这冷静而残酷的一句话，仿佛是从天上扔下的黑色枷锁，"天真热情才华横溢的少女"再也挣脱不出她内心的牢笼。

风格新、细节新、立意新，百合同学似乎天生知道该怎么写出好文章。自此，除了繁忙的工作让她脱不开身的时节，她每月都有新作，难得的是篇篇都有亮点，顺势长年"霸占"杂志最受好评的重头栏目，每每让读者评论"余音袅袅，意犹未尽"。

对于《红楼梦》中那些落花有意、流水无情的少男少女，乃至挂着面具的"老爷""太太""老祖宗"，她不吝于赞美，也不吝于怜惜，可她始终是冷静的。就是这份冷静让她的文章耐读、耐品。她解读残卷，分析批注，探讨人物未尽的人生旅程，更写活了人性的幽暗深邃。主角和配角们的语言行动、爱恨情仇，他们心灵深处的不甘和呐喊，在她的笔下静静绽放，优美而客观地一一呈现在读者面前，让人笑，让人叹。

她说一个好的作者应该隐藏自己，只奉献自己的作品，所以迄今为止，我只能确定她的性别——唯有女性才有这样委婉的情思和细腻的笔法。当然，她也是年轻的，尽管她文风老辣，却也在不经意间流露出年轻人特有的恨其不争的热情与哀其不幸的悲悯。

她说，她在出差的火车站偶然发现了这本杂志，见到其中有作家解读《红楼梦》的文章，因她自己也研读《红楼梦》多年，便想试试自己的水准，遂投稿，就此一发而不可收。读着她发来的这句"写作缘由"，我眼前不禁出现了这样一幅场景：穿着米色风衣的优雅女子下了月台，绿皮火车汽笛长鸣，白雾弥漫，温暖的阳光把脚下汹涌的黄河、远处黝黑的太行山照耀得山河明媚……

是为跋。

葡萄

2015 年 3 月 24 日